동백

송백 2부 3

백준 新무협 판타지 소설

초판 1쇄 찍은 날 § 2007년 3월 7일
초판 1쇄 펴낸 날 § 2007년 3월 17일

지은이 § 백준
펴낸이 § 서경석

편집장 § 문혜영
편집 § 서지현 · 심재영

펴낸곳 § 도서출판 청어람
등록번호 § 제1081-1-89호
등록일자 § 1999. 5. 31
어람번호 § 제2-1145호

주소 § 경기도 부천시 원미구 심곡1동 350-1 남성B/D 3F (우) 420-011
전화 § 032-656-4452 팩스 § 032-656-4453
http://www.chungeoram.com
E-mail § eoram99@chollian.net

ISBN 978-89-251-0517-8 04810
ISBN 978-89-251-0514-7 (세트)

송백

松百

2부
魔劍血路
(마검혈로)

3

백준 新무협 판타지 소설

Fantastic Oriental Heroes

도서출판 청어람

| 목차 |

第一章

맞출 수 없는 조각들

두두두두!

수없이 많은 말들은 위압감을 전해준다. 그러한 말들이 지나갈 때마다 사람들은 숨을 죽였으며 대지는 진동하였다.

"적을 주살하라!"

거대한 외침성과 함께 송백은 앞으로 튀어나갔다.

"와아아아!"

함성 소리와 함께 저 멀리서 말을 타고 달려드는 적의 기마병들이 눈에 들어왔다. 송백 역시 말 위에 있었으며 손에는 장창을 들고 있었다.

두두두두!

두두두두!

맞은편에서 말들이 미친 듯이 달려오고 있었다. 그리고 마침내 두 무리는 부딪치며 피를 뿌렸다.

"크아악!"

목이 하늘을 날았고 팔다리가 허공을 메웠다.

히이이잉!

말들의 울음소리가 창공에 솟구쳤으며 기합성과 죽음과 삶의 소리가 어우러졌다. 그 속을 뚫고 송백의 장창이 좌우로 휘어지며 휘둘러졌다.

퍼퍼퍽!

마상 위에 있던 세 명의 병사가 목에서 피를 뿌리며 반대편으로 달려가다 쓰러졌다. 송백은 미친 듯이 창을 휘두르며 기마병 사이로 지나쳐 갔다.

"크악!"

수십 명의 병사를 죽여가며 앞으로 나아가던 송백은 드디어 그 끝에 다다랐다. 순간 송백의 눈이 부릅떠지며 온 세상이 하얗게 변하는 것 같았다.

뚝! 뚝!

마상에서 떨어지는 핏방울이 백색의 세상을 붉게 더럽히는 것 같았다. 그런 송백의 눈에는 단 한 사람만이 보였다. 말머리에 서서 자신을 향해 미소 짓고 있는 소녀의 얼굴.

"기다렸어요."

그녀의 목소리가 흘러나왔다. 송백의 전신이 미미하게 떨리기 시작했다. 얼마나 보고 싶었던가. 그리고 매일같이 밤하늘을 바라보며 그리고 또 그렸던 사람의 얼굴이었다.

"리……."

송백은 말에서 내려서기 위해 몸을 일으켰다. 순간 송백의 눈이 부릅떠지며 흔들렸다. 고개를 숙이자 배를 뚫고 나온 창날이 붉은색을 발하며 빛나고 있는 게 보였다. 흔들리는 시선으로 고개를 돌리는 순간 수십 명의 병사가 광기 어린 표정으로 달려들며 창을 찔러 넣어왔다.

퍼퍼퍽!

"헉!"

송백은 벌떡 상체를 일으켰다. 그 바람에 이불이 흘러내렸다. 송백은 숨을 몰아쉬다 이내 꿈이라는 것을 알자 고개를 저었다.

"휴우……."

손으로 이마를 짚으며 크게 숨을 내쉬었다. 전신이 식은땀으로 젖어 있었다. 꿈이었지만 생생하게 그 고통이 전해졌기 때문이다.

끼익.

문이 조용하게 열리자 송백의 손이 저도 모르게 머리 쪽으로 향했다. 늘 검을 그쪽에 놓았기 때문이다. 하지만 검은 없었다. 빈 허공을 쥔 송백의 눈과 들어서는 인영의 눈이 마주쳤다.

"일어났어?"

장화영은 놀란 토끼눈으로 송백을 바라보았다. 송백 역시 상당히 놀랐으나 표정은 담담했다. 장화영을 만난 것이 생각지도 못했던 일이기 때문이다.

"어떻게……?"

장화영은 죽 그릇을 송백의 앞으로 가지고 와 앉았다.

"일단 죽이라도 먹어. 자."

장화영은 수저로 죽을 떠서는 송백의 입에 가지고 갔다. 송백의 눈이 순간적으로 빛났다. 장화영의 오른 팔목이 보였기 때문이다. 팔목에는 백색 천이 감겨져 있었다. 아무래도 다친 모양이다.

"어떻게 된 거지?"

송백은 죽이 담긴 수저를 거부하며 말했다. 장화영은 그의 눈이 자신의 손목을 향하자 그릇을 내려놓으며 말했다.

"가벼운 부상이야."

그렇게 말하는 장화영의 표정은 좋지 않았다. 송백 역시 그것을 느끼고 있었다. 자신이 상대하던 특무단과 장추문의 기억을 떠올린 것이다.

"기억을 못하겠지만 우리 수정당도 마교하고 싸웠어. 생각보다 피해도 컸고. 너를 구하고 나서 얼마 안 있다가 여방이 나타났어. 그전에는 장추문하고 그녀가 끌고 온 마교 여자들하고 싸웠지. 그 다음에 여방이 한 무리를 끌고 나타나 네 목숨을 요구하길래 거부했더니 큰 싸움이 되어버렸어."

"여방? 그 비무초자?"

장화영은 고개를 끄덕였다.

"여기는?"

"하북으로 가기 전에 들른 마을이야."

송백은 고개를 끄덕였다. 대충은 사건이 어떻게 되었는지 짐작했기 때문이다.

"일어났네?"

다른 목소리가 들리자 송백과 장화영이 문 쪽을 바라보았다. 문틀에 기대어선 남궁소가 보였다. 남궁소 역시 이마에 붕대를 두르고 있었는데 피가 번진 자국이 역력했다. 남궁소는 차가운 표정으로 송백에게 다가왔다.

"네놈 때문에 몇 명이 죽었는데, 잘 살아 있군. 하긴 화산파의 명약을 먹었으니 잘 살겠지. 네놈만 만나지 않았으면 우리는 아무런 피해도 없이 소림사에 도착했을 것이고 무사히 집으로 돌아갔을지도 몰라."

남궁소의 말에 장화영이 얼굴을 붉히며 일어섰다. 화산파의 명약이란 말에 그때의 일이 떠올랐기 때문이다.

"말이 너무 심하잖아?"

"내 말이 틀렸어? 저 자식이 근처에 있었기 때문에 우리는 그 빌어먹을 마교새끼들 하고 싸운 거야. 몇 명이 죽었는데? 왜 애들이 죽어야 했냐고! 망할 새끼. 이제는 무림맹에 소속된 당주도 아니니 대우를 해줄 필요도 없잖아?"

남궁소는 그렇게 말하며 신형을 돌렸다.

"눈에 안 띄는 곳에서 콱 죽어버려!"

장화영은 그녀의 말에 인상을 굳혔다. 하지만 별말은 하지 않았다. 그녀의 말도 사실이었기 때문이다.

송백은 인상을 찌푸리다 이내 무표정한 얼굴로 자리에서 일어서려 했다.

"음⋯⋯."

복부에서 느껴지는 통증에 송백은 다시 앉았다. 일어설 만큼 상처가 나은 것이 아니기 때문이다.

"미안해. 우리도 갑작스럽게 당한 일이라 정신을 차릴 수가 없었어. 만약 정운 신니께서 힘을 내주시지 않았다면 모두 죽었을지도 몰라."

"냉 소저는?"

"운기 중이야. 냉 당주와 팽 언니⋯ 그리고 정운 신니 모두 내상 때문에 이틀 동안 방에서 나오지 않고 있어. 그 덕분에 이 주루의 별원을 통째로 빌리게 되었지만."

장화영은 살짝 미소 지었다.

송백은 고개를 끄덕였다. 대충 이야기를 들으니 수정당도 상당한 피해를 입은 것 같았다. 그렇다면 남궁소의 말을 듣고 기분 나쁠 이유가 없었다.

"나는 그럼 가볼게."

송백은 고개를 끄덕였다.

장화영은 송백의 방에서 나와 다른 사람들이 누워 있는 방으로 들어섰다. 그녀들은 혈영대와의 싸움에서 부상을 당한 사람들이었다. 가장 부상이 심한 사람은 악화지와 남궁혜였다. 악화지의 앞에 남궁소가 앉아 죽을 먹여주고 있었다. 멀쩡한 사람은 남궁소와 장화영, 당혜와 백리선이 고작이었다. 백리선도 백리정의 옆에서 떨어지지 않고 있었다.

"상태는 어때?"

장화영이 이리저리 몸을 움직이고 있는 당혜에게 묻자 당혜가 이마의 땀을 닦으며 말했다.

"다들 좋아지고 있어요. 그래도 보름 이상은 이곳에서 머물러야 할 것 같아요."

"다 그 새끼 때문에 이런 거라고. 그렇지 않았다면 보름 동안 우리가 이곳에 있을 이유도, 다른 동생들이 죽을 이유도 없었을 거야."

남궁소가 싸늘하게 말하며 남궁혜의 앞에 가서 앉았다. 남궁혜가 누워서 그런 남궁소를 바라보고 있었다.

"언니… 너무 그러지 말아요."

"쳇!"

남궁소가 인상을 구기며 죽을 먹여주기 시작했다. 악화지는 내상이 심했으며 남궁혜는 온몸에 십여 개의 흉터가 생겼다. 이불을 덮고 있는 남궁혜의 온몸이 백색 천으로 둘러져 있었다. 다행히 이곳에는 여자들뿐이라 옷을 벗어도 부끄러워할 필요가 없었다. 백리선은 백리정의 몸을 닦아주기 시작했다. 그녀도 복부에 큰 상처가 나 있었다. 팔과 복부의 상처 때문에 아직도 정신을 차리지 못하고 있는 백리정이었다. 조금 더 깊었다면 백리정은 살아 있지 못했을 것이다.

"내 동생이 죽었다면… 송백도 죽였을 거야……."

백리선이 조용하게 중얼거렸다. 그 목소리가 작았으나 주변의 공기는 차갑게 식어갔다. 그녀의 말처럼 백리정은 상당한 부상을 당했던 것이다. 하지만 다행스럽게도 생명에는 위험이 없었다. 정작 위험한 사람은 악화지였으나 그녀 역시 안정을 취하자 좋아지고 있었다. 하지만 당분간은 무공을 쓰지 못할 것이다.

"여러분!"

벌컥!

문이 열리며 방지호가 환한 표정으로 들어섰다.

"제가 왔습니다. 그리고 모셔왔어요!"

방지호가 기쁜 듯 말하자 문에서 이십대 후반의 미녀가 모습을 보였다. 그녀를 알아본 당혜가 자리에서 일어섰다.

"언니!"

당혜가 좋아하며 달려가 품에 안겼다.

사천당가에서 가장 의술이 뛰어난 사람은 당미형이었다. 그리고 그의 딸이 바로 당미미로 그녀의 의술은 당미형에 버금간다는 정평이 나 있는 여자였다. 무림맹의 조서서가 강북을 대표한다면 그녀는 강남을 대표하는 여자였다.

방지호는 혈영대와의 싸움이 끝나자마자 당혜의 부탁으로 근처에 살고 있는 당미미를 초빙하기 위해 달려갔다. 당미미는 오 년 전 관부의 남자와 결혼을 해서 분가한 상태였다. 사천 성도지휘사의 장남과 결혼한 것이다. 사천 관부의 우두머리와 한 집안 식구가 된 것이다. 그녀의 집이 남현에 있었으며 남현은 이곳에서 오십여 리 떨어진 거리에 있었다.

그녀가 오고 나서 수정당의 사람들은 전보다 훨씬 빠르게 회복하기 시작했다. 악화지도 눈을 떴으며 남궁혜의 얼굴에도 활기가 돌았다. 백리정 역시 상태가 호전되어 앉아 있을 수 있게 되었다.

당미미가 온 다음날 정운 신니가 눈을 떴으며 그 다음날에는 냉유리와 팽소련이 눈을 떴다. 그제야 수정당도 활기가 도는 것 같았다.

당미미는 송백의 방에 앉아 그를 진맥하였다.

"상처가 아물려면 아직 일주일은 더 있어야 해요. 혜아의 바느질 솜씨가 뛰어났기에 정말 다행이네요. 상처의 흉터가 크게 남을 것 같지는 않으니까요. 하지만 앞으로는 몸을 함부로 굴리지 말고 조심해서 다루세요. 근육이나 피가 통하는 혈맥(血脈)이 많이 지친 상태예요. 그렇다는 말은 기맥 역시 지쳐 있다는 뜻과 같아요. 일단 휴식을 취하신 후에 천천히 몸을 움직이세요."

"운기도 어려운가?"

"지금은 하지 마세요. 혈맥이 안정을 찾지 못했기 때문에 운기를 한다면 주화입마에 빠질 위험이 있어요."

송백은 당미미의 설명에 고개를 끄덕였다. 의원이 하지 말라면 하지 말아야지 달리 방법이 있나. 송백은 아직도 쉬어야 한다는 말에 살짝 인상만 찌푸렸을 뿐이다. 당미미가 나가고 나자 정운 신니가 들어왔다. 그녀는 들어와서 다탁 옆에 앉아 송백을 바라보았다.

"저는 아미파의 정운이라고 해요."

"송백이오."

송백이 정중히 말하며 몸을 일으키려 했다. 정운은 고개를 끄덕였다. 예의가 있는 사람치고 나쁜 사람은 없기 때문이다.

"누우세요. 괜히 일어났다가 상처가 덧나면 당 의원에게 제가 혼날 테니."

송백은 그녀의 말을 무시하듯 상체를 일으켜 앉았다. 고통이 동반되었으나 잠시 그렇게 앉아 호흡을 고르자 안정되었다. 조금 움직였을 뿐인데도 식은땀이 흘러내렸다. 정운 신니는 그 모습을 바라보며 살짝 눈을 빛냈다.

"어떻게 된 일인지 한번 듣고 싶은데 말해줄 수 있나요? 송소협으로 인해 저희 역시 큰 피해를 입었지요. 더욱이 저희는 송 소협을 구해주었어요. 어떻게 된 일인지 들을 권리는 충분하다고 생각하는데요?"

"마교와 싸웠을 뿐이오."

송백은 짧게 대답했다. 정운 신니는 고개를 끄덕였다. 이미 송백은 마교의 오전 중 하나인 패왕전의 전주를 죽였다고 했다. 그리고 많은 마교의 무리들을 죽였을 것이다. 짧은 대답이었으나 충분한 말이기도 했다. 정운은 곧 하고 싶은 말을 했다.

"저희는 열흘 후에 출발할 생각이에요. 이야기는 들었을 테지만 소림사가 목적지죠. 같이 가실 생각이 있다면 당일 아침까지 말해주세요."

정운은 그렇게 말하며 일어섰다. 송백처럼 강한 무인이 곁에 한 명이라도 더 있어야 했기 때문이다. 혹시 모르기 때문이다. 이런 일을 다시 당한다면 부상자가 많은 수정당은 더욱 어려운 상황에 처할 것이다. 그래서 말한 것이다.

정운이 밖으로 나가자 이번에는 냉유리가 들어왔다. 그녀의 옆에는 팽소련도 있었다. 팽소련은 송백의 안색이 좋자 얼굴에 미소를 보였다.

"몸은 어떤가? 좋나? 송 형의 몸은 마치 불사신처럼 보이는군 그래. 그런 상처를 입고도 살아 있으니 말이야. 아! 장 동

생이 명약을 먹여주어서 그런가?'

팽소련의 호탕한 목소리였다. 냉유리는 살짝 굳은 표정이
되었다. 명약이라는 말 때문이다. 이내 본래의 무심하고 차가
운 눈빛으로 송백을 한 번 보더니 짧게 말하며 신형을 돌렸다.

"무사했군."

"어이!"

냉유리가 나가자 팽소련이 멀쑥한 표정으로 송백과 냉유
리의 뒷모습을 보다 냉유리를 따라 나가며 송백에게 손을 흔
들었다.

"푹 자라고."

팽소련이 나가자 송백은 자리에 누우며 눈을 감았다. 아직
은 휴식이 필요했기 때문이다.

사실 냉유리는 송백의 상태가 궁금했다. 걱정되는 마음도
있었다. 하지만 그게 걱정하는 것인지 궁금한 것인지 구별을
하지 못하고 있었다. 장화영과 송백의 그 부끄러운 사건 이후
로 더욱 그런 마음은 더해진 것 같았다. 마음속으로 저도 모
르게 부럽다는 기분을 느낀 것이다. 말도 안 되는 일이었다.

'나는 무인이 되어야 한다.'

자신도 모르게 정신력이 약해졌다는 결론을 내린 냉유리
였다.

*   *   *

쿵!

제갈민은 탁자를 내려치며 자리에서 벌떡 일어섰다. 어이가 없었기 때문이다. 그런 제갈민의 표정은 그리 좋지 않았다. 잠시 숨을 몇 번 짧게 내쉬던 제갈민은 바로 앞에 앉아 있는 혈영대의 부대주 관초를 바라보았다.

"실패? 실패라고? 하하… 진정 운이 좋은 놈이로구나… 정말 운이 좋아. 하필 수정당과 만나다니……. 거기다 여방을 죽인 아미파의 고수는 분명 정운 신니일 것이다. 혈영대의 절반이 죽었다면 싸게 먹힌 싸움이지."

"죄송합니다."

관초가 부복하며 머리를 숙였다. 그러자 제갈민은 고개를 저었다.

"아니다. 일단 남은 대원들에게 재정비를 명하고 나와 함께 잠시 이곳을 떠나야겠어. 중원 깊숙이 들어갈지도 모르네."

"정말이십니까?"

"그렇다. 마중을 나가야 될 사람이 있으니까."

제갈민은 그렇게 말하며 관초를 지나쳐 갔다.

"이틀 후에 출발한다."

"복명!"

"송백… 송백이라……."

장무영은 인상을 찌푸리며 앞에 앉아 있는 제갈민을 바라보았다. 제갈민의 표정 역시 그리 밝지는 않았다. 장무영은 굳은 얼굴로 제갈민을 바라보며 말했다.

"더 이상 내 귀에 송백이란 이름이 들려오지 않았으면 싶구나."

"죄송합니다."

"아니야. 혈영대를 붙인 것은 나지 자네가 아닐세."

제갈민은 빠르게 말했다.

"소식을 듣자 하니 지 장로가 사람을 푼 것 같습니다. 천독문의 독귀 민조필과 천독문의 오행독군이 얼마 전 출발했다고 합니다. 또한 장로원의 허 장로와 지 장로의 건곤십육객이 뒤를 이어 출발했습니다."

"지 장로에게 넘긴다는 뜻이군."

"이미 그렇게 하였습니다."

"잘했어."

장무영은 고개를 끄덕였다. 귀찮았기 때문이다. 더 이상 자신의 수족이 죽어가는 것을 볼 수가 없었다.

"천무위는?"

"대야산에서 휴식 중입니다. 하지만 오래 살기는 그른 것 같습니다. 아마도 다음 한 번이 마지막일지도 모르지요."

"불쌍한 놈."

장무영은 혀를 차며 고개를 저었다. 열화일기신공의 그 뜨거운 열기는 인간이 극복할 수 있는 것이 아니었다. 그렇기 때문에 익히는 사람이 없었다. 그것을 잘 아는 장무영이었다. 그래서 신교에서 만든 것이 열화일기신공과 역시 인간이 그 극한까지 익히지 못한다는 건천음월신공(乾天陰月神功)을 합쳐 만든 열화이기신공과 음양일기공이었다. 열화이기신공은 사본만이 남고 그 진본은 이백 년 전 강호에 유출되었다.

초기 신교의 무공은 총 세 가지였다. 하나는 건곤심법이었고 나머지 두 개가 열화일기신공과 건천음월신공이었다. 초대의 교주가 이 세 가지를 가지고 천하를 평정하였으며 건곤심법으로 파생된 수많은 무공들과 열화일기신공과 건천음월신공으로 파생된 수많은 무공들이 현재의 신교를 있게 하였다. 하지만 이 세 가지의 무공은 초대의 교주를 제외하곤 그 누구도 그 극한까지 익히지 못했다.

"다음에 천무위를 지 장로파의 놈들 뒤로 보내게. 이렇게 운이 좋은 놈이라면 살아남을 가능성이 높아."

"그렇습니다. 한데 장 사매는 어떻게 할까요? 제 생각이지만 그녀는 이제 돌아오라고 하는 편이 좋을 듯합니다."

"그런가?"

제갈민은 고개를 끄덕이며 다시 말했다.

"그렇습니다. 그녀는 만화대를 이끌고 있습니다. 하지만 만화대는 교 내에서도 중요한 여자들입니다. 또한 장 사매 역시 마찬가지지요. 그녀는 안기위 장로의 제자이기도 합니다. 안 장로가 저희 편인 이유는 장 사매의 역할도 크게 차지하고 있지요. 그녀가 만약 죽기라도 한다면 안 장로의 마음이 변할지도 모릅니다."

"위험한 일에서 한발 물러서게 하자는 말인가?"

"그렇습니다. 나중에 화산을 공략할 때 그녀에게 따로 일을 시키지요."

제갈민의 말에 장무영은 고개를 끄덕였다. 장추문의 활용 방안을 제갈민은 따로 생각해 둔 것이다.

"그렇게 하지."

"그럼 그렇게 처리하겠습니다."

"그런데 말이야… 이제는 내 귀에 송백이란 이름이 안 들렸으면 좋겠어. 마지막이겠지?"

"그럴 것입니다. 살아난다면… 그것도 운이겠지요. 만약 이번에도 살아남는다면 그는 우리의 가장 큰 적이 될 것입니다."

제갈민이 눈을 빛내며 말하자 장무영 역시 굳은 표정으로 눈을 빛냈다. 자신 역시도 그렇게 생각했기 때문이다.

"살영대의 움직임은 어떤가? 아직 활동을 안 하고 있는 것 같은데?"

"그들은 작전을 수행하기 시작했습니다. 아직 결과물이 나오기까지 시간이 걸리나 조만간 좋은 소식들이 들려올 것입니다."

장무영은 자리에서 일어서며 만족한 미소를 지어 보였다. 그러다 생각난 듯 물었다.

"아참! 그분은 언제 오신다고 하던가?"

"이틀 후에 마중 나갈 계획입니다."

"다행이군. 십보살에 중독되었다고 하던데?"

"어차피 만독불침(萬毒不侵)의 몸이십니다. 걱정이 있겠습니까?"

"그렇군. 괜한 걱정을 했네."

장무영의 말에 제갈민은 가볍게 미소를 그렸다. 장무영이 걸음을 옮기며 다시 말했다.

"나는 다시 수련을 하겠네. 그동안 이곳의 일을 잘 처리해 주게나. 잡힐 듯하면서도 잡히지 않으니 마음만 조급해지는군. 하하."

"좋은 결과가 있기를 빌겠습니다."

제갈민은 허리를 숙였다.

$*$ $*$ $*$

"우엑! 퉤!"

검은 피를 뱉은 제갈사랑은 자리에서 일어섰다. 역한 냄새가 주변을 맴돌았다. 십보살의 독을 모두 뱉어낸 것이다. 아무리 만독불침의 몸이라고 하지만 독이 체내에 남아 있다면 나중에 탈이 난다.

저벅! 저벅!

숲을 빠져나오자 길옆에서 말을 준비한 악진이 다가왔다.

"안색이 밝으신 것을 보니 호전되신 것 같습니다."

"그렇네."

"이틀을 달리면 약속된 구진에 도착합니다. 그곳에서 휴식을 취하다가 움직이면 될 것 같습니다."

제갈사랑은 악진의 말에 고개를 끄덕이며 말 위에 올라탔다. 악진이 다른 말에 올라타곤 천천히 이동하기 시작했다.

"산동악가를 버린 것에 후회는 없나?"

"형님이 가주이신 이상 저에게 미래는 없습니다. 더욱이 뛰어난 무공을 가르쳐 준다는데 마다할 이유가 없지 않습니까?"

산동악가주인 악군위의 막내 동생인 악진은 하늘을 바라보며 말하였다. 제갈사랑은 그 말에 한쪽 입술을 올리며 조소를 보였다.

"후회할지도 모르네."

"이미 후회는 다 했습니다."

악진의 말에 제갈사랑은 고개를 끄덕였다.

"네 각오가 그렇다면 신교의 무공을 보여줌과 더불어 크게 중용하마."

"감사합니다."

제갈사랑은 그런 악진의 대답을 들으며 눈을 빛냈다. 어차피 그는 이용해야 할 말 중에 하나였다.

*   *   *

무림맹은 공황 상태에 빠졌다. 제갈사랑이 차지하던 비중이 상당했기 때문이다. 그 비중을 메우기 위해서 개방의 방주를 급하게 초대해야 했다. 개방주가 오고 있다는 소식에 무림맹은 그나마 위안을 삼고 있었다. 하지만 제갈사랑의 반역은 전 강호에 충격을 줄 수밖에 없었다.

사천의 싸움이 시작된 지금 상태에서 무림맹의 이러한 흔들림은 클 수밖에 없었다. 거기다 이 일로 인해 무림맹은 마교와의 싸움이 본격적으로 시작되기도 전에 한발 물러서게 되었다. 무림맹의 신뢰는 땅으로 떨어졌고 강호의 사람들이 점점 무림맹을 믿지 못하게 되었다. 응집된 암석에 금이 가기 시작한 것이다.

"아니, 왜? 무엇 때문에? 도대체 자신에게 무슨 이득이 있다고 그런 짓을 한단 말이오? 평생 동안 쌓았던 명성이 부족하다는 뜻이오? 이번 마교와의 싸움에서 승리하게 된다면 대대손손 부귀와 영광이 있을 터인데 무엇이 아쉽다고 그랬단 말이오?"

말에 올라타고 있던 사십대 중반의 중년인이 대충 아무렇게 자란 수염을 쓰다듬으며 인상을 굳혔다. 그의 옷은 너덜거렸으며 오른손에는 청옥장을 들고 있었다. 개방의 방주만이 들고 다닐 수 있는 청옥장이었다.

"제가 그걸 어떻게 알겠습니까? 한 길 물속은 알아도 천 길 사람 속은 모른다고 하였습니다. 그놈의 속을 내가 보지도 못했는데 어떻게 안단 말입니까?"

"하긴 그렇지."

개방주인 조화신개 엽표는 고개를 끄덕였다. 그의 옆에는 반백의 중년인이 함께하고 있었다. 그는 개방의 장로원주인 취옥신개 구여룡이었다. 단둘이서 무림맹으로 향하는 중이었다. 급작스러운 남궁천의 부상과 무림맹 문원주의 배반이 그를 무림맹으로 오게 한 것이다.

"문조한 녀석은 도대체 거기서 뭐 했는지 몰라, 맹주의 안위도 지키지 못하고. 거기다 무림맹주의 주변에는 무영대가 있을 터인데 무영대 녀석들도 눈 뜨고 보고만 있었나?"

"그게 저도 의심스럽습니다. 무영대 녀석들은 맹주의 보호가 최우선일 텐데… 그놈들이 있었는데도 맹주가 당했다면 문제가 있는 것이 아니겠습니까? 가면 무영대 먼저 족쳐 봐야 할 것 같습니다."

"음… 그럴 생각이네."

엽표는 고개를 끄덕였다. 아무리 생각해 봐도 남궁천의 부상이 의심스러웠다. 남궁천은 쉽게 부상을 당할 인물이 아니기 때문이다. 엽표는 여러 가지 정황을 생각하며 분석하였다. 하지만 무림맹에 도착하지 않은 이상 쉽게 결론을 내릴지 못했다.

신교의 살영대 총대주인 오회는 사십대 중순의 준수한 외모를 가진 중년인이었다. 젊었을 때는 상당한 미남자로 통했을 것 같은 그는 굵은 눈썹과 큰 눈을 하고 있었으며 이목구비가 뚜렷했다. 오회는 저 멀리 보이는 대로의 끝을 나무 위에서 바라보고 있었다. 이내 바닥에 내려온 오회는 주변을 둘러보며 말했다.

"모든 준비는?"

"준비는 끝났습니다."

은신하고 있는 수하의 목소리였다. 모습은 보이지 않았으나 분명 근처에 있을 것이다. 오회는 곧 검은 복면을 썼으며 손에는 검은 가죽으로 된 장갑을 끼었다. 장갑의 바닥은 작은 점 모양의 은색 철점이 깨알처럼 박혀 있었다.

"거미줄에 걸린 날파리처럼 개방주를 죽여야 할 것이다. 우리 살영대의 이름을 걸고 그를 처단한다."

"복명!"

쉬쉭!

수십 개의 그림자가 어둠 속으로 사라졌다. 제갈사랑은 무림맹의 문원주로 있는 동안 신교와 긴밀한 연락을 통해서 살영대를 중원으로 불러들였다. 중원에 들어온 살영대는 제갈사랑의 지시가 있을 때까지 잠복했다가 그가 맹을 떠나는 순간 움직임을 시작하였다.

오회는 확실한 자신감이 있었다. 총 이백 명의 살영대원을 중원에 끌고 나와 그중 일류 급 오십 명이 자신과 함께하였고 나머지 백오십 명은 중원의 각처로 분산된 상태였다. 조를 이루어 행동해야 했기 때문이다. 노리는 인원은 총 서른 명이었으며 모두 강호에서 유명한 인사들이었다.

그들이 모두 죽는다면 신교는 이번 싸움에서 상당히 유리한 위치를 차지하게 된다. 그리고 이날을 위해 지금까지 살아온 살영대원들이었다.

오회의 눈에 저 멀리서 천천히 다가오는 개방주와 구여룡이 모습을 보이고 있었다. 오회는 다시 한 번 주변을 둘러보았다. 살막진(殺縸陣)을 펼치기에 최적의 장소가 필요했기 때문이다. 그리고 개방주를 상대함에 있어서 가장 최적의 장소를 찾은 상태였다. 대로를 중심에 두고 좌우로는 넓은 숲들이 이어져 있었기 때문이다. 나무들도 굵었다. 그 사이사이로 육 척 높이의 쇠기둥이 간간이 박혀 있었다.

다각! 다각!

두 필의 말이 천천히 다가오고 있었다. 엽표와 구여룡은 좌우로 넓게 펼쳐진 숲길에 들어서며 담소를 나누고 있었다. 이곳을 지나면 무한이었다. 그곳에서 배를 타면 악양까지는 금방이었다. 무림맹 역시 코앞인 것이다.

숙.

엽표가 탄 말의 콧잔등에 붉은 선이 그려졌다. 순간 말의 눈동자가 모였다. 엽표와 구여룽의 눈 역시 갑자기 멈춰 서는 말로 향하였다. 그 순간 말이 비명을 토하며 몸을 높이 일으켰다.

서걱!

말의 목이 잘려 나갔으며 엽표의 신형이 빠르게 바닥에 내려섰다.

"누구냐!"

엽표가 외치는 순간 구여룽의 말이 다리와 목이 잘려 나가며 피를 뿌렸다. 구여룽 역시 놀란 표정으로 말에서 내려 엽표의 옆에 등을 붙이며 주변을 경계하였다.

핑!

순간 구여룽의 목에 실선처럼 붉은 선이 그려졌다. 구여룽은 놀라 손에 들고 있던 봉을 들어 옆으로 쳐냈다.

핑!

무언가가 봉에 걸리며 옆으로 움직였다. 그 순간 숲 속에서 수십 인의 그림자가 엽표와 구여룽의 앞에서 좌우로 빠르게 움직이기 시작하였다.

쉬쉬쉭!

엽표는 십 장의 거리를 두고 빠르게 좌우 숲으로 사라졌다 나타나는 흑의인들의 모습에 눈을 빛내며 구여룡에게 말하였다.

"느낌이 좋지 않은데 일단 피하고 봅시다."

"그렇게 합시다."

이곳에서 자신의 목숨을 노릴 사람이나 단체는 없었다. 있다면 오직 마교뿐이다. 엽표의 좌장에 붉은 회오리가 뭉치는 순간 앞으로 뻗어나갔다.

슈아악!

순간 움직이던 흑의인들의 신형이 좌우의 숲 속으로 사라졌다.

피피핑!

무언가가 적룡장에 걸려 끊어지는 것 같았다. 구여룡 역시 봉을 회전시키며 앞을 향해 강렬하게 뻗었다. 그의 봉에서 풀려 나온 거대한 회오리가 사방으로 뻗어나갔으나 구여룡은 움직이지 못했다. 엽표 역시 움직이지 못하였다. 앞과 뒤에 떠 있는 사람들 때문이다.

"강사?"

엽표는 안색을 굳히며 자신의 오 장 앞 눈높이에 떠 있는 흑의인을 바라보았다. 그의 뒤로 이십여 명의 흑의인이 허공에 떠 있었다.

"역시 개방주. 강사를 한눈에 알아보는군. 그렇다면 이 강사에 얼마나 많은 고수가 죽었는지, 그리고 누가 죽었는지도 잘 알겠군."

오회는 장갑 낀 손을 들어 움켜쥐었다. 그의 손에 무언가가 잡힌 듯했다. 오회의 말처럼 강사에 죽은 고수만도 백여 명이다. 그 위력은 대단하였으며 시전자 역시 잘못 쓰면 위험했다. 마교만의 비법으로 실을 뽑아 만든 강사는 그만큼 날카롭고 위력적이었다.

오회는 엽표를 상대하기 위해서 오십 인의 살영대원과 함께 연습하고 또 연습하였다. 잘못 사용하면 자신들의 목숨도 없기 때문이다. 그리고 그 연습의 대가로 엽표를 죽일 것이다. 구여룡은 그저 덤이었다.

엽표는 눈을 가늘게 뜨며 강사의 모습을 찾기 시작했다. 그리고 햇살에 반사되는 수십, 수백의 강사가 마치 그물처럼 사방에 깔려 있다는 것을 알게 되었다.

"도망갈 생각은 하지 마라. 쳐라!"

쉬쉭!

순간 수십 개의 비도가 엽표와 구여룡을 향해 날아들었다. 엽표와 구여룡의 안색이 크게 흔들렸다.

*　　　*　　　*

포양호 변에는 작은 마을들이 많았다. 고기잡이를 하는 배들도 많았으며 포양호를 유람하는 유람선들도 많았다.

누더기 같은 방립과 도대체 얼마나 오랫동안 입었는지 모를 회색의 포의를 두른 인물이 나무 그늘에 앉아 호수 속에 낚싯대를 드리우고 있었다. 한가한 하루를 보내는 그저 평범한 사람 같았다. 하지만 그의 오른편에는 검이 하나 놓여 있었다. 그 검으로 인해 좀 더 다른 사람처럼 보이게 만들었다.

"뭐 좀 잡히는 것이라도 있수?"

옆으로 다가온 한 명의 늙은 촌부가 대롱이를 호수에 넣으며 물었으나 방립을 쓴 인물은 대답이 없었다.

"어제도 오더니 오늘도 왔구려?"

여전히 방립을 쓴 인물은 대답이 없었다. 노인은 그냥 그런 사람이라 여기며 일 장 정도의 거리를 두고 앉아 낚시를 하기 시작했다.

평온한 바람이 불어오기 시작했다. 시원함 때문일까? 방립을 쓴 인물이 고개를 들어 하늘을 바라보았다. 그러자 그의 얼굴이 나타났다. 삼십대 초반으로 보이는 인물이었다. 잘생기면서도 강인해 보이는 얼굴이었으나 짧은 수염과 헝클어진 머리카락을 아무렇게나 흘려내렸기에 단정하게 보이지는 않았다.

햇살 때문에 살짝 눈살을 찌푸린 그는 곧 자리에서 일어섰다. 왼손으로는 낚싯대를 들고 오른손엔 검을 들었다. 그 모습에 노인이 보기 좋은 웃음을 보이며 말했다.

"오늘도 한 마리도 못 잡고 일어섰구려."

"말이 많아."

쉭!

낚싯대가 노인을 향해 섬전처럼 날아들었다. 순간 노인의 웃는 얼굴이 흔들렸고 낚싯대는 몸통을 뚫고 들어가 반대편에 박혔다. 방립 사이로 살기 어린 눈동자가 번뜩이며 앞을 향했다.

쉬악!

그 순간, 정면에서 검이 하나 튀어나왔으며 물보라와 함께 두 명의 검은 인영이 방립을 쓴 인물의 뒤를 노려왔다. 흘러내린 머리카락 사이로 살짝 올라간 미소가 보였다. 방립인은 오른손에 쥔 검의 받침대를 엄지손가락으로 힘주어 밀며 앞으로 쏘았다.

핑!

"……!"

정면에서 날아들던 노인의 안색이 순간적으로 굳어졌다. 검끝이 아니라 검의 손잡이 끝이 눈에 들어왔기 때문이다.

픽!

이마에서 피가 솟구치며 노인의 신형이 뒤로 넘어가듯 회전하였으며 그 순간 방립인의 뒤를 노리던 두 인영의 검날이 가까이로 접근하였다. 방립인의 신형이 흔들렸으며 그들 사이로 모습을 보였다.

"……!"

두 인영의 눈동자가 부릅떠졌다. 순간 검집이 그들의 허리를 각각 쳐내렸다.

쾅! 쾅!

폭음성과 함께 두 인영의 신형이 허리를 중심으로 위로 꺾이며 호수에 빠져들었다. 비명도 없었다. 단 일격에 척추가 부러지며 비명횡사한 것이다.

첨벙! 첨벙!

탁!

바닥에 내려서는 순간 허공중에서 회전하던 노인의 신형이 바닥에 떨어졌다.

철퍼덕!

방립인은 천천히 걸음을 옮기며 노인에게 다가가 검을 뽑아 들었다. 검붉은 피가 검의 손잡이에 묻어 있었으나 별로 개의치 않는 듯 호수에 다가가 씻어 내렸다. 그리곤 다시 노인에게 다가가 품을 뒤지기 시작했다. 그의 손에 목패 하나가 잡혀들었다.

"신교……."

방립인의 안색이 굳어졌다. 신교가 왜 자신을 노리는지 잠시 생각했다. 하지만 그도 이때에는 몰랐다. 자신만 노린 것이 아니라 동시다발적으로 중원의 이름있는 무인들을 노린 것이란 것을.

＊　　　＊　　　＊

"헉! 헉!"

엽표는 온몸에 피칠을 한 채 달리고 있었다. 그의 오른팔은 어깨부터 잘려져 있었으며 왼쪽 귀도 잘려진 상태였다. 살막진이 완성되기 전이었다면 이처럼 당하진 않았을 것이다. 하지만 완성된 뒤였기에 한 팔과 귀를 내주어야만 했다. 더구나 구여룡의 희생이 아니었다면 자신도 살지 못했을 것이다. 그의 눈은 붉게 충혈되어 있었으며 온몸은 상처투성이였다. 무리한 내공의 운용으로 인해 내상까지 겹쳤다. 하지만 살아야 했다.

그의 뒤로 수십 인의 살영대원이 날아들고 있었다. 그들의 뒤에서 오회가 왼 어깨를 잡고 신형을 움직이고 있었다. 그 역시 무사하지 못했다. 강룡십팔장을 피하지 못하고 왼팔을 잃은 것이다. 그만큼 무시무시한 파괴력이었다. 살막진을 단 혼자서 붕괴시키며 이십여 명의 수하를 죽였다. 또한 살막진을 펼치다 세 명의 수하가 강사에 잘려 죽었다.

피이익! 피이익!

그때 허공중으로 수십 개의 휘파람 소리와 함께 붉은 섬광이 번뜩였다. 순간 오회의 안색이 굳어졌다. 생각지도 못했던 일이었기 때문이다. 사방에서 몰려드는 발자국 소리가 오회를 더욱 당황하게 만들었다.

"와아아아!"

함성 소리와 함께 좌우와 정면에서 수백여 명의 개방도가 나타났다.

"도망쳐라!"

오회가 외치며 신형을 돌리는 순간 섬광과 함께 거대한 회오리가 오회를 덮쳐들었다.

콰쾅!

"크아악!"

오회의 신형이 허공을 날았으며 거대한 쇠봉이 허공에 회전하며 바닥에 떨어져 내렸다. 그 순간 거대한 체구의 남루한 거지가 봉을 잡아 들고는 외쳤다.

"한 놈도 남기지 말고 모두 주살해라!"

작은 초가집 주변을 수백여 명의 개방도가 둘러싸고 있었으며 그 안으로 몇 명의 개방장로가 침통한 표정으로 달려들어 갔다.

"방주!"

법의개인 추혼신개 엄종혁은 눈물을 글썽이며 엽표를 바라보고 있었다. 그의 옆에는 오미미가 앉아 눈물을 떨구고 있었다. 이내 문이 열리며 세 명의 개방장로가 달려들어 왔다.

"방주!"

세 장로가 외치며 달려들어 오자 안쪽에 누운 엽표가 시선을 돌리며 흐릿한 표정으로 미소를 보였다.

"내⋯ 못난 모습을 보이는구려⋯⋯."

"방주!"

모두들 엎드리며 눈물을 떨구었다. 엽표는 쓰게 웃으며 고개를 저었다.

"내가 실수를 했다면⋯ 제갈사랑이 무림맹에 있다는 것을 잠시 잊었다는 것뿐이오. 그자가 무림맹에 몸담고 있었으면서⋯ 이런 일을 생각지 못했겠소? 그것을 알면서도 구장로와 둘이서만 무림맹에 가려 했던 내가 잘못이었소⋯⋯. 아마⋯ 나뿐만이 아니라 여러 사람들을 노릴 것이오. 어서 이 일을 강호에 알리고 조심하라 하시오."

그의 말에 아무도 대답하지 않았다. 그저 고개만 숙이고 있을 뿐이다.

"방주! 제 불찰입니다! 저를 죽여주십시오!"

엄종혁이 엎드리며 외치자 엽표는 고개를 저으며 말했다.

"자네는 다음 대의 방주를 위해 힘써주게나⋯ 내 아무래도 더 이상은 힘들 것 같네⋯⋯."

"방주!"

놀란 사람들이 눈을 부릅떴다. 엽표는 서늘한 미소를 보이며 다시 말했다. 그의 눈이 장로들을 향하고 있었다. 세 명의 장로는 엽표를 바라보며 굵은 눈물 방울을 흘리고 있었다.

"다 늙어서 울긴 왜 울고 그러시오⋯⋯."

"하지만 방주… 멈출 수가 없구려……."

언제나 웃고 다닌다는 소면개 홍철조차도 울고 있었다. 화룡신개와 홍취신개 역시 눈물을 글썽이고 있었다. 그런 그들을 향해 엽표가 다시 말했다. 마지막으로 해야 할 말이 있었기 때문이다. 자신이 그 말을 안하고 죽는다면 분명 분란이 일어날 것이다.

"이 청옥장은 주문에게 주구려… 세 분 장로께서 주문을 잘 이끌어주시길 바라겠소……."

"방주!"

외침 소리를 들으며 엽표는 눈을 감았다.

第二章

알고 싶지 않아도 들린다

　송백은 만화대와 특무단과의 싸움을 생각하며 눈을 감았
다. 당미미의 말로는 아직 운기를 하지 말라고 하였으나 빠른
시간 안에 체력을 회복해야만 했다. 가만히 운기를 시작하자
고통이 따라왔다.

　'아직은…….'

　송백은 이를 깨물며 견딜 만하다고 여겼다. 뼈가 부서지는
듯한 고통이 따랐으나 이미 그보다 더한 고통도 이겨내며 살
아왔다. 견딜 만했다. 그의 온몸에서 땀방울이 흘러내렸다.
옷도 젖기 시작했으며 이마에 맺힌 땀방울이 흘러내리기 시
작했다. 그렇게 시간이 흘러가고 있었다.

문을 열던 장화영은 방 안을 가득 채운 희뿌연 안개에 놀라 잠시 서 있었다. 이내 송백의 모습이 안개 너머로 보이자 그가 운기한다는 것을 알고는 문을 닫았다.

"도대체……."

장화영도 당미미의 말을 들었기에 걱정스러운 얼굴로 발을 굴렀다. 모두들 안정을 찾았기 때문에 당미미는 이미 돌아간 상태였다. 잠시 그렇게 고민하던 장화영은 한숨을 내쉬며 자신의 방으로 돌아갔다. 자신이 말린다고 해서 그만둘 녀석이 아니란 결론을 내린 것이다. 문득 화산에서의 일이 떠올랐다. 자신의 목에 검을 겨누던 그때의 그 거만하고 건방진 표정이.

방으로 돌아간 장화영은 좁은 방 안에서 검법을 수련하기 시작했다. 마치 가볍게 몸을 풀 듯이 검을 움직였다.

"몸은 좀 어때?"

송백은 침상에 기대앉아 앞에 앉은 장화영을 바라보았다. 장화영은 여전히 걱정스런 표정을 그리고 있었다.

"덕분에 좋아졌다."

"다행이야… 많이 걱정했는데."

장화영이 차를 따라 송백 앞으로 밀었다. 송백은 찻잔에서 피어나는 뜨거운 김에 시선을 던졌다. 따뜻한 기분이 들었다. 찻잔을 잡자 손이 스쳤다. 장화영의 표정이 붉어졌다. 하지만 그것도 잠시였다.

"앞으로 어떻게 할 생각인데?"

"글쎄⋯⋯."

송백은 그렇게 말하며 찻잔을 들어 마셨다. 그 모습을 바라보던 장화영은 다시 물었다.

"일단 소림사까지 같이 가는 게 어때? 그 몸으로 혼자 다니는 것은 무리인 것 같은데. 도대체 무슨 생각으로 혼자 다니는 것인지 궁금하지만⋯⋯."

송백은 대답하지 않았다. 장화영은 이내 자리에서 일어섰다.

"가봐야지. 오래 있다간 다른 애들에게 어떤 소리를 들을지 겁나니까."

가볍게 말하며 일어서자 송백은 찻잔을 내려놓으며 말했다.

"고맙다."

신형을 돌리던 장화영의 눈동자가 흔들리며 자신도 모르게 고개를 돌렸다.

"응?"

장화영의 시선에 송백은 가볍게 미소를 보였다.

"네 덕에 살 수 있었어⋯ 고마워."

송백의 말에 장화영은 안색을 굳히며 빠르게 말했다.

"그러니까 몸을 함부로 굴리지 말란 말이야. 다음부터는 봐도 못 본 척할 테니까."

그렇게 말한 장화영은 차갑게 등을 보이며 밖으로 나갔다. 하지만 장화영의 얼굴은 붉게 달아올라 있었다. 처음 들어보는 가슴 뛰는 말이었다. 심장이 튀어나올 것만 같았다. 더 있다가는 자신도 모르게 송백의 품에 달려들 것 같았기에 급하게 나온 것이다.

"휴우……."

벽에 등을 기대어 깊게 숨을 내쉰 장화영은 고개를 저으며 눈을 감았다. 이내 눈을 뜬 장화영은 자신도 모르게 경직되었다.

"아……."

약간의 거리를 두고 서 있는 냉유리와 시선이 마주쳤기 때문이다.

"언제부터 있었어?"

"방금."

냉유리는 그렇게 말하며 냉담한 표정으로 장화영과 그 뒤를 응시했다. 뒤에는 송백의 방문이 있었다. 장화영이 고개를 돌려 냉유리의 시선을 따라가자 냉유리는 빠르게 신형을 돌렸다. 왠지 모르게 장화영은 냉유리의 시선에서 알 수 없는 뜨거움을 느꼈다.

'설마… 그럴 리가 없겠지…….'

장화영은 애써 태연하게 걸음을 옮기기 시작했다.

　　　　*　　　　　*　　　　　*

　감숙성의 천수로 들어온 장추문은 부상당한 만화대의 대원들을 의원들에게 부탁한 후 자신의 처소로 들어섰다. 천무위는 특별 취급되어 다른 곳으로 실려간 후였다.

　"그 무공은 도대체……."

　장추문은 천무위의 모습을 멀리서 지켜보았기에 그를 둘러쌌던 불꽃을 떠올렸다. 그 모습은 기이하면서도 괴이했다. 생전 처음 보는 모습이기에 두려움도 있었다. 하지만 같은 동료였다. 그 마음이 앞서 그가 쓰러지자 바로 그를 데리고 도망친 것이다.

　그런 천무위가 쓰러질 정도로 송백은 강한 무인이었다. 하지만 송백의 초월파는 자신의 검으로도 막았다. 보통의 초월파라면 막을 수 없었을 것이다. 튕겨내지 않는 이상 막는 것은 불가능한 무공이기 때문이다. 하나 자신의 검기에 막혔다.

　순간적으로 머리를 스친 것이 있었다. 그의 힘이 다 되었다. 송백은 이제 곧 쓰러질 것이다. 자신의 검이 스치기만 해도 죽일 수 있을 것 같았다. 그렇게 보였다. 하지만 그의 난폭한 살기와 강렬한 위압감은 보통이 넘었다. 자신을 눌러 죽일 듯한 그 눈빛과 기도는 그가 아직 충분한 힘을 남겨놓고 있다는 것을 말해주는 듯했다.

"왜 망설였을까……."

장추문은 문득 후회가 되었다. 손을 움직이지 않았던 그때의 상황이 더없이 좋은 기회였을지도 모른다. 그런 생각을 수없이 반복하고 있었다. 그리고 후회했다. 검을 날렸더라면 어떻게 되었을까?

쿵!

탁자를 내려친 장추문은 고개를 저으며 일어섰다. 아직도 자신의 마음은 단단한 암석처럼 굳지 못했다고 여겼다.

안기위는 차를 마시며 한산한 오후를 보내고 있었다. 정자는 호수의 중앙에 있었고 그곳으로 향하는 다리가 놓여져 있었다.

이곳 천수에서 그를 능가하는 사람은 없었다. 화주에 있는 지명법이 장로 중에 그보다 위에 있을 뿐이었다. 또한 서안에 있는 교주는 여전히 수련 중이었다.

곧 건장한 청년이 빠르게 다가와 정자 밖에서 부복했다.

"장로님, 장 대주가 찾아왔습니다."

"장 대주? 장 대주가 어디 한둘인가?"

"장추문 대주이십니다."

"그래?"

안기위는 자리에서 일어나 객청으로 향하였다.

"스승님을 뵙습니다."

"앉아라."

장추문은 자리에 앉았다.

"그래, 갔던 일은 잘 되었느냐?"

장추문은 고개를 저었다. 그녀의 눈동자는 흔들리고 있었다. 그 모습에 안기휘는 한숨을 내쉬며 말했다.

"원래 세상일이란 다 그런 것이다. 잘 되는 일도 있지만 안 되는 일도 있지. 네게는 너무 무리한 일이었던 것 같구나."

"죄송합니다."

"송백이란 자의 무공이 그리 뛰어나더냐?"

"뛰어났습니다."

안기위는 고개를 끄덕였다.

"송백?"

안기위와 장추문이 고개를 돌렸다. 막 객청에 들어서던 여자가 그들의 눈에 들어왔다. 안기위의 표정이 밝아졌다.

"이리 와서 앉거라."

안희명은 안기위에게 가기 위해 객청으로 온 것이다. 그리고 들어오는 순간 송백이란 이름을 듣자 안색을 굳혔다. 송백이 누구인지, 그리고 어떤 사람인지 잘 알기 때문이다. 오랜만에 듣는 이름이었다.

"송백에 대해 잘 아는 것 같구나?"

"예? 아… 그건… 그자의 무공이 뛰어나기 때문에 이름을 들어봐서 알고 있어요."

안희명의 말에 장추문의 눈동자가 살짝 빛났다.

"중원에서 온 지 얼마 안 되었으니 안다고 해서 이상할 것도 없겠지……."

"예."

안희명은 그렇게 대답하며 장추문을 바라보았다. 장추문과 시선이 부딪치자 안희명은 고개를 숙였다.

방으로 들어온 안희명은 오랜만에 들어본 이름 때문에 마음이 혼란스러웠다. 무엇보다 송백이란 이름 뒤에 함께 있던 능조운 때문이다. 능조운의 얼굴이 떠올랐다. 처음으로 마음을 준 남자였다.

슥.

"동생, 들어가도 돼?"

"예? 아……."

내실로 들어서는 장추문의 모습에 안희명의 표정이 굳어졌다.

장추문은 차와 다과를 내온 시비들에게 나가라는 눈짓을 하였다. 그리고 그녀들이 모두 나가자 침착한 표정으로 안희명을 바라보았다. 안희명의 표정은 경직되어 있었다. 마치 죄를 지은 사람 같았다.

"표정을 보아하니 많이 아는 것 같은데? 안 동생은 무림대회도 나갔다면서? 송백에 대해 아는 게 있다면 말해줄 수 있을 것 같은데?"

장추문의 말에 안희명은 고개를 저었다.

"아는 게 없어요… 단지 명성이 높아 이름만 알고 있을 뿐이에요."

"나를 너무 무시하는 게 아닐까? 안 동생은 무림맹에서 능조운이라는 사내와 함께 다니고 있었어. 그리고 그자는 송백과 친하다고 들었는데? 과연 안 동생이 송백을 모를까?"

"그건……."

안희명의 표정이 굳어지자 장추문은 숨을 크게 내쉬며 말했다.

"안 동생을 추궁하는 것이 아니라 그저 물어보는 것뿐이야. 안 동생도 잘 알잖아? 송백이 어떤 놈인지. 그리고 그자가 우리 신교에게 어떤 짓을 해왔는지 말이야. 그자는 우리의 수많은 형제들을 죽인 놈이야. 그런 놈에게 인정을 가질 필요가 있을까? 우리와 중원은 적이야. 그리고 안 동생에게도 적이지. 아직 안 동생이 많이 혼란해하는 것 같아서 그러는데… 그들은 절대 우리와 양립할 수 없는 놈들이야."

"알고 있어요. 하지만……."

장추문은 다시 한 번 숨을 크게 내쉬며 고개를 저었다.

"나의 친구들이 그들의 손에 죽었고 나의 형제들이 그들의 손에 죽었어. 조만간 안 동생도 알게 되겠지, 그들과 우리가 왜 양립할 수 없는지…….”

안희명은 흔들리는 시선으로 장추문을 바라보았다. 괴로 웠기 때문이다. 그 생각만 하면 괴로워 죽을 것 같았다. 능조 운과 헤어진 것이다. 그와는 다시 만날 수가 없었다. 신교와 중원은 그런 관계였다.

“내가 알고 싶은 것은 송백뿐이야. 송백이란 놈은 어떤 놈 이지? 그자의 신상은? 누구의 제자이며 고향은? 그놈의 약점 은?”

“잘… 몰라요.”

장추문은 자신이 너무 빠르게 물은 것 같다고 여겼다. 이럴 때는 그저 천천히 말해야 했다. 추궁하는 것 같았기 때문이 다. 안희명은 그저 고개만 저을 뿐이다. 그 모습에 장추문의 안색이 굳어졌다. 마음은 다급했으나 안희명은 대답이 없었 다. 그렇다고 안희명에게 화를 낼 수도 없었다. 안희명이 고 개를 들며 말했다.

“정말…….”

안희명이 말하자 장추문은 신경을 곤두세웠다.

“아는 게 없어요, 송 소협에 대해서는. 그분은 자신의 신상 에 대해서나… 아니면 어떤 생각에 대해서도 말을 한 적이 없 어요. 단지 화산파와 친하다는 것 정도… 그뿐이에요.”

“그런가?”

장추문은 자리에서 일어서며 안희명을 바라보았다. 안희명의 흔들리는 동공을 마주 본 장추문은 잠시 입을 닫았다. 안희명의 마음을 대충은 짐작했기 때문이다. 이내 신형을 돌리며 냉담하게 말했다.

"언젠가 네 그런 나약한 마음과 중원에 대한 정이 뼛속까지 스며드는 후회를 만들고 말 거야. 그전에 중원에 대한 모든 기억은 지워 버려."

"……."

그로부터 며칠 후에 안기위와 안희명은 많은 신교의 무사들과 함께 서안으로 향하였다. 화산파를 멸하기 위해서이다.

*　　　*　　　*

수정당이 떠나자 송백은 숙소를 옮겼다. 별원이 딸린 큰 곳으로 이동하여 별원에 혼자 누운 것이다. 안정을 취하기 위해서는 잘 먹는 것도 중요했지만 주변의 환경도 중요했다. 하루 종일 누워만 있다가 걸으려니 힘들었다.

"한동안은 송 소협의 곁을 떠나지 말라는 분부예요."

방지호가 걷는 것을 도와주며 어깨를 빌려주고 있었다.

"그랬군."

방지호는 주변의 사정과 사건들에 대해 조사를 하러 다녔었다. 그리고 수정당이 떠나는 시점에서 다시 돌아와 송백의 곁을 지켜주고 있는 것이다.

"수정당이 마교의 공격을 받았다고 하자 화정당이 귀주를 떠나 수정당과 합류하기 위해 오는 중이래요."

"화정당?"

"당주는 능 소협이라고 하네요. 그분도 출세했어요. 송 소협을 대신해서 당주가 되었으니 말이에요. 함께 소림사로 이동한다고 하네요."

"그랬군."

송백은 고개를 끄덕였다.

방지호 덕분에 며칠 동안은 편하게 지낼 수가 있었다. 하지만 여전히 상처가 쑤시고 아팠기에 움직이기는 힘들었다. 한 달은 더 지나야 어느 정도는 회복될 것 같았다. 방지호는 일 때문에 밖에 나갔다가 밤이 되서야 돌아왔다.

"장소를 옮겨야겠어요."

"……?"

돌아오자마자 방지호가 말하며 짐을 꾸리기 시작했다.

"무슨 일인데?"

"마교의 눈을 피해 조용한 곳으로 옮겨야 할 것 같아서요. 의외로 그들의 시선이 날카롭더군요. 그만큼 첩자들이 많다는 뜻이에요. 그러니 이곳에 있다는 것도 분명 그들은 알고 있을 거예요."

송백은 자리에서 일어섰다. 하지만 고통 때문에 그런지 인상이 저절로 찌푸려졌다. 방지호가 그 모습에 놀라 다가와 부축했다.

"갑작스럽겠지만 어쩔 수 없어요. 며칠 전 개방주가 피살되었어요. 그것도 마교의 살수들에게……."

"……!"

송백의 표정이 굳어졌다. 생각지도 못했던 소식이기 때문이다.

"그분뿐만 아니라 구주십오객이라 불리는 분들 중 오 인이 암살당했어요. 무림맹에 계시던 분들은 모두 살수들의 손을 피했지만 그렇지 않은 분들은 모두 암살당한 것 같아요. 그 일로 전 강호가 지금 비상이 걸렸어요."

"대단하군."

송백은 신교의 수법에 대해 칭찬했다. 칭찬할 수밖에 없었다. 가장 빠르고 가장 쉽게 적을 분산시킬 수 있는 방법이었기 때문이다.

"아무도 안심할 수 없는 상황이에요. 그러니 빨리 움직여야 할 것 같아요. 언제 저희들도 그들의 정보망에 걸릴지 모르니까요."

야간에만 이틀 동안 움직여 이동하였다. 방지호가 길을 알기 때문에 다른 사람들의 눈은 피할 수가 있었다.

이름 모를 산속의 작은 장원에 들어온 송백은 오랜만에 푹 쉴 수가 있었다. 방지호는 송백이 자는 동안 몇 달 동안 빈집이었던 장원을 청소하기 시작했다. 하루 종일 청소를 하자 어느 정도 사람이 살 만한 집이 되었다.

송백은 밤이 돼서야 눈을 떴다. 그리곤 이내 앉아서 운기하기 시작했다. 잠을 자고 일어나면 운기를 한다. 그게 요즘의 일상이었다. 다른 어떤 것도 할 일이 없었다. 단지 몸이 회복되는 게 우선이었다. 그것만이 일차적인 목표였기 때문이다. 몸이 회복되어야 다음 일을 할 수가 있었다.

마음이 앞서 가기 시작한 것이다. 철시린이 교를 떠나 서안으로 온다는 소식을 들은 이후부터 마음은 급하기 이를 데 없었다. 빠르게 회복하지 못하는 자신의 몸이 한탄스러울 뿐이었다.

며칠이 지나자 장원으로 손님이 찾아왔다. 소리 소문없이 찾아온 손님은 방지호의 안내를 받아 송백의 방으로 들어왔다. 송백은 눈을 뜨며 자리에 앉았다. 발소리 때문이다.

"손님이에요."

방지호가 말을 하며 문을 열었다.

"많이 다쳤다고 들었어요."

"오랜만이군……."

송백은 굳은 표정으로 다가오는 기수령을 바라보았다.

*　　　*　　　*

수정당은 송백과 헤어진 후 빠른 속도로 호북성으로 향하였다. 호북성에 들어서야만 안심할 수가 있을 것 같았다. 무림맹과 강호의 흉흉한 소문으로 인해 그녀들의 마음도 많이 불안했다. 특히나 개방주가 암살당했다는 소식은 충격일 수밖에 없었다.

호북성과 사천의 경계에 있는 마을에서 그녀들은 화정당과 마주할 수가 있었다. 화정당과 만나자 그녀들도 안색을 밝혔다. 애써 불안함을 떨쳐 버린 것이다. 인원이 많으면 조금이라도 안심할 수 있기 때문이다.

인원이 많다 보니 객잔을 통째로 빌려야 했다. 그리 큰 마을이 아니라서 오가는 사람도 적어 생각보다 편하게 객잔을 빌릴 수가 있었다.

"중이다."

그녀들의 관심은 일행들 중에 유일한 대머리인 법각이었다. 법각은 예의 냉담한 표정으로 여자들을 바라보다 이내 고개를 숙였다.

"소림중이오. 나무아미타불… 나무아미타불……."

불호를 외우며 눈을 감는 법각의 얼굴은 붉어져 있었다. 객잔을 가득 채운 향기 때문이다. 여자를 멀리해야 하는 중이었기에 더했는지도 모른다.

"소림사로 가는데 소림중이 있으니 안심이네요. 길은 알겠지요?"

남궁소가 다가와 묻자 법각은 더욱 얼굴을 붉히며 고개를 숙였다.

"모르오."

"소림에서 나왔으면서 소림사로 가는 길을 모른다고요?"

"소림사에서만 살았고 태어나서 처음으로 무림맹에 간 것이오. 또한 나는 길치요."

그 말에 남궁소의 안색이 굳어지더니 이내 큰 소리로 웃기 시작했다. 길치라는 말 때문이다. 능조운이 그 모습을 보곤 인상을 찌푸리며 다가왔다.

"소림사로 가는 길은 다들 대충은 아니까 걱정하지 말라고."

"흥!"

남궁소가 신형을 돌렸다. 남궁천의 소식 때문에 남궁소는 기분이 좋지 않았다. 능조운도 그 소식을 들었기에 남궁소나 남궁혜에게 잘 대해주려고 했다. 하지만 마음과는 다르게 잘 안 되는 것 같았다. 남궁현은 남궁천의 소식에 부단주에게 일을 위임하고 남궁세가로 향하였다. 남궁천이 그곳으로 돌아갔기 때문이다.

능조운은 법각의 앞에 앉았다. 이내 화정당과 수정당이 섞여 식사를 하기 시작했다. 차화서는 오랜만에 만난 장화영과 이야기를 나누고 있었다. 한쪽에 앉은 정운과 냉유리가 소리없이 식사에 열중하기 시작했다. 그 두 명은 언제나 같이 식사를 했으며 조용했고 말이 없었다.

"이십 일 정도 부지런히 가면 소림사에 도착할 것이오."

법각의 말에 모두의 안색이 밝아졌다. 소림사에 도착하면 각자의 집으로 돌아갈 수 있을 거라 여겼기 때문이다.

* * *

탁! 탁! 탁!

부엌칼을 움직이는 손은 굉장히 빨랐다. 마치 익숙한 듯한 움직임이었다. 콧노래를 흥얼거리는 그녀의 모습에 방지호는 도저히 믿을 수 없다는 표정으로 그녀의 등을 바라보고 있었다. 강호에서 가장 이름있는 여자를 꼽으라면 바로 앞에 있는 여자일 것이다. 그런 여자가 평범한 옷을 입고 손에 부엌칼을 들고 있었다.

"쌀 좀 씻어다 줄래?"

기수령이 고개를 돌리며 말하자 방지호가 앉은자리에서 벌떡 일어섰다.

"옛!"

후다닥!

빠르게 사라지는 방지호의 모습에 기수령은 가만히 미소를 그렸다.

방지호는 잔심부름을 하고 있었다. 물론 그것은 한주문의 명령도 있었지만 기수령은 왠지 모르게 가까이 다가가기 힘든 무언가가 있었다. 기품이라고 해야 할까? 아니면 타고난 기운? 방지호는 그런 기수령이 어려웠다.

식사가 끝나자 기수령은 그릇을 씻기 시작했고 방지호는 청소를 하기 시작했다. 연무장부터 시작해서 저녁을 먹을 때쯤이면 거의 후원까지 청소가 끝날 것 같았다. 방지호는 연무장을 청소하다 담을 넘어 한 사람이 들어오자 놀라 눈을 떴다. 하지만 누구인지 확인하자 방지호는 포권했다.

"안녕하십니까."

"지호구나."

방지호를 발견한 하오문 사대호신장 중 한 명인 장여림은 고개를 끄덕이며 다가왔다. 기수령을 이곳까지 바래다 주고 잠시 주변을 살피고 온 것이다. 주변에 적이 있는지부터 무림의 정세가 어떤지까지 파악하고 나서야 왔기 때문에 기수령보다는 좀 늦게 도착한 것이다. 그녀는 기수령의 호위 무사였다.

"아가씨는?"

"안에 계세요."

방지호가 비질을 하며 말하자 장여림은 빠른 걸음으로 걸어갔다.

후원에 도착한 장여림은 설거지를 하는 기수령을 발견하

자 놀란 눈을 한 채 다가왔다.

"이게 무슨 짓이에요? 이리 주세요."

장여림이 기수령을 밀치고 자신이 설거지를 하기 시작했
다.

"볼일 보세요. 이런 일들은 나하고 지호가 할 테니까."

"미안하니까 그러지."

"괜찮아요."

기수령은 잠시 서성이다 내실로 들어갔다.

내실로 들어가자 송백이 앉아 책을 보고 있었다. 상당히 많
이 좋아졌기에 안색도 처음 볼 때와는 다르게 많이 밝아져 있
었다. 송백은 기수령이 들어오자 책을 내려놓으며 고개를 들
었다. 기수령의 시선이 책으로 향했다. 자신이 가지고 온 책
들이었다.

"하오문에서 조사한 내용들인데, 재미있나 봐요?"

기수령은 차를 따르며 맞은편에 앉았다. 송백은 고개를 끄
덕였다.

"궁금한 것들을 알 수 있으니까. 그런데 마교에 관한 것이
너무 적어서 실망이군."

송백은 하오문주인 염동서에게 마교에 관한 자료를 부탁
했던 것이다. 하지만 가지고 온 책들이 생각만큼 좋은 자료가
되지는 못했다. 대충적인 자료들만 있었기 때문이다.

하오문에서 아무리 노력해도 마교의 중추라는 내성에 들

어가는 일은 어려웠다. 모든 것을 자급자족하는 마교였다. 그런 마교의 내성은 하오문이 진출하는 모든 길을 막아놓은 상태였다.

"저 역시 마교에 관한 정보를 모았지만 힘들더군요. 특히나 이번 사건으로 더욱 그들에 대한 두려움이 커졌어요."

"무슨?"

"남궁천을 암살하려 했던 제갈사랑을 말하는 것이에요. 그와는 오랫동안 함께 지내왔어요. 글을 가르쳐 준 사람은 그 사람이지요. 그런데 그 사람의 어디에도 마교와 같은 냄새는 없었어요."

기수령의 말에 송백은 제갈사랑의 첫인상을 생각하며 말했다.

"마교에 대한 소문은 인위적으로 만들어진 것일지도 몰라. 마교에 사는 사람들은 하나같이 마인들이고 마공을 익혔기 때문에 광인과도 같다는 소리부터 수많은 안 좋은 소리들을 나 역시 들었으니까. 그런 이야기를 통해서 중원 사람들은 마교에 대해 은연중에 두려움을 가지게 되었고, 오히려 그로 인해 마교는 중원에 세작들을 더욱 편하게 보낼 수가 있었지. 보통의 평범한 사람이라면 별 걱정 없이 중원을 돌아다닐 수가 있으니까."

"더욱이 천하대회를 명목으로 중원은 마교에 대한 열쇠를 쥘 수가 있었어요. 마교는 그것으로 인해 더욱더 결속력을 강

화시켰고 힘을 집중할 수가 있었을 거예요. 제갈사랑 같은 경우는 중원에서 태어나 자랐기 때문에 그에 대한 감시도 없었고, 그는 철저히 중원인으로 행동했어요. 태어나서 자란 곳이 중원이니 중원인으로 보일 수밖에 없었지요."

기수령은 송백의 말을 받아 자신의 생각을 말했다. 이내 찻잔을 들어 목을 축이곤 다시 말하기 시작했다.

"제갈사랑이 무림맹을 탈출함과 동시에 유명 인사들이 암습당하기 시작했어요. 중원에 대한 정보는 제갈사랑을 통해서 마교에 들어갔을 테니 그들을 암습하는 일은 쉬웠을 거예요. 무엇보다 마교가 큰 수확을 거둔 것은 제갈사랑을 통해서 사람들의 마음에 불신을 심었다는 것이에요. 이제 함부로 사람을 만나기도 쉽지 않을 거예요."

송백은 고개를 끄덕였다. 기수령의 말처럼 중원은 얼어붙었다. 무림맹은 존재하지만 남궁천의 부상과 그의 부재로 인해 많은 사람들이 혼란스러워하고 있었다. 그것을 바로잡기 위해 개방의 방주인 엽표가 온 것이다. 하지만 엽표도 암살을 당했다. 개방은 그 일로 인해 무림맹에서 철수한 상태였고, 개봉부에 전국에 깔려 있는 수많은 거지들이 모여들기 시작했다.

"힘들겠군."

송백은 무림맹과 마교의 싸움이 길어질 것 같다는 생각이 들었다. 처음은 마교의 승리였다. 하지만 마교라고 해서 쉽게 중원으로 오지는 못할 것이다. 본전력이 사천에 막혀 있기 때문이다. 아무리 중원에서 많은 혼란을 만들고 있다 하지만 마교의 본전력이 무림맹에 도착해서 차지해야 중원에 대한 실질적인 지배가 시작되는 것이다.

"일차적인 대결은 마교가 이겼어요. 하지만 그 이후가 마교는 중요할 거예요. 그리고 그들도 알고 있을 거예요, 무림은 그 이후가 무섭다는 것을."

"저력을 말하는 것인가?"

"역사와 전통을 말하는 거예요. 마교는 지금까지 단 한 번도 무림을 정복하지도 못했으며 변방에서 벗어난 적도 없었어요. 무림을 정복하겠다는 야심으로 몇 번의 전쟁을 일으켰지만 이긴 적이 없지요. 그것은 역사의 반복이고, 한 번 역사가 그렇게 반복되면 다시 한 번 되풀이하게 되지요."

기수령은 차가운 미소를 보였다. 그녀의 얼굴과는 어울리지 않는 모습이었다. 송백은 그녀가 얼마나 마교에 대한 원한이 깊은지 알 것 같았다.

"제갈사랑이 물러난 이유는 근본적으로 기 소저 때문인 것 같군."

"저 역시 그럴 거라 생각해요."

송백은 제갈사랑이 좀 더 많은 일을 하지 못하고 간 이유가 기수령 때문이란 것을 알았다.

"제가 그의 눈을 피해 숨어 있는 동안 그자는 저를 찾기 위해 모든 수단을 동원했어요. 하지만 중원에서 동원할 힘은 제약되어 있기 때문에 더 이상 어쩌지 못한 것이에요. 저를 찾게 되면 강호삼현의 거처도 알게 되겠지요. 무엇보다 그가 노리는 것은 천상음문의 정확한 위치예요."

"천상음문?"

기수령은 고개를 끄덕였다.

"천상음문은 전에도 말했지만 대단한 문파예요. 그 힘을 마교가 무시할 수는 없겠죠. 하지만 그들의 위치를 알기도 전에 예상치 못했던 일이 생겼어요. 장 동생이 죽은 것과 천상음문의 문주가 죽은 사건이죠. 그 일로 천상음문을 조사하려 했던 제갈사랑의 계획은 틀어졌어요. 또한 장 동생의 죽음으로 저를 찾으려 했으나 그때에는 무림의 일에 너무 관여하고 있었기 때문에 손을 뗄 수가 없었지요. 우연히도 그 시기에 저는 하오문주를 만날 수 있었고, 하오문주를 통해서 제갈사랑이 마교의 인물이란 걸 알게 됐어요. 하지만 증거가 없었기 때문에 이야기를 못했지요. 그리고 증거를 찾기 위해 조사를 하고 있었지요. 제갈사랑도 안 것이에요, 제가 자신의 활동 범위를 점점 좁혀가고 있었다는 사실을 말이에요."

"그래서 미리 피한 것이다?"

"그런 것 같군요."

기수령은 쓸쓸히 미소를 지었다. 송백 역시 고개를 끄덕이며 그 말에 동의했다. 기수령이 함정을 파서 많은 사람들 앞에 제갈사랑의 정체를 밝힌다면 빠져나가기 힘들었을 것이다. 수많은 무인들이 겹겹의 포위망을 구축한 상태에서 기수령은 일을 행할 것이 틀림없기 때문이다. 누가 뭐라 해도 제갈사랑은 기수령의 성격과 그의 능력을 가장 잘 아는 사람 중 하나였다.

"딱 반년만 더 그가 무림맹에 있었더라면……."

기수령은 아쉬운 듯 중얼거렸다.

"옛 정이 있을 터인데?"

"장 동생이 죽은 순간 모두 버렸어요."

기수령은 빠르게 대답했다. 기수령은 이내 쓸쓸한 표정으로 고개를 돌려 창밖을 바라보았다.

"송 사형을 죽인 것도 제갈사랑이에요……."

송백의 표정이 굳어졌다.

"송 사형은 그 당시 당신을 찾기 위해 강호로 나갔어요. 그리고 송 사형의 움직임을 제갈사랑은 알고 있었지요. 그 사람은 송 사형이 앞으로의 천하대회에서 가장 마교에 걸리는 사람으로 판단한 것이에요. 지금 생각해 보면 제갈사랑이 강호삼현에 접근한 이유가 그들이 키우는 제자들의 능력을 보고 판단하기 위해서였던 것 같아요. 그중에 송 사형과 장 동생의 능력이 마음에 걸렸던 것이지요."

"그래서 죽였다?"

"그래요."

기수령은 딱 잘라 말했다.

"그자는 남궁천을 암습한 후 마교로 피신하는 중이지요. 그가 마교에 도착하는 순간 중원은 가장 큰 적을 만들게 되는 것이에요."

"그렇겠지."

"그때부터 마교의 대대적인 공격이 시작되겠지요."

송백은 굳은 얼굴로 기수령의 얼굴을 바라보았다. 기수령은 고개를 돌려 송백의 눈을 바라보았다.

"저에게 했던 약속… 잊지 않고 있어요."

"……."

*   *   *

창문 사이로 햇살이 강하게 들어오고 있었다. 날씨는 좋아 보였으나 방 안에 앉아 있는 사람들의 표정은 그리 밝지 않았다. 그들은 천상음문의 세 문주와 총관이었다.

"무림맹주께서 문원주인 제갈사랑에게 암습을 당하셨습니다. 그 부상을 치료하기 위해 남궁세가로 들어간 것 같습니다."

"허!"

"그럴 수가!"

총관인 유진진의 말에 앉아 있던 세 명의 궁장녀가 놀란 표정으로 눈을 크게 떴다. 그중에 가장 상석에 앉은 화려한 궁장의를 입은 여인이 이채를 발하며 말했다.

"제갈사랑도 마교였다는 소리군요?"

"그렇습니다."

"다른 소식은요?"

묻고 있는 허난영은 전과는 많이 달라져 있었다. 화려한 궁의와 더불어 금색 수실로 봉황이 그려진 옷을 입은 그녀는 그 화려함에 어울리는 기품이 얼굴에 어려 있었다. 천하대회 때의 어려 보이던 모습이 아니라 한 문파의 문주라는 거대한 직책에 걸맞은 여인이 되어 있던 것이다.

"개방주가 암습으로 인해 죽었습니다. 그 외에도 강호에서 명성이 높은 무인들이 암습을 당하여 상당수가 죽었다고 합니다."

"저런."

이문주인 여옥과 삼문주인 홍지령이 인상을 찌푸렸다. 허난영은 눈을 빛내며 다시 물었다.

"대마대제의 소식은 없나요?"

"철우경이 마교에서 나왔다는 소식을 아직 접하지 못하고 있습니다. 하지만 그자의 손녀인 철시린은 마교의 본단에서 나와 중원으로 향하는 중이라 하였습니다."

홍지령은 그 말에 허난영을 바라보며 말했다.

"그 여자를 인질로 잡는다면 분명 철우경이 나올 것입니다."

그 말에 허난영의 표정이 굳어졌다. 그러자 여옥이 말했다.

"도의에는 어긋나는 짓이나 철우경에게 갚아야 할 복수를 생각한다면 생각해 보는 것이 옳다고 여겨집니다."

"그 여자의 무공은 어느 정도의 수준인가요?"

"절정에 달한다고 합니다."

유진진이 빠르게 대답했다. 허난영은 눈을 빛내며 잠시 생각하는 듯하더니 입을 열었다.

"저희는 마교와 무림 간의 싸움에도 끼지 않을 것입니다. 저희들의 최우선 목표는 철우경의 죽음입니다. 그를 죽이기 위해서라면 저는 그 일이 선의에 어긋나는 행동이라 해도 할 것입니다."

"하면?"

"해야지요, 그게 철우경을 가장 빨리 마교 본단에서 끌어내는 일이라면."

허난영의 말에 여옥과 홍지령의 안색이 크게 경직되었다.

"그럼 구체적인 이야기를 나누기로 하지요."

허난영의 말에 총관인 유진진이 빠르게 말을 하기 시작했다.

第三章

불어오는 파도

　제갈민은 허리를 숙였다. 바로 앞에 제갈사랑과 악진이 서 있기 때문이다. 제갈사랑은 제갈민에게 다가갔다. 제갈민은 허리를 펴며 다가오는 제갈사랑을 바라보았다. 제갈사랑의 표정은 굳어 있었다. 제갈민 역시 굳은 표정이었다. 그런 둘이 양손을 들어 올리며 한 발 다가갔다.

　와락!

　"아버지."

　제갈민이 조용히 입을 열었다.

　"어서 오십시오."

배는 위강을 타고 서안으로 들어가기 위해 움직이고 있었다. 배의 내실에 앉은 제갈민과 제갈사랑은 서로를 바라보며 수많은 말들을 나누고 있었다.

"많이 컸구나……."

"십 년이 지났습니다."

제갈민은 얼굴에 미소를 걸었고 제갈사랑은 고개를 끄덕였다.

"중원에서의 일은 감축드리옵니다. 아버님의 계책이 아니었다면 저희는 좀 더 어려운 상황에서 중원과 싸워야 했을 것입니다."

"네가 그렇게 말해주니 기쁘구나."

"유 원주께서도 크게 기뻐하고 계십니다. 아마도 오시면 가장 먼저 반기지 않을까 합니다."

제갈사랑은 그 말에 고개를 끄덕였다. 유정신의 얼굴을 떠올린 것이다.

"네가 강호에 있겠다면 나는 교에 있겠다."

문득 어릴 때 그와 함께 나누었던 약속이 떠오르자 입가에 훈훈한 미소가 그려졌다.

"무림맹주의 상태는 어떠합니까?"

"아마도 당분간은 움직이기 힘들 것이야. 그사이에 무림맹을 장악해야 한다. 그렇게 된다면 강서의 모든 무림을 장악한 것과 같은 것이니 당분간은 장강을 사이에 두고 강북무림과의 대립만이 남을 것이다. 강북무림이 단합해서 내려오는 것을 막아주고 화친을 요구한다면 그들도 그 요구에 응할 것이다. 문제는 사천인데, 사천은 상황은 어떠하냐?"

"아직 이렇다 할 결과가 없습니다."

"꽤나 고전하는 모양이군."

"그렇습니다. 당문의 독공 때문에 쉽게 움직이지 못하는 상황입니다. 피해도 상당한 편이지요. 천독문이 합류하기 전까지는 힘들 것 같습니다."

제갈사랑은 고개를 끄덕였다. 천독문을 포섭한 이유가 바로 당문을 상대하기 위해서였다. 하지만 천독문이 합류한다고 해도 쉽게 움직일 수는 없었다. 바로 천독문과 대립하고 있는 해남검파 때문이다.

"그들도 힘들 거야. 문조필이 교에 왔다고 하지만 어디까지나 일부분일 뿐. 잘못했어, 운남을 정벌한 후 바로 해남검파로 가는 것이었는데……."

제갈사랑은 수염을 쓰다듬으며 고개를 저었다. 그러자 제갈민이 말했다.

"아닙니다. 아버님의 선택은 올바른 것이었습니다. 사천으로 모든 이목을 집중시키는 사이에 무림맹을 뿌리째 흔들었습니다. 이제 남은 것은 어떻게 사천에 있는 교도들을 움직여 무림맹에 입성하느냐는 겁니다. 무림맹은 이미 머리를 잃은 닭과도 같습니다. 어떻게 요리할지만 생각하면 되지요."

"그에 대한 복안은 있느냐?"

"두 개의 전을 소리없이 호남으로 입성시킬 생각입니다. 개방주의 죽음으로 인해 무림맹은 귀와 눈을 잃었습니다. 그 시간은 두 달. 그 두 달이라는 시간 동안 이목을 속여서 무림 맹을 칠 것입니다."

"좋은 생각이다."

제갈사랑이 고개를 끄덕이며 다시 물었다.

"화산은?"

"호남으로 이동이 완료되는 순간 칠 생각입니다. 화산이 아무리 높다 하여도 못 넘을 산이 아닙니다."

그 말에 제갈사랑은 침중한 표정을 한 채 천천히 말했다.

"좋은 생각이다. 하지만 화산은 쉬운 곳이 아니야……."

"알고 있습니다, 아버님."

"굳이 화산을 정벌하자는 말을 내가 왜 했는지 아느냐?"

제갈민은 눈을 크게 뜨고 바라보았다.

"백 년 전 우리는 화산에 올랐다. 하지만 우리는 화산에 올 랐을 뿐 다음은 없었다. 또한 전대의 교주께서도 돌아가셨지. 우리는 그 일로 인해 급격한 쇠퇴의 길을 걸어야만 했다. 하 지만 부교주님의 출현으로 다시 한 번 성세를 열었지. 그리고 힘을 모았다."

제갈사랑의 목소리가 떨리고 있었다.

"화산을 치는 이유는 바로 거기에 있다. 백 년 전의 실패, 그 실패를 더 이상 반복하지 말자는 뜻과 함께 전대의 교주께서 창천의 꿈을 접으셔야 했던 그 산의 정상에서 우리는 중원을 향해 창천의 뜻을 펼쳐 갈 것이다."

제갈민의 어깨가 미미하게 떨렸다. 알 수 없는 압력이 전신을 때렸기 때문이다. 제갈사랑의 타는 듯한 눈동자가 허공으로 향했다.

"수많은 선배들이 눈물을 흘리며 몸을 돌려야 했던 곳… 그곳이 화산이다. 중원은 우리가 살기에 불가능한 곳이라고 누누이 말해주며 오연하게 서 있는 산이 바로 화산이다. 화산을 넘게 된다면 우리 스스로가 알게 된다. 우리도 중원에서 살 수 있다고 말이다."

제갈사랑은 천하대회를 떠올리며 화산의 그 높은 봉우리들을 상기했다. 그리고 그곳에서 사라져 갔던 수많은 교의 고수들과 그들의 뒷모습을 떠올렸다. 그 힘없는 모습은 아직도 그의 마음에 분노로 남아 있었다. 왜? 무엇 때문에? 왜 우리는 화산이라는 산 앞에서 이처럼 나약해지는 것인가?

"화산이 불타야만 본 교는 중원과 당당하게 싸울 수가 있다."

제갈사랑은 환하게 타오르는 눈동자로 제갈민을 바라보았다. 제갈민은 알 수 있었다, 제갈사랑이 화산을 언급하며 저처럼 불같이 화를 내고 있는 이유를. 그것은 무인의 자존심이었고 천년신교의 자존심이었다. 그리고 화산은 그러한 자존심을 무참하게 밟아버린 원흉이었다.

"백 년 전의 실패를 되풀이하면 안 된다."

"명심하겠습니다."

제갈사랑의 말에 제갈민이 허리를 숙였다. 제갈민은 절대 실패를 생각하지 않았다. 제갈사랑이 일으킨 무림맹의 혼란과 내분으로 이미 반은 이기고 들어가는 싸움이라 여겼던 것이다.

* * *

천독문의 문조필은 마교에서 보내주는 정보를 수시로 보고받았다. 하지만 송백의 꼬리가 사라지자 그의 행적을 찾는 것이 어렵다는 것을 알았다. 그렇기 때문에 주변을 수색하며 천천히 동편으로 이동하는 중이었다. 상식적으로 생각해 보면 송백의 목적지는 무림맹이었다. 무림맹이 현재로서는 가장 안전한 장소이기 때문이다.

문조필은 마교의 비밀 분타로부터 전해져 오는 소식을 정보로 해서 송백의 흔적을 찾고 있었다.

낮은 산봉우리에 올라 주변을 둘러보던 문조필은 산과 계곡만이 눈에 들어오자 인상을 찌푸렸다. 그의 뒤로는 문조필의 호위이자 천독문 내에서도 손에 꼽히는 고수들인 오행귀

가 서 있었다. 오행귀는 평범한 복장을 하고 있었으며 어디서
나 흔히 볼 수 있는 모습을 하고 있었다.

"허 장로님께서는 어디에 계시느냐?"

"저희와는 따로 행동하신다고 했습니다."

수하의 말을 들으며 허심영의 그 근엄한 얼굴을 떠올린 문
조필은 피식거렸다. 대신교의 장로라는 신분으로 자신들과
함께 다니지 못하겠다는 것이다. 문조필은 그렇게 받아들였
다.

"교에서 나온 정보는 없고?"

"아직은 없습니다. 다음 마을에 도착해야 정보를 모을 수
있을 것 같습니다."

문조필은 그 대답에 고개를 끄덕이며 오행귀를 지나쳐 갔
다.

"일단 다음 마을에서 쉬는 것으로 하자."

"예."

오행귀가 대답하며 문조필의 뒤를 따라갔다.

해가 지자 문조필은 마을의 조용한 객잔에 투숙하였다. 저
녁잠을 청하며 잠자리에 들었던 문조필은 밤이 깊어지자 일
어나 조용하게 신형을 움직여 객잔을 빠져나왔다.

마을을 좀 벗어난 곳에 하천이 흘렀고 다리가 있었다. 다리
에 도착한 문조필은 주변을 둘러보다 소리없이 다리 밑으로
이동하였다. 다리 밑에는 거지들이 사는 듯한 움막이 있었다.

문조필은 움막으로 들어갔다.

"어서 오십시오. 소식은 벌써 들었습니다."

"개방이 신교의 주구였다니 믿어지지가 않는 일이군."

문조필은 중얼거리며 한쪽에 앉았다. 그의 앞에 중년 거지가 앉아 등불을 밝혔다. 하천에서 흐르는 물소리가 움막 안으로 들려왔다.

"개방은 아니라 개방에 속한 일부의 거지들만이 신교와 연을 맺고 있을 뿐이지요."

"그런가?"

문조필은 수염을 슬쩍 쓰다듬으며 신교의 힘에 대해서 다시 한 번 감탄하였다. 설마 하니 개방의 거지에게서 정보를 듣게 될 줄은 몰랐기 때문이다. 그만큼 오랜 시간 동안 신교는 중원을 생각하고 있었던 것이다.

"일부의 개방이라… 그래서 개방주를 죽일 수도 있었겠지."

문조필은 개방주의 죽음을 들어서 알고 있었다.

"그분의 죽음은 저 역시 의외입니다. 하지만 높으신 분들의 생각을 어찌 저희 같은 잡졸들이 알겠습니까? 그저 시키는 대로 할 뿐이지요."

"암, 좋은 자세네. 자네는 성공할 자세를 가지고 있어. 그건 그렇고, 송백의 소식은 잡았는가?"

"개방의 정보를 이용했지만 오리무중입니다. 하지만 소봉산 근처에 있는 폐장에 사람이 살기 시작했다고 하더군요. 소봉산은 이곳에서 오 일 정도 거리에 있는 작은 산입니다. 그곳에 살고 있는 거지 놈이 알려준 정보인데 미심쩍어 조사를 하라고 전하였습니다."

"그래?"

"사람이 살지 않았던 장원에 사람이 산다면 누가 사는지 궁금하지 않겠습니까? 또한 이 지역은 송백이 사라진 지역입니다. 그 지역에서 멀리 벗어나지 못했다면 분명 사람이 살지 않았던 곳에 둥지를 틀었겠지요."

문조필은 거지의 말에 눈을 빛냈다. 왠지 모르게 느낌이 좋았던 것이다.

"감이 좋군."

문조필은 미소를 그리며 자리에서 일어섰다. 그러자 거지가 일어나며 다시 말했다.

"이틀 정도면 확실히 누가 사는지 알 수 있습니다. 그때까지 기다리시는 게 어떻겠습니까?"

"너무 늦어. 일단 그곳으로 갈 터이니 자네는 소식을 접하는 대로 나에게 알려주게."

"알겠습니다. 그런데 소봉산이 어디에 있는지 아십니까?"

막 문을 나서던 문조필이 걸음을 멈추었다. 생각을 해보니 사천은 초행이었다. 문조필은 미소를 그리며 고개를 돌렸다.

"이거 내가 잠시 가장 기본적인 일을 무시했군 그래."

"그러실 거라 여겼습니다."

"자네가 안내하겠나?"

"아닙니다. 제가 이곳을 벗어난다면 일단 방에 보고부터 해야 합니다. 여러 가지 복잡한 절차가 있으니 자세하게 알려 드리지요."

"그렇게 해주게."

문조필은 다시 안으로 들어와 인상을 찌푸리며 앉았다. 거지가 살던 집이기 때문에 오래 있기는 싫었던 것이다.

*　　　*　　　*

"개방의 거지 한 놈이 장원을 기웃거리는데 어떻게 할까요?"

방지호가 내실로 들어와 말하자 장여림이 인상을 찌푸렸다. 그녀의 시선이 책을 읽고 있는 기수령에게 향하였다. 기수령은 가만히 미소를 보였다.

"개방이라면 신경 쓸 필요가 있을까? 그들은 단지 마교도들에 대한 정보만 모을 테니까. 우리의 신분이 확실하니 걱정할 필요는 없을 거야."

"예."

방지호가 대답하며 밖으로 나갔다. 그녀가 나가자 기수령은 장여림에게 물었다.

"송 소협은? 탕약을 드실 시간인 듯한데?"

"지금은 운기 중이세요. 저녁때쯤이면 깨실 것 같은데요?"

"그래? 그렇다면 지금부터 탕약을 준비해야지."

기수령이 책을 덮으며 밖으로 나가자 장여림이 따라나갔다.

송백의 주변으로 희뿌연 안개가 십여 개의 작은 회오리를 만들며 회전하고 있었다. 피부로 호흡을 하면서 생긴 파장 때문이다. 그러한 모습이 신비롭게 보였다.

쉬이익!

바람 소리가 강하게 일어나며 희뿌연 안개들이 머리 위에서 큰 소용돌이를 만들더니 곧 송백의 코로 빨려 들어가기 시작했다. 그 모습이 마치 거대한 소용돌이를 삼키고 있는 것처럼 보였다.

"음……."

송백이 신음성을 토하며 눈을 뜨자 그의 안광에서 강렬한 신광이 번뜩였다. 곧 평온한 눈으로 돌아온 송백은 가슴을 잡으며 한숨을 크게 내쉬었다. 아직까지 몸이 정상으로 돌아오지 않았기 때문이다. 하지만 처음에 비해서 상당히 좋아졌다. 기수령이 오고 나서부터는 더욱 좋아져 이제는 며칠만 더 쉰다면 정상의 몸으로 돌아올 것 같았다.

똑! 똑!

문 두드리는 소리에 송백은 자리에서 일어나 앉았다.

"들어오시오."

문이 열리며 장여림이 탕약을 들고 들어왔다. 그녀의 뒤로 부드러운 미소를 그린 기수령이 들어왔다.

"안색이 많이 밝아졌군요."

"덕분에."

송백은 그렇게 대답하며 장여림이 건네주는 탕약을 마셨다. 향긋한 향기가 코를 자극했다. 쓴맛보다는 마지막에 이어지는 단맛이 좋았다.

"밖의 상황은 어떤가?"

"잘 모르겠어요."

기수령은 고개를 저었다. 늘 송백은 이렇게 다른 것을 물었다. 자신에 대한 물음은 지금까지 단 한 번도 없었던 것 같았다. 곧 장여림이 그릇을 들고 밖으로 나갔다. 장여림에 대해서는 이미 들어서 알고 있었다. 차화서의 사저로 무공이 상당한 수준에 달해 있다는 것까지.

"미안하군."

송백은 갑작스럽게 말했다. 그 말에 기수령은 송백의 얼굴을 바라보았다. 송백의 눈과 마주하자 기수령은 고개를 돌리며 창밖을 바라보았다.

"시간을 뺏은 것 같아서."

"아니에요."

기수령은 고개를 저었다. 순간 알 수 없는 기이한 열기가 방 안을 맴돌았다. 송백은 그런 기수령의 옆얼굴을 바라보았다. 분명 아름다운 얼굴이다. 그녀의 얼굴선이 선명하게 눈에 들어왔다. 하지만 아름답다는 마음 자체를 가지면 안 된다고 여겼다.

그녀는 자신의 친형을 사랑했던 여자다. 그리고 자신의 친형 역시 그녀를 어쩌면 사랑했을지도 모른다. 아니, 사랑했다고 여겼다. 세상의 어떤 남자가 기수령 같은 여자를 사랑하지 않겠는가. 문득 그런 생각이 들었다. 송백은 저도 모르게 미소를 그렸다.

"……?"

기수령이 고개를 돌려 송백을 바라보았다. 송백의 미소 때문이었다. 그의 얼굴에 미소가 걸릴 때는 그리 많지 않았다.

"쓸데없는 생각이 들어서."

"궁금하군요."

기수령이 말하자 송백은 손을 저었다. 그러자 기수령이 눈을 흘기며 다시 물었다.

"한번 말해보세요, 무슨 생각을 하신 건가요?"

"당신이 아름답다는 생각……."

"……."

기수령은 얼굴을 붉히며 눈을 동그랗게 떴다. 매우 놀란 눈으로 송백을 바라보던 기수령은 손을 저으며 미소를 보였다.

"무슨……."

그렇게 말하며 기수령은 창밖을 바라보았다. 그녀는 열기가 오르는 듯 여전히 붉어진 얼굴이었다. 송백은 찻잔을 들었다. 그러자 기수령이 고개를 돌리며 송백에게 말했다.

"당신은 참으로 나쁜 사람이군요."

"……?"

송백은 그 말에 마시려던 찻잔을 내려놓았다. 그의 입술에 찻물이 살짝 묻었다. 그 모습을 기수령은 가만히 바라보았다. 기수령의 눈에 송백의 입술이 들어왔다. 그 입술이 가슴을 뛰게 만들었다. 자신도 모르게 기수령은 중얼거렸다.

"입맞춤……."

송백의 시선이 닿자 기수령은 놀란 표정으로 다시 고개를 돌렸다. 문득 바로 앞에 앉아 있는 사람이 송영이었다면 어땠을까 하는 생각이 들었다.

"자꾸 겹쳐지네요."

기수령은 중얼거렸다. 송백은 그녀의 말을 알아들었다. 자신과 송영의 그림자가 겹친다는 것을. 그녀라면 그럴 것이라고 여겼다.

"쓸데없는 말을 했군."

"아니에요. 그래도 고마워요. 설마 하니 당신에게 그런 말을 듣게 될 줄은 몰랐거든요."

송백은 찻잔을 들어 올리며 고개를 끄덕였다.

기수령은 송백의 담담한 그런 행동이 싫었다. 아니, 싫다기

보다 쓸데없는 기분을 느끼고 있는 자신의 감정이 싫었을 뿐이다. 분명 송백과 함께 있으면 좋았다. 자신이 힘들 때 기댈 수 있는 사람… 그리고 송백은 그 사람의 동생이었다.

"송가장에 가서 그 초라한 무덤을 보고… 그 앞에 앉아 맹세를 했어요."

"무슨……?"

"사형만 가슴에 담아두겠다고……."

"그랬군."

송백의 무심한 어조에 기수령은 쓸쓸한 미소를 보이며 다시 말했다.

"요즘 들어 그 맹세가 어쩌면 쓸데없는 맹세이지 않을까… 그런 생각이 들어요. 사람은 살면서 변해간다는 것과 죽은 사람은 잊혀진다는 것도……."

탁!

찻잔을 내려놓은 송백은 가만히 말했다.

"내가 형이라면 기 소저의 행복을 바랐을 것이오."

그렇게 말한 송백은 굳은 표정으로 다시 한 번 말했다.

"형은 죽었소."

기수령은 대답없이 창밖을 바라보았다. 송영은 분명 죽었다. 하지만 송백은 자신의 눈앞에 살아 있었다.

'왜 당신이 제 앞에 나타난 것인가요…….'

　　　　　*　　　　　*　　　　　*

　천수에 도착한 철시린은 한 객잔에서 여장을 풀었다. 먼 길
을 이동하느라 피곤했기에 이곳에서 며칠 쉰 다음에 서안으
로 향할 생각이었다. 방문 앞에는 매와 난이 경비를 섰다. 그
녀들은 낮과 밤으로 두 명씩 나뉘어 호위를 하고 있었다.

　그녀가 천수에 도착하자 천수 분타의 무인들이 환대하였
다. 그리고 그녀는 가장 좋은 후원으로 안내되어 편안한 휴식
을 취할 수가 있었다. 그런 그녀의 방으로 손님이 찾아왔다.
그 사람은 천수에 머물고 있던 장추문이었다.

　"오랜만이군요."

　장추문이 들어와 앉자 철시린이 다가와 앉았다.

　"반년은 된 듯싶군."

　장추문은 말을 하며 면사를 벗었다. 그러자 그녀의 턱에서
부터 입술로 올라간 흉터가 눈에 들어왔다. 철시린의 표정은
변하지 않았다. 예의였기 때문이다.

　장추문은 손을 들어 흉터를 만지며 철시린의 얼굴을 쳐다
보았다. 철시린의 고운 선과 피부가 장추문의 눈에 들어왔다.
철시린은 분명 같은 여자가 봐도 아름다웠다.

　"네 얼굴을 보면… 나도 모르게 질투심이 올라와……."

　장추문의 말에 철시린은 무심한 표정으로 입을 닫았다. 장
추문이 그리 좋은 감정을 가지고 자신을 대하는 것 같지 않았

기 때문이다. 오히려 막내인 막소희가 마음으로 대하는 것 같았다. 막소희는 현재 폐관수련에 들어간 상태라 교 내에서도 모습을 보이지 않고 있었다.

"네가 와서 다들 상당히 고무된 상태야. 솔직히 말해서 기쁘다."

장추문은 가볍게 미소를 보였다. 설마 하니 철시린이 나올 줄은 몰랐기 때문이다. 조숙하고 그저 조용한 여자라고만 생각했다. 하지만 교를 위해서 그녀 역시 가만히 있지 않았다. 그 점이 좋은 감정을 만들게 하였다. 철시린은 고개를 끄덕였다.

"다들 고생하시는데 혼자만 가만히 있을 수는 없었어요. 할아버님도 허락하셨고 저 역시 제 의지로 온 것이기 때문에 도움이 되었으면 좋겠어요."

"도움이 될 거야, 분명."

장추문은 굳게 대답하며 고개를 돌려 소리쳤다.

"술을 한 병 가지고 오너라!"

"예."

매와 난의 목소리가 동시에 울렸다. 고개를 돌린 장추문은 철시린에게 다시 말했다.

"현재 상황에 대해서 들은 바는 없고?"

"네……."

철시린은 고개를 저었다. 이곳의 분타주도 자신에게 말해준 것이 없기 때문이다. 또한 철시린 역시 묻지 않았다. 자신으로 인해서 그들의 시간을 뺏고 싶지 않았기 때문이다. 그들도 그들 나름대로의 일이 있을 것이다. 최대한 그들의 편의를 봐주어야 한다고 여긴 것이다.

"사천의 대립이 팽팽해서 어떻게 될지 몰라. 하지만 운남은 토벌한 상태다. 좋은 일이지. 그리고 며칠 전 안 장로를 비롯한 교의 많은 고수들이 서안으로 떠났어. 서안에서 화산까지는 불과 닷새 거리. 조만간 무슨 일이 터지겠지."

철시린은 눈을 빛내며 고개를 끄덕였다. 그러다 생각난 듯 장추문에게 물었다.

"장 언니는 서안으로 왜 안 가신 건가요?"

"그게……."

장추문은 인상을 찌푸리다 차가운 표정으로 눈을 빛내며 말했다.

"내가 이곳에 남게 된 것은 송백이란 개잡종 때문이지. 그놈 때문에 뒤로 밀려나 이렇게 이곳에서 한가하게 있는 것이고."

방 안으로 목소리와 함께 한기가 퍼졌다. 철시린은 놀란 얼굴로 장추문을 바라보았다. 의외의 이름을 들었기 때문이다.

'송백…….'

철시린은 장추문의 주변으로 살기가 일어나자 송백과는 많은 일들이 있었다고 생각했다.

"네가 교에만 있어서 잘 모르겠지만 송백 때문에 우리는 많은 피해를 입었어. 그놈이 패왕전주를 죽였거든. 그 때문에 노호관이 패왕전주가 되었고. 그뿐만이 아니야. 그놈은 소문정 장로의 팔까지 잘랐다. 그 때문에 허 장로가 현재 중원으로 들어가셨어. 그놈을 주살하기 위해서. 내가 실패했기 때문에 송백에 관한 모든 일은 태상장로님께 넘어갔으니… 교주님이신 사형께서 나를 서안으로 오라고 하겠어?"

"……!"

말을 듣고 있던 철시린은 매우 놀란 표정으로 장추문을 바라보았다. 장추문은 차갑게 말하다 나중에는 한숨 섞인 목소리로 푸념하듯 말했다.

"그 새끼 때문이야."

"송백……."

철시린이 가만히 그의 이름을 되뇌었다. 설마 하니 이렇게 빨리 그의 이름을 듣게 될 줄은 몰랐다. 그만큼 그의 무공이 높다는 반증이기도 했다.

"그자는 어디에 있나요?"

"글쎄, 나하고 싸운 이후에 종적이 묘연하다고 하니 숨었겠지. 그놈도 분명 죽기 일보 직전이었으니까."

"……!"

철시린의 표정이 경직되었다.

"정말 질긴 목숨이야……."

장추문은 인상을 찌푸리며 조용히 중얼거렸다. 그때 문이 열리며 매와 난은 간단한 술상을 들고 들어왔다.

종여주는 화주에서 철시린이 오기를 기다리고 있었다. 하지만 그녀가 화주에 잠시 들른 후 바로 천수로 출발했다는 소식에 혀를 차며 말을 몰아야 했다. 그녀의 뒤로 이십여 명의 여인이 말을 몰고 있었다. 모두 음선궁의 고수들이었다.

'대각주께서는 왜 나에게 조용히 있으라고 하시는지……'

종여주는 내성주와 대각주인 아호랑이 오래전부터 포섭한 대상이었다. 그리고 지명법의 근황과 태상장로로부터 나오는 모든 정보를 대각주인 아호랑에게 전해주고 있었다.

천수의 신교 분타에 도착한 종여주는 분타주와 만나 잠시 대화를 한 후 철시린의 거처로 향하였다.

"누구신가요?"

정문에 서 있는 네 명의 여인이 종여주가 다가오자 막아섰다. 만화대의 대원들이었다. 종여주는 그녀들의 허리에 감겨 있는 붉은 천과 요대의 중앙에 원앙새가 둥근 철판에 양각되어 있자 만화대라는 것을 알았다. 그녀들의 기도가 상당하여 네 명 정도라면 자신과 동수를 이룰 것 같았다.

'만화대가 왜……?'

종여주는 미소를 입가에 두르며 말했다.

"음선궁의 소궁주 종여주가 뵙기를 청한다고 전해주세요."

"잠시만 기다리세요."

한 명이 안으로 들어간 후 종여주는 잠시 기다렸다. 그리고 다시 돌아온 그녀가 곧 문을 열었다. 허락이 떨어진 것이다.

"어서 오세요."

철시린이 자리에서 일어서자 종여주가 가볍게 포권했다. 그런 그녀의 시선이 장추문에게 향하였다. 그제야 만화대가 왜 이곳에 있는지 알 것 같았다.

"오랜만에 뵙네요."

종여주는 미소를 지으며 다가와 의자에 앉았다. 그러자 장추문이 눈을 빛냈다. 종여주가 이곳까지 왔다는 것은 누군가가 불렀다는 뜻과도 같았기 때문이다. 하지만 부를 사람이 없었다.

"음선궁의 궁주님께서는 평안하신가요?"

"잘 지내시고 계세요."

종여주가 대답하며 미소를 보였다. 하지만 장추문을 바라보는 종여주의 마음에는 쓰디쓴 웃음만 흘렀다.

'글렀군.'

종여주는 철시린에게 몽혼약을 먹일 생각이었다. 하지만 장추문이 옆에 있었다. 장추문은 쉽게 상대할 인물이 아니었다. 철시린은 순진한 구석이 있어서 상대하기 쉬웠으나 장추문은 쉽게 의중을 파악하기 어려운 인물이었다.

아호랑의 뒤를 이을지도 모른다는 소문이 무성한 장추문이다. 또한 장추문 역시 아호랑의 뒤를 이어 대각주가 되고 싶어할지도 모른다. 대각주란 자리는 곧 교의 모든 살림을 손에 쥐고 주무를 수 있는 자리였다. 신교 내에서도 열 손가락에 꼽히는 자리 중 하나였다.

"급하게 온 것 같은데… 이곳에 무슨 볼일이라도 있는 것인가요?"

장추문은 아직 먼지가 묻어 있는 종여주의 어깨를 바라보며 묻자 종여주가 어깨를 손으로 털며 어색한 웃음을 흘렸다.

"이곳에 철 소저가 계시다는 말을 듣고 일단 인사부터 해야 할 것 같아서요."

"역시 부교주님의 힘이 대단하긴 대단해."

장추문은 종여주가 철우경이라는 배경 때문에 철시린에게 인사차 왔다는 것으로 오해했다. 그런 생각으로 슬쩍 철시린을 바라보자 철시린은 무표정한 눈으로 종여주를 바라보고 있었다. 순간 종여주는 오싹한 기분이 들었다. 그녀의 투명한 눈동자 때문이다. 잠시 자신이 철시린을 너무 쉽게 보는 게 아닐까 하는 생각이 들었다.

"내일 아침 서안으로 출발하는데 종 소궁주께서도 함께 가실 건가요?"

"내일?"

철시린의 물음에 종여주는 놀란 표정으로 눈을 크게 떴다.

서안으로 간다는 말은 곧 화산으로 간다는 것과 같기 때문이다. 화산에서 싸울 생각이 있느냐는 질문이었다.

"서안까지는 내가 바래다주지."

장추문이 말하자 종여주는 마음속으로 혀를 찼다. 하지만 철시린의 옆에서 떨어질 생각은 안 했다.

"저도 가겠어요. 강호에 나왔으면 중원과의 싸움도 경험해야 하지 않을까요? 화산이란 곳이 어떤 곳인지 전부터 매우 궁금했으니 이번 기회에 한 번 보는 것도 좋을 것 같군요."

"그럼 내일 아침에 연무장에서 뵙기로 해요."

"그럼."

철시린의 말에 종여주는 대답하며 자리에서 일어났다.

그녀가 나가자 장추문은 인상을 살짝 찌푸렸다. 사실 서안까지 갈 생각은 없었다. 교주인 장무영 때문이다. 그가 오라고 하지 않은 이상은 갈 생각이 없었으나 종여주는 왠지 모르게 위험해 보였다.

"조심하는 게 좋을 거야. 저 여자… 왠지 감이 안 좋아."

"저도 그렇게 느꼈어요."

철시린은 고개를 끄덕였다. 장추문의 말처럼 그녀의 표정 속에서 불안감을 본 것이다.

"이건 들은 이야기인데… 음선궁주인 환마요희(幻魔妖姬)는 부교주님과 악연이 있다고 들었어. 좋은 감정은 없다는 말인데… 음선궁의 궁주가 그런데 소궁주라고 해서 부교주님께

좋은 감정이 있겠어?'

철시린은 장추문의 말에 눈을 빛내며 호기심 어린 표정으로 바라보았다. 처음 들어보는 말이기 때문이다.

"어떤 악연인지 궁금하군요."

그녀의 말에 장추문은 미소를 그렸다.

"잘은 모르지만… 음선궁을 단신으로 쳐들어가서 개박살을 내지 않았을까?'

철시린은 그 말에 손으로 입을 가리며 가벼운 미소를 보였다. 장추문 역시 웃음을 입가에 담았다.

배를 타고 위강을 지나 이틀 만에 서안에 도착한 철시린은 서안을 약간 벗어난 안산으로 이동하였다. 안산의 중턱에 자리한 춘미장을 거점으로 신교의 사람들이 모여 있었기 때문이다. 철시린은 반나절 만에 춘미장에 도착하였다.

춘미장에 도착하자 연무장에 수많은 무사들이 도열한 채 반겼다. 대문을 통해 들어온 사람들이 모두 여자였기 때문이다. 그들의 열렬한 환호에 모두의 안색이 붉어졌다. 생각지도 못했던 환영이었기 때문이다.

"어서 오시오."

제갈민이 다가와 반겼다. 그가 직접 나온 것이다. 그만큼 철시린은 중요한 인물이었다.

"먼 길 오시느라 수고하셨소. 자, 안으로……."

제갈민은 철시린을 이끌고 안으로 들어갔다. 그들의 뒤로 장추문과 종여주가 따라갔다.

객실에 들어서자 한 명의 중년인이 책을 덮으며 시선을 들었다. 순간 철시린의 안색이 굳어졌다.

"어떻게……."

"하하, 많이 놀란 것 같군."

제갈사랑이 자리에서 일어나 미소를 그렸다. 그러자 제갈민이 말했다.

"이분은 제 아버지입니다."

"아……!"

철시린을 비롯해 장추문 역시 매우 놀란 표정으로 눈을 크게 떴다. 제갈사랑은 부드러운 미소를 보이며 철시린을 바라보았다.

"앉지."

자리를 권하자 철시린이 앉았다. 제갈민은 옆에 서 있었다. 그렇기 때문에 장추문은 감히 앉지 못하고 서 있었다. 종여주 역시 눈치가 빨라 한쪽에 서 있었다. 제갈민은 신교의 중추라 할 수 있는 사심전의 전주였기 때문이다.

"오시느라 고생하셨소."

"별말씀을."

철시린은 가볍게 고개를 숙였다. 그 모습이 상당히 매력적이었다. 제갈사랑은 저도 모르게 정욕이 올랐다. 하지만 그것 역시 찰나일 뿐이다. 먼 길을 왔기 때문에 철시린의 얼굴은 조금 수척해진 모습이었지만 그 또한 남들과 다르게 빼어났다.

"교주님께서는 현재 수련 중이시오. 그래서 내가 나온 것이니 섭섭하게 생각지 마시구려."

"아닙니다. 그런데 어떻게……?"

"무림맹에 있었는데 어떻게 여기에 있느냐는 것이오?"

철시린은 고개를 끄덕였다.

"그건 내가 신교인이기 때문이오."

지극히 당연한 듯 대답을 하는 제갈사랑이었다. 그의 목소리에는 자부심이 있었다. 또한 강한 열망도 포함되어 있었다.

"중원에서 지낸 시간이 길었으나 나의 마음은 늘 신교에 있었소. 그리고 지금이 신교의 숙원을 풀 수 있는 절호의 기회라고 판단했기 때문에 돌아온 것이오. 신교의 힘이 되기 위해서. 지금은 나보다 민아가 더 힘이 되겠지만 말이오. 하하하!"

제갈사랑은 웃음을 흘리며 수염을 쓰다듬었다. 철시린은 그가 참으로 대단한 사람이라고 생각했다. 제갈사랑이란 인물에 대해서 어느 정도는 소문을 들었기 때문이다. 중원에서의 그의 명성은 정말 대단한 것이었다. 보통의 사람이었다면 중원에서 쌓은 명성을 버리지 못했을 것이다.

"감회가 새롭네요. 전에 서안으로 들어왔을 때는 중원의

무인들이 공격했는데, 지금은 이렇게 아무렇지도 않게 들어
올 수 있다니……."

철시린은 과거의 일을 떠올리며 말했다. 그러자 제갈민이
다가와 말했다.

"섬서성에 우리가 있다는 말은 곧 섬서에서 살고 있는 중
원의 무인들과 자칭 정파라고 자처하는 놈들까지 모두 죽였
다는 뜻과도 같으니 걱정하실 필요가 없소이다. 물론 그 정주
문까지도."

제갈민의 말에 철시린은 시선을 돌렸다. 제갈민은 가볍게
미소를 보였다. 이미 섬서성에 속한 수많은 문파들을 멸문시
켰다. 남은 것은 화산뿐이었다. 화산은 그 일을 접했기 때문
에 비상이 걸린 상태였다. 그리고 그들도 지금쯤이면 서안에
신교가 있다는 것을 알고 있을 것이다. 제갈민은 목소리에 힘
을 주어 말했다.

"신교에 반하는 사람과 세력은 모두 사라져야 하오."

철시린은 입을 닫았다. 그녀는 그 말이 주는 의미를 아직은
잘 몰랐기 때문에 어떤 대답을 해야 할지 모르고 있었다. 제
갈사랑이 그런 철시린에게 말했다.

"천하대회 때는 정말 통쾌했소. 그런 기분을 오래 느끼고
싶었으나……."

제갈사랑의 말에 철시린을 비롯한 방 안의 사람들이 한 사
람의 얼굴을 떠올렸다. 송백이었다. 송백 역시 천하대회 때

신위를 보였기 때문이다.

"어찌 되었든, 환영하오. 교를 위해서 힘써주리라 믿고 있
겠소."

"예."

철시린은 조용히 대답했다.

작은 정원이 딸린 조용한 별채로 안내받은 철시린은 짐을
풀었다. 얼마 지나지 않아 안기위의 방문을 받았고 안희명과
도 인사를 나누었다. 안희명이 중원에서 활동했다는 말에 크
게 놀란 철시린은 비슷한 연배의 친구처럼 대하였다.

안희명은 처음에 철시린을 만난다고 할 때 상당히 긴장하
였다. 그녀가 보여준 한 수 때문이다. 그녀의 무공이 고강하
다는 것과 중원에서 그녀가 혈우검화로 불리기 때문에 조심
할 수밖에 없었다. 하지만 대화를 나누다 보니 좋은 사람이라
고 여기게 되었다.

중원에 있을 때는 신교의 사람들이 모두 악인들이라고 믿
었다. 하지만 안기위를 통해서 신교의 사람들을 만나게 되자
그들도 중원인들과 다를 바 없는 사람이란 생각이 들었다. 그
들과 똑같이 먹고 마셨으며 잠을 잤고 대화도 하였다.

단지 속해 있는 세상이 달랐을 뿐이다. 그 이유 하나만으로
이렇게 싸우고 있는 것이다. 안희명은 그것을 아직 이해하지
못하고 있었다.

잠시 후 안기위와 안희명이 자리에서 일어나 나가자 철시린은 목욕을 하였다. 그사이에 매난국죽이 철시린의 침실을 정리하였다.

　밤이 깊어가고 있었다. 하늘에는 별들과 달들이 반짝이고 있었으며 철시린은 침의를 입은 상태로 의자에 앉아 멍하니 창밖을 바라보고 있었다.

　'중원……'

　이곳의 하늘은 신교의 하늘에 비해서 높았다. 그리고 중원의 하늘이었다. 늘상 중원에 나올 때면 언제나 자신의 뒤에 따라붙던 수많은 정파의 무인들이 있었다. 하지만 지금은 없었다. 그저 고요한 하늘만이 있을 뿐이었다.

　휘이익.

　밤바람이 창을 통해 들어와 그녀의 머리카락을 간지럽혔다. 철시린은 눈을 감으며 바람을 느꼈다.

　'다시… 만날 수가 있을까?'

　문득 든 생각이었다. 강호에 나온 가장 큰 원인이었기 때문이다. 만난다면 확인하고 싶었다. 왠지 모르게 만날 것 같은 기분이 들었다. 그 사람이 다가오고 있다는 기분이 든 것이다. 그런 생각이 들자 가슴이 뛰었다.

　쉬익!

　"……!"

　그때 밤바람보다 조금은 강한 바람이 불었다. 순간 철시린은 자리에서 일어나 손을 침상 쪽으로 뻗었다.

휘리릭.

이불이 날아와 손에 잡히는 순간 철시린은 몸을 감으며 회전하였다. 그런 그녀의 오른손에는 어느새 검이 들려 있었다. 검이 문을 향하고 있었다.

"누구냐?"

차가운 목소리였다. 순간 문이 소리없이 열리며 건장한 청년이 모습을 보였다. 철시린의 눈동자가 굳어졌다.

"느낀 것이오, 내가 왔다는 것을?"

장무영은 한 발 다가서며 철시린을 바라보았다. 장무영은 분명 소리없이 움직였다. 하지만 철시린은 십 장 가까이 접근하자 알아챈 것이다. 그녀의 무공이 상당하다는 반증이었다. 철시린은 놀란 표정으로 장무영을 바라보았다.

"수련을 한다고 들었는데 어떻게……."

"하늘이 가르쳐 주었소."

다시 한 발 다가선 장무영은 입가에 미소를 걸었다.

"그녀가 왔다고."

철시린의 안색이 굳어졌다. 철시린은 저도 모르게 뒤로 한 발 물러섰다.

"이 늦은 시간에 아녀자의 방에 함부로 들어오시다니요. 신교의 교주로서 할 짓인가요?"

"놀랐소?"

"소리를 지를지도 모르죠."

"밖의 사람들은 모두 잠을 자고 있을 것이오."

순간 철시린의 안색이 더없이 굳어졌다. 어느새 이 근처의 사람들을 모두 제압한 것이다. 그리고 그들을 제압했다고 하는 것은 건전한 마음으로 자신의 방을 찾아온 것이 아니라는 뜻이기도 했다. 지금 자신의 실력으로는 장무영을 상대할 수가 없었다.

"이 늦은 시간에 무슨 일이신가요?"

"보고 싶어서 왔소."

장무영이 다시 한 발 다가서자 철시린은 저도 모르게 다시 뒤로 한 발 물러섰다. 그러자 장무영은 가벼운 미소를 입가에 담았다.

"일단 그 검을 치우고 말합시다. 검끝이 나의 목을 겨누고 있으니 가까이 다가가 얼굴을 볼 수가 없구려."

"낮에 오신다면 그렇게 하겠어요."

철시린의 차가운 대답에 장무영은 고개를 저으며 짧게 숨을 내쉬었다. 순간 장무영의 신형이 흔들렸다.

"……!"

와락!

장무영은 어느새 왼손으로 철시린의 오른 손목을 잡아 올리며 허리를 감아 안았다. 순간적으로 철시린의 눈동자가 부릅떠졌다.

"내가 힘이 없어서 당신을 안지 못한다고 여기는 것이오?"

철시린의 안색이 차갑게 굳어지며 눈동자가 투명하게 반짝였다.

"이게 무슨 짓인가요?"

장무영은 순간적으로 신형을 떨었다. 그녀의 육체가 온몸으로 전해지자 참을 수 없는 욕정 때문에 인상을 더욱 찌푸렸다. 이성과 본능이 교차되고 있는 상태에서 철시린의 투명한 눈동자와 차가운 목소리가 귀를 때렸다.

"교주라는 신분으로 이러는 것인가요?"

"그렇다면 어쩔 것이오?"

장무영은 입가에 가벼운 미소를 걸었다. 철시린은 차갑게 다시 말했다.

"당신의 그릇은 이 정도였군요."

장무영의 인상이 차갑게 변하였다. 순간적으로 참을 수 없게 만들었던 본능이 그 한마디에 사라져 버렸다. 장무영은 손을 놓으며 뒤로 물러섰다.

"미안하군. 하지만 당신은 너무 아름다워서 볼 때마다 나의 이성이 끊어지곤 하지."

"……"

"불안감도 존재하오. 내 여자를 다른 놈이 안아버린다면? 나는 그때 어떻게 해야 할까… 내 손아귀에 있을 때 안아버려야 하는 것은 아닐까? 당신은 이 장무영이라는 사람이 그런 생각을 하게끔 만드는 여자야."

장무영은 피식거리며 중얼거리다 자리에 앉았다.

철시린은 그런 장무영을 가만히 바라보았다. 장무영은 창피한 이야기를 한 것이다. 대신교의 교주로서 보여야 할 모습이 아니었다. 하지만 그런 모습을 철시린에게 보여주고 있었다.

"너무 보고 싶더군. 그런데 바람이 와서 내게 말해주었소, 네가 왔다고. 급한 마음에 달려온 것이오. 밤이라는 것이 문제가 되었다면 사과하오. 하지만 나의 마음에는 변함이 없소. 내가 무림맹에 입성하는 날… 당신도 내 침실에 입성해야 할 것이오. 이것은 교주로서의 명령이오."

슥.

장무영은 자리에서 일어나 밖으로 걸어나갔다. 걷던 그가 걸음을 멈추고 고개를 돌렸다.

"인사도 없는 거요?"

"미안해요."

철시린은 짧게 대답했다. 장무영은 고개를 끄덕이며 씁쓸한 미소를 입가에 걸었다. 그리곤 소리없이 사라졌다. 그제야 철시린은 자리에 주저앉았다. 무서웠던 것이다. 장무영이라는 사람의 무공과 그의 욕망에 젖은 눈동자가.

"…미안해요……."

자신도 모르게 흘러나온 말이었다. 누구를 위한 말인지도 모른다. 단지 어렴풋이 기억나는 사람을 향한 말이었다. 그런 철시린의 눈에서 눈물 방울이 흘러내렸다. 강해지려고 노력했으나 강해진 것 같지 않았다. 오히려 무공을 익히면 익힐수록 마음은 약해지는 것만 같았다.

"너를 위해 살아왔다."

쿵!

순간 심장을 때리는 목소리가 머릿속에 울렸다. 철시린의 눈동자가 커지며 흔들렸다. 어렴풋이 무언가가 빠르게 머리를 지나쳤기 때문이다. 알 수 없는 감정이 가슴을 때리고 있었다. 그것이 무엇인지 알 수 없었기에 더욱 슬펐다. 그의 얼굴을 떠올리자 더욱더 가슴이 크게 뛰기 시작했다. 알지 못했다. 그래서 더욱 바닥에 허리를 숙이며 흐느껴야 했다. 그렇게 밤이 깊어가고 있었다.

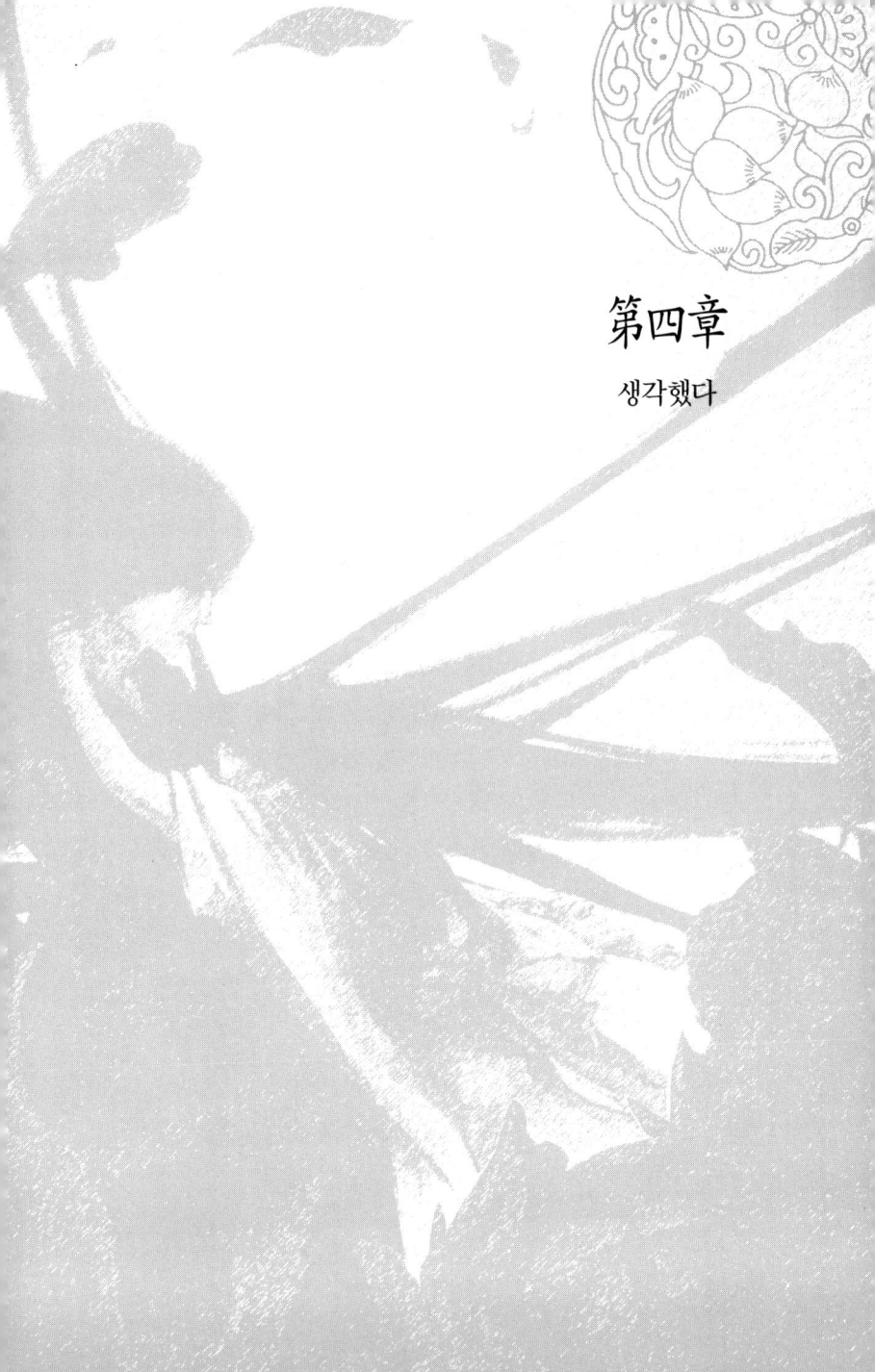

第四章

생각했다

송백은 몸이 회복되고 있었다. 복부의 큰 흉터가 아직도 남았지만 이것도 시간이 지나면 작아질 것이다. 그리고 오늘은 오랜만에 몸을 움직이며 땀을 쏟고 있었다. 한동안 움직이자 온몸이 땀으로 젖었다. 송백은 지쳐 바닥에 주저앉았다. 그러자 발자국 소리가 들리며 기수령이 다가왔다.

"오랜 시간 동안 움직이지 못하셨으니 한동안은 계속 그렇게 움직이셔야 할 거예요."

기수령이 송백의 얼굴에서 흘러내리는 땀을 닦아주며 말했다. 땀을 닦던 그녀의 손길이 얼굴을 이리저리 이동하다 입술에 닿았다. 잠시 멈칫거리던 기수령은 얼굴을 붉혔다.

"나로 인해 시간을 많이 허비하는 것 같은데 괜찮겠나?"

"상관없어요."

기수령은 고개를 저었다. 멀리서 그 모습을 지켜보던 방지호가 인상을 찌푸리며 음습한 표정을 지었다.

'달라붙어서 살아라, 살아.'

자신도 모르게 투덜거리며 몸을 돌리는 방지호였다. 그런 방지호의 눈에 처음 보는 중년인이 눈으로 들어왔다.

"……!"

팟!

방지호의 신형이 순간 기수령의 옆에 나타났다. '쿵!' 하는 소리가 울리며 방지호가 좀 전에 서 있던 자리에서 흙먼지가 원형으로 피어오르며 구덩이가 파였다. 그 자리에 평범한 인상의 중년인이 서 있었다. 어행귀 중 목귀였다.

"형님, 무공을 익혔습니다."

목귀의 옆으로 사십대 초반의 평범한 인상을 한 인물이 나타났다. 화귀로 오행귀의 우두머리였다. 그가 나타나자 나머지 세 명의 인물도 나타났다. 모두 평범한 옷을 입고 있었으며 평범한 용모였다.

순간 화귀의 오른손이 앞으로 뻗었다. 그 모습을 본 기수령의 안색이 급변했다.

"피해요!"

쉭!

기수령과 송백의 신형이 사라지는 순간 방지호의 신형도 사라졌다.

쿵!

육중한 소리가 울리며 송백이 있던 자리에 구덩이가 파였다. 그리고 흙먼지가 원형으로 말려 올라가며 잠시 머물다 사방으로 흩어졌다. 그 모습이 마치 원형의 구가 생겨난 것처럼 보였다.

"행공장(行功掌)!"

십여 장이나 떨어진 곳에 나타난 기수령은 송백의 앞을 막으며 인상을 찌푸렸다.

"천독문의 행공장이로군요."

방지호가 그 옆에 단검을 꺼내 들고 말했다. 기수령은 그 말에 고개를 끄덕였다. 천독문의 절정고수들만이 익힌다는 행공장이었다. 행공장은 보이지 않았다. 단지 그 사람이 있던 자리에 원형의 기류가 만들어진다. 물론 격중된 사람은 팔다리가 꺾이며 몸이 원형으로 변하여 죽는다고 하였다. 그 처참한 모습 때문에 행공장은 사공이라 불렸다.

"쉽게 알아보는군."

화귀가 슬쩍 놀란 표정으로 한 발 다가섰다. 기수령은 품에 손을 넣어 단소를 꺼내 들었다. 그녀의 무공은 담오에게서 배운 무공이었기 때문이다. 그 모습을 본 송백은 눈을 감으며 조용하게 말했다.

"약간의 시간을 벌어주겠나?"

기수령이 그 말에 시선조차 돌리지 않고 전음으로 물었다.

"얼마나요?"

"일 다경."

"너무 길군요."

송백은 슬쩍 미소를 보이며 운기에 들어갔다. 그러자 기수령이 눈을 빛내며 오행귀를 향해 말했다.

"어떻게 천독문이 이곳에 나타난 것인가요?"

"아름다운 아가씨라 목소리도 예쁘군."

기수령의 물음을 흘려 버리는 화귀였다. 목적을 말할 수가 없다는 뜻이기도 했다. 기수령은 인상을 굳히며 단소를 힘주어 잡았다. 행공장의 위력을 잘 알기 때문이다. 거기다 수는 다섯이었다. 이 다섯을 상대하기란 혼자서는 벅찬 일이었다. 방지호가 있다지만 그녀의 무공은 그리 높지 않았다. 다만 경공에 발군의 실력이 있을 뿐이다.

기수령은 장여림이 오기를 기다리며 화귀를 향해 다시 말했다.

"천독문이 이곳에 있다는 것은 곧 마교의 주구가 되었다는 뜻이로군요."

"머리가 좋은 것 같구나."

화귀는 고개를 끄덕였다.

"천독문이 마교의 사주를 받아 해남검파와 싸운다고 들었

을 때 농담이라고 여겼는데 그 말이 사실이었군요. 어떻게 천
독문처럼 큰 문파가 마교의 주구가 되었는지 모르겠지만, 천
독문주는 필경 자존심이 없는 사람이에요."

"입이 달렸다고 함부로 말하지 말거라."

기수령은 순간 긴장한 표정으로 오행귀의 옆에 소리없이
나타난 중년인을 바라보았다. 문조필이었다. 문조필의 옆구
리에는 장여림이 들려 있었다. 어느새 당한 것이다.

"……!"

"받아라, 선물이다."

휙!

문조필은 장여림을 던졌다. 방지호가 놀라 장여림을 받아
들었다. 순간 방지호의 표정이 납빛처럼 변하였다. 장여림의
얼굴에 반점이 떠 있었기 때문이다.

"독!"

방지호가 놀란 표정으로 문조필을 노려보았다. 그러자 문
조필이 소매에서 작은 백색의 호로병을 꺼내 들었다.

"홍사독이라는 것인데, 중독되고 세 시진 안에 해약을 먹
이지 않으면 죽는다. 그리고 이 안에 해약이 있지."

"개새끼."

방지호의 말에 문조필의 눈썹이 꿈틀거렸다. 그러다 이내
입가에 실낱같은 미소를 담았다.

"홍사독은 그 특징이 중독된 사람의 피부만 만져도 중독

되지."

"헉!"

방지호가 놀라 자신의 손을 바라보았다. 순간 방지호의 안색이 퍼렇게 변하였다. 그새 붉은 반점이 손목까지 타고 올라왔던 것이다. 그 모습에 기수령의 안색 역시 굳어졌다.

'일 다경까지도 어려울 것 같구나.'

문득 든 생각이었다. 하지만 최선을 다해야 했다. 어떻게 해서든 송백이 눈을 뜰 때까지 기다려야 했다.

"걱정하지 않아도 된다. 여자 세 명을 독에 중독시켜 죽일 정도로 악독한 사람은 아니니. 조금은 즐겨야겠지?"

말을 하는 문조필의 눈동자가 색욕으로 물들었다. 기수령도 그 말이 무엇을 의미하는지 알고 있었다. 순간 기수령은 빠르게 몸을 한 바퀴 돌리며 단소로 주변을 쓸었다.

휘이이잉!

강력한 바람이 일어나 흙먼지와 함께 사방으로 퍼져 나갔다. 문조필은 뒤로 물러서며 인상을 굳혔다. 오행귀 역시 미소를 보이다 인상을 살짝 찌푸렸다.

"눈치가 빠르군."

문조필은 소매를 늘어뜨리며 말했다. 기수령은 차가운 표정으로 단소를 들어 문조필을 겨누었다. 바람을 만들어 소리 없이 다가오던 독 먼지를 날려 버린 것이다. 그것 때문에 오행귀와 문조필이 인상을 찌푸린 것이다.

방지호가 장여림을 안고 뒤로 물러섰다. 죽어도 같이 죽겠다는 심산이었다. 실제 싸울 수 있는 사람은 기수령 혼자뿐이었다.

"아리따운 소저를 죽이고 싶지 않구나. 대답만 잘한다면 살 수도 있을 것이다."

"무엇인가요?"

"그 뒤에 앉아 있는 놈이 송백이라 불리는 놈이냐?"

"그래요."

기수령은 숨기지 않았다. 어차피 이들은 그가 송백이 아니라 하여도 여기에 있는 모두를 죽일 생각인 것이다. 천독문이 이곳에 있다는 사실이 알려지면 안 되기 때문이다. 처음부터 이들은 살인멸구를 하기 위해 무공을 펼친 것이고 독공을 펼친 것이다.

문조필은 입꼬리를 말아 올리며 오행귀에게 눈짓을 전하며 뒤로 물러섰다. 어차피 기수령 혼자라면 오행귀로도 충분하다고 판단했기 때문이다. 자신은 기수령의 눈이 다른 곳을 향할 때 송백만 죽이면 그만이다. 그리고 이 세 명의 여자를 어떻게 요리할지만 생각하면 된다. 편안한 마음이었다.

'이처럼 쉽게 잡힐 놈을 뭐가 그리 어렵다고 호들갑을 떤 것인지… 신교도 한물간 것인가?'

문조필은 피식거리며 기수령을 향해 날아드는 오행귀의 모습을 바라보았다. 그 순간이었다, 기수령의 단소가 빠르게 회전하며 소리를 만든 것은.

삐이익!

귀청을 때리는 소리가 울리며 강력한 경기가 오행귀에게 밀려들었다. 순간 오행귀의 일 장 앞 빈 허공에서 순식간에 십여 번의 폭발이 일어났다.

콰콰쾅!

강력한 경기가 사방으로 퍼져 나갔다. 문조필은 인상을 찌푸리며 뒤로 두 걸음을 물러섰다. 오행귀 역시 안색을 굳히며 물러섰다.

"큭!"

목귀와 금귀가 입가에서 실낱같은 핏방울을 흘렸다. 가벼운 내상을 입은 것이다. 문조필의 안색이 순간적으로 굳어졌다. 기수령의 손에 들려 있는 단소가 적색을 띠었기 때문이다. 그리고 적색의 단소를 쓰는 사람에 대한 이야기가 머리를 스쳐 갔다.

"설마 담오의 적소란 말이더냐?"

"그렇다면 어쩔 것인가요?"

기수령의 미소 띤 말에 문조필의 안색이 굳어졌다. 하지만 문조필은 이내 인상을 펴며 입가에 미소를 담더니 큰 소리로 웃기 시작했다.

"크하하하핫! 설마 하니 이런 곳에서 두 개의 보물을 찾게 될 줄이야! 하하하하! 제갈사랑이 그렇게 원하던 기수령과 태상장로가 원하는 송백! 이 둘이 모두 내 손에 떨어지다니, 이 얼마나 운이 좋단 말이더냐!"

"하하하하!"

오행귀가 덩달아 웃었다. 그 모습에 기수령의 표정은 삽시간에 어둡게 변하였다. 이미 제갈사랑은 마교에 도착한 것이다. 그리고 제갈사랑이 확실하게 자신에 대해 의식하고 있다는 것을 알았다.

"저년은 사로잡아야 한다. 그러니 죽이지 말고 덮쳐라!"

문조필이 손으로 기수령을 겨누며 외쳤다. 그러자 오행귀가 빠르게 날아들었다. 오행귀의 손이 기묘하게 움직이며 앞으로 뻗어왔다. 행공장을 펼친 것이다.

기수령은 단소의 구멍을 마지막 하나만 남겨놓고 잡아 십여 개의 그림자를 허공중에 그렸다. 높고 낮은 소음과 함께 공간이 일그러지며 소리의 파장이 전방을 메웠다.

콰쾅!

행공장의 장력이 허공중에 사라졌다. 그 사이로 오행귀의 신형이 빠르게 다가왔고, 오행귀의 손에는 갈고리 같은 조가 달려 있었다. 그 모습에 기수령은 신형을 빠르게 움직이며 원형을 그렸다. 그러자 그녀의 주변으로 단소의 그림자가 흔들거리며 춤을 추듯 음률을 만들며 아지랑이 같은 기류가 감싸고 돌았다. 방어 초식인 회류음(回流音)을 펼친 것이다.

"큭!"

접근하던 오행귀가 인상을 찌푸리며 뒤로 물러섰다. 소리가 귀를 때렸기 때문이다. 거칠게 신경을 자극하는 소리였다. 순간 십여 개의 붉은 점이 오행귀들에게 날아들었다. 단소의 끝이 허공을 격하고 무형이 유형의 기운으로 변하여 날아든 것이다. 그 모습을 보던 문조필이 인상을 찌푸리며 오행귀의 앞에 나타났다.

쾅!

오른손을 앞으로 뻗은 채 문조필은 인상을 굳혔다. 생각보다 기수령의 실력이 뛰어났기 때문이다. 오행귀가 오행진을 펼치지 못하는 것도 있었지만 그래도 오행귀를 상대로 두 번이나 물러서게 만든 실력이었다. 문조필은 그녀의 무공이 가지고 있는 이점을 떠올리며 말했다.

"역시 소문처럼 음공은 껄끄러운 무공이야."

"흥!"

기수령은 그 여세를 몰아 상체를 숙이며 단소를 앞으로 뻗었다. 순간 강력한 소리가 뻗어나오며 무색 투명한 경기가 뭉쳐 문조필에게 날아들었다.

삐이이익!

문조필은 그 모습을 확인하는 순간 오른손을 앞으로 뻗었다. 그러자 검은 기류가 회오리치며 기수령의 정면으로 날아들었다.

쾅!

"악!"

기수령이 비명성을 토하며 뒤로 두어 발 물러섰다. 그리곤 눈을 부릅뜨며 입술을 깨물었다. 바로 뒤에 송백이 있었기 때문이다.

그녀의 신형이 미미하게 떨리기 시작했다. 온몸으로 전해진 충격파를 감당했기 때문이다. 이내 기수령의 입에서 핏물이 쏟아졌다.

"우엑! 콜록! 콜록!"

기수령은 단소를 늘어뜨리며 기침을 몇 번 토했다. 그 모습이 처량했는지 문조필이 짧게 숨을 내쉬었다.

"무리하지 마시게. 그러다가 죽기라도 한다면 나는 죽은 시체를 안아야 하지 않겠나?"

기수령은 이빨을 깨물며 무릎을 잡았다. 흔들리는 무릎이 금방이라도 땅에 닿을 것 같았기 때문이다. 문조필 같은 불한당 앞에서 무릎을 꿇고 싶지 않았다. 그러한 자존심이 그녀를 버티게 만들었다. 순간 그녀의 눈동자가 흔들렸다.

"쿨럭! 쿨럭!"

또다시 피를 토했다. 그녀는 비틀거리며 이마를 짚었다. 순간적으로 기수령의 시선이 자신의 손으로 향했다. 붉은 반점이 눈에 들어오자 입술을 깨물었다. 고개를 돌리자 방지호는 비 오듯이 땀을 흘리며 앉아 있었다. 운기를 했지만 견디지 못하는 것 같았다.

"독공이 무서운 것은 독에 중독되기 때문이네."

문조필은 그렇게 말하며 왼손을 들어 앞으로 내밀었다. 순간 검은 기류가 강력한 회오리를 만들며 날아들었다. 기수령은 굳어진 표정으로 오른손을 들었다. 어떻게 해서라도 막아보려 했던 것이다.

"고생했어."

송백은 기수령의 어깨를 잡으며 그녀의 앞으로 한 발 나섰다. 기수령의 안색이 밝아졌다. 송백의 평온한 눈동자와 마주쳤기 때문이다.

쉬이익!

순간 검은 기류가 송백의 가슴으로 날아들었다. 송백은 가볍게 검을 들어 밀었다. 그런 검끝이 미미하게 떨리고 있었다.

쾅!

검끝과 검은 기류가 부딪치자 강력한 경기가 사방에 퍼져나갔다. 문조필은 그제야 송백을 발견하곤 인상을 찌푸렸다. 하지만 이미 대세는 기울었다. 한 명이서 모두를 상대할 수는 없는 법이다.

"송백이 확실한가?"

송백이 고개를 끄덕이자 문조필은 만족한 미소를 입가에 그렸다. 드디어 임무를 완수할 수가 있게 된 것이다. 문조필은 그 역시 독에 중독되었으나 내공이 다른 사람들보다 강해

지금까지 견딜 수 있다고 생각했다. 또한 그는 운기 중이었다. 운기를 하는 이유는 독에 견디기 위해서이다. 하지만 기수령이 위험하자 운기를 끝내고 모습을 보였다. 더 이상 독에 대항할 방법이 없는 것이다.

"해약은 어디 있나?"

송백의 물음에 문조필은 왼손을 소매에 넣어 호로병을 꺼내 들었다. 그런 문조필의 입가에는 비웃음이 걸렸다.

"여기 있는데 갖고 싶나?"

송백의 눈이 빛났다. 그러자 문조필은 손을 높이 들어 흔들며 웃었다.

"갖고 싶다면 스스로 목을 잘라… 응?"

슥.

송백의 신형이 순간적으로 길게 늘어나며 문조필의 눈앞에 나타났다. 문조필의 눈이 부릅떠지며 흔들렸다. 엿가락처럼 늘어났다고 생각한 순간 문조필은 기이한 느낌이 어깨를 타고 전해지는 걸 느꼈다.

픽!

허공중으로 팔이 올라갔다. 송백의 신형이 늘어나자 문조필의 눈에 그런 송백의 육체가 보였다. 늘어난 송백은 팔을 잡고는 허공중에서 몸을 틀어 뒤로 날아 내렸다. 그 순간 송백의 늘어난 신형이 당겨진 활처럼 송백에게 날아와 합쳐졌다.

어느새 본래의 위치로 돌아간 송백은 손에 들고 있는 팔을 들어 호로병을 바라보았다. 그리곤 고개를 들어 앞을 바라보았다. 문조필은 여전히 눈을 부릅뜬 채 송백을 바라보고 있었다. 그 순간 문조필의 잘려진 어깨에서 피가 분수처럼 솟아났다.

"크아아아악!"

비명성이 터지며 문조필은 고통스럽게 일그러진 얼굴로 뒤로 물러섰다. 그의 신형이 떨리기 시작했다. 송백은 살기를 뿌리며 문조필의 일그러진 얼굴을 확인하자 손에 쥔 문조필의 팔을 떼어버리고 호로병을 손에 쥐었다. 순간 허공중에 떨어져 내리는 일그러진 공기의 파장과 오행귀가 눈에 들어왔다.

"죽여! 죽여! 죽여어!"

문조필이 미친 듯이 소리치고 있었다. 송백은 눈을 빛내며 오행귀를 향해 검 그림자를 만들었다. 다섯 개의 초월파가 날아드는 오행귀를 향해 뻗어나갔다.

쉬아악!

오행귀는 초승달 같은 검기가 날아들자 놀라 행공장을 펼치며 송백에게 짓쳐들었다.

콰콰쾅!

행공장과 부딪치던 초월파가 폭음성을 뚫고 오행귀를 지나쳤다. 순간 오행귀들의 눈동자가 부릅떠지며 믿을 수 없다는 표정으로 송백을 응시했다.

퍼퍼퍽!

피보라가 불었다. 사방에서 뿌려진 검붉은 핏물이 주변을 처참하게 만들었다. 부릅뜬 눈으로 앞을 보던 문조필의 눈빛이 흔들리기 시작했다.

"아… 아으… 아버… 버……."

무슨 말을 하려고 했으나 목을 타고 올라오는 말은 말이 아니었다. 문조필은 뒤로 물러서며 신형을 떨었다. 순간 눈앞에 송백의 그림자가 나타났다고 느껴짐과 동시에 머리를 스치는 시원함과 쾌감이 폐부로 들어왔다.

핏!

문조필은 눈을 부릅뜨며 허공을 올려다보았다. 그의 뒤에 송백이 서 있었다. 송백은 신형을 돌리며 허공을 바라보는 문조필의 뒷모습을 응시했다. 문조필의 이마에서 콧잔등까지 혈선이 그려지기 시작하더니 이내 '팟!' 하는 소리와 함께 피가 머리에서 튀었다. 문조필의 신형이 힘없이 바닥에 쓰러졌다.

쿵!

밤이 되자 눈을 뜬 기수령은 주변을 둘러보았다.

"다행이군."

송백의 목소리에 기수령은 불빛과 함께 앉아 있는 송백을 발견하곤 이곳이 자신의 방이란 사실을 알았다.

"다른 사람들은요?"

"옆에."

송백의 말에 기수령은 고개를 돌렸다. 다른 침상에 방지호와 장여림이 누워 있었다. 기수령은 빠르게 다가가 안색을 살폈다. 둘 다 평온한 안색으로 잠을 자는 것 같았다.

"해약을 먹였더니 코까지 골면서 자더군."

"누가요?"

"지호."

기수령은 그 말에 입가에 미소를 걸었다. 기수령은 곧 자신의 차림새가 단정치 못하자 얼굴을 붉혔다.

"옷을 갈아입어야겠어요."

그녀의 말에 송백은 고개를 끄덕이며 일어나 밖으로 나갔다. 기수령은 여벌의 옷을 꺼내 입기 시작했다. 옷을 갈아입는 소리가 창문을 통해 밖으로 흘러나왔다.

송백은 하늘을 바라보았다. 그의 눈에 보름달이 들어왔다. 보름달을 보게 되자 문득 떠올랐다.

"달을 베고 싶지 않느냐?"

스승님의 목소리가 생각나자 저도 모르게 입가에 미소를 그렸다. 그때는 상상도 하지 못할 경지였기 때문이다. 어찌 인간이 달을 벨 수가 있단 말인가? 하지만 왠지 지금은 그 말에 호승심이 피어나는 것 같았다.

"벨 수 있다면 베고 싶습니다… 단월(斷月)……."

송백은 가만히 중얼거렸다.

*   *   *

서찰을 손에 쥔 오조천은 인상을 찌푸렸다. 그의 앞에는 세 명의 인물이 앉아 있었다. 권예와 노호관, 그리고 천하전의 부전주인 패도 반혁리였다.

오조천은 교주의 명에 의해 총대장을 하고 있었다. 그가 현재는 다른 전주들과 함께 이번 사천정벌을 책임지는 실질적인 인물이 된 것이다. 물론 모든 책임 역시 오조천이 짊어지고 있어야 한다.

"빌어먹을."

오조천은 서찰을 구기며 인상을 찌푸렸다.

"뭐라고 하는가?"

권예의 물음에 오조천은 숨을 길게 내쉬며 말했다.

"실질적인 작전조차 우리에게 속인 것 같습니다. 실제 저희는 중원의 모든 이목을 사천으로 쏠리게 하는 역할을 하게 된 것이지요. 이제 적당히 응수하다가 빠지랍니다."

"후퇴?"

권예가 눈을 부릅떴다. 그의 주변으로 강력한 살기가 맴돌았다.

"당가의 독 때문에 몇 명의 수하를 잃었는가? 무엇보다 세 번의 교전으로 우리가 크게 얻은 것이 있던가? 그런데 후퇴라니?"

권예는 화난 표정으로 낮게 말했다. 권예의 말처럼 당가와의 교전은 세 번 있었다. 그것을 빼고 나면 야습도 한 번 당한 적이 있었다. 하지만 야습이라고 해서 큰 피해를 입은 것이 아니다. 그 이후가 문제였다. 바로 당가의 독이었다.

신교는 들어오고 있는 모든 물자에 대해서 독에 대한 검사를 해야 했으며 많은 우물들도 독에 대해 검사를 해야 했다. 그렇게 하고서야 안심하고 마실 수가 있었다.

"실제 상황이 어려운 것은 사실입니다. 이곳을 기점으로 해서 십여 리의 모든 우물들이 독에 오염되어 있습니다. 그것 때문에 우물을 몇 개 더 만들었지만 쓸 수 있는 우물은 불과 두 개뿐입니다. 그뿐만이 아니라 음식조차도 먹으면서 의심을 해야 하니 하루가 다르게 사기가 저하되고 있습니다."

"그래서 후퇴를 하자는 것인가?"

노호관의 말에 권예가 인상을 굳혔다.

"그저 현실에 대해 이야기했을 뿐입니다."

"알고 있어."

권예가 차갑게 말하며 노호관에게 더 이상 말을 하지 말라는 뜻을 비추었다. 그러자 오조천이 나서며 말했다.

"후퇴를 하는 것이지만 진정한 후퇴는 아니니 권 전주님께서는 걱정하지 않으셔도 됩니다."

"무슨 말인가? 후퇴면 후퇴지 후퇴가 아니라니?"

"제가 화가 난 것은 사천당가를 멸하지 못하고 빠져야 했기 때문입니다. 일단 저희는 당가와 다시 한 번 대대적인 싸움을 해야 합니다. 그리고 그사이에 패왕전이 일차로 인원을 분산시켜 호남성으로 들어가고 그 다음에 천하전이 들어갑니다."

"호남성이라면 무림맹으로 가라는 뜻입니까?"

노호관의 물음에 오조천은 고개를 저었다.

"무림맹으로 가는 것은 맞으나 일단은 동정호 주변에 머물러 있어야 할 거네."

노호관의 표정이 굳어졌다. 그러자 오조천이 다시 말했다.

"제가 다시 당가와 싸우는 동안 권 전주님은 인원을 분산시켜 호남성에 들어갑니다. 그리고 마지막까지 당가와 저희 천마전이 싸울 것입니다."

"무림맹을 치라는 뜻이로군."

권예의 표정이 밝아졌다. 사천에 머물지 말고 무림맹을 직접 치라는 명령이었기 때문이다.

"조만간 교주님께서 무림맹에 입성하기 위해 동정호로 가실 겁니다. 그렇게 되면 권 전주님께서 교주님과 함께 무림맹으로 입성하시면 됩니다."

"하지만 과연 중원의 눈을 피해서 이 많은 인원이 호남성으로 들어갈 수가 있을까요?"

노호관이 묻자 오조천이 미소를 보였다.

"교주님께서는 개방주가 죽으면서 중원의 눈과 귀가 잘렸다고 하셨네."

모두의 표정이 경직되었다. 알 수 없는 기류가 방 안을 맴돌기 시작했다. 그것은 열기였다.

"두어 달 정도는 많은 수의 인원들이 움직인다 하여도 무림맹은 모를 것이네. 그렇다고 방심하지는 말게. 적당한 인원으로 움직이라는 말일세."

"알겠습니다."

노호관의 대답에 오조천은 곧 의자에 깊숙이 몸을 기대며 관예에게 말하였다.

"관 전주님과 저는 내일 아침에 당가로 출발합시다. 그리고 패왕전은 떠날 준비를 하게나. 천하전은 후방을 맡고."

"존명!"

반혁리와 노호관이 대답하였다.

혼자 남은 오조천은 탁자 위에 펼쳐진 사천지도를 응시하며 인상을 굳혔다.

"너무 쉽게 생각하는 것은 아닌가. 칼을 들고 실질적으로 싸우는 우리들은 이렇게 힘든데 말이야."

"전주님."

밖에 서 있던 무사가 들어오며 부복했다.

"무슨 일이냐?"

"분타에서 날아왔습니다."

부복한 수하가 양손으로 작은 전서를 내밀었다. 오조천은 전서를 손에 쥐고 읽었다.

"송백……."

오조천은 눈을 빛내며 주변으로 살기를 뿌렸다. 송백을 발견했으나 그를 추적한 인물들이 모두 죽었고, 그로 인해 송백의 종적을 또다시 놓쳤다고 한다. 어이없는 일이었다.

그의 눈동자가 활화산처럼 타올랐다. 송백이 아직도 죽지 않았기 때문이다. 부복한 수하가 그 살기에 놀라 뒷걸음으로 나갔다.

화르륵!

전서가 손안에서 불타 사라졌다. 그 순간 오조천은 자리에서 벌떡 일어나며 살기를 더욱 강렬하게 뿌렸다.

"미련 곰탱이 같은 놈들!"

쿵!

탁자를 내려치자 탁자가 육중하게 흔들렸다. 오조천은 이내 한숨을 내쉬며 자리에 주저앉았다.

푸스스.

순간 탁자가 가루로 변하며 바닥에 쌓였다. 그 위로 사천의 전도가 천천히 내려앉아 가루를 덮었다.

"바로 코앞에 있는 것을……."

오조천은 주먹을 쥐었다. 마음 같아서는 자신이 직접 천마전과 함께 가고 싶었다. 하지만 할 일이 있었다. 사천정벌만 마무리되면 가장 먼저 송백을 처단할 것이라고 마음속으로 다짐하였다. 오조천은 곧 자리에서 일어났다. 내일을 위해서 잠을 자려는 것이다.

"오랫동안 살아 있어라, 나와 만나기 전까지……."

오조천은 그렇게 중얼거리며 걸음을 옮겼다.

*　　　*　　　*

"군사께서 교주님과 합류하셨다는 보고입니다."

"군사가?"

침실에 누워 있는 무자경의 안색이 굳어졌다. 제갈사랑은 만만한 인물이 아니기 때문이다. 반쯤 이불을 덮고 있는 무자경의 가슴에 아호랑은 안겨 있었다.

"흐음… 그렇다면 일을 좀 뒤로 미루어야겠어. 모든 계획을 중단한다고 날이 밝는 대로 알리게나."

"그렇게 하지요."

아호랑이 손을 들어 무자경의 가슴을 쓰다듬으며 고개를

끄덕였다. 그리곤 다시 말했다.

"일단 군사가 합류했으니 사태를 지켜보는 게 옳다고 여겨지네요."

"눈치 하나는 족제비가 울고 갈 정도니까. 후후."

무자경은 아호랑의 가슴을 만지며 미소를 입가에 걸었다. 아호랑은 그런 무자경의 위로 올라갔다.

"제갈사랑도 불쌍하군요. 개처럼 일했으나 돌아오는 것은 죽음뿐이니……."

"그렇지… 그자는 내 손에 죽을 테니까."

무자경은 아호랑의 양 가슴을 힘주어 잡으며 눈을 빛냈다.

장무영은 세 명의 인물과 함께 앉아 있었다. 군사인 제갈사랑과 안기위가 좌우로 앉았으며 제갈사랑의 옆에는 유정신이 앉아 있었다. 이미 몇 번씩이나 했던 작전에 대한 회의가 있었다. 상대는 화산이다. 아무리 회의를 많이 해도 모자란 상대였다.

"사천이 고전하는 것 같아서 사심전주를 보냈습니다. 그가 갔으니 무림맹에 입성하는 날도 멀지 않았습니다."

제갈사랑의 말에 장무영은 고개를 끄덕였다. 곧 은은한 시선으로 제갈사랑을 바라보았다.

"화산은 그럼 보름 후에 가는 것이오?"

"그렇습니다. 화산파 역시 우리들을 대비해서 움직임을 보이고 있습니다. 하지만 소림과 무당이 오기에는 짧은 시간이니 별문제가 없다면 쉽게 화산의 연화봉에 올라 위령제를 지낼 수 있을 것입니다."

"알겠네."

장무영은 고개를 끄덕였다. 세부적인 사항에 대해서는 이미 숙지하고 있었기에 다른 사람들은 별말이 없었다.

"무림맹은 어떻게 되는 것인가?"

유정신이 궁금한 표정으로 물었다. 그러자 제갈사랑이 입을 열었다. 그런 제갈사랑의 입가에는 담담한 미소가 걸려 있었다.

"무림맹의 내부는 흔들릴 만큼 흔들려 있는 상태네. 그런 무림맹이 어찌 우리 정예들의 상대가 되겠나? 조만간 좋은 소식이 올 것이네."

"자네를 믿겠네."

유정신의 말에 제갈사랑은 고개를 끄덕였다. 중원에서 오래 생활한 제갈사랑이었다. 그렇기 때문에 제갈사랑은 중원에 정이 있을 것이다. 유정신은 혹시라도 제갈사랑의 마음속에 중원에 대한 정이 있다면 어떻게 할까, 하는 걱정을 잠깐 했다.

"나를 믿게나. 중원에서 생활한 것이 교에서 생활한 세월보다 더 길다고는 하지만 나의 자식과 부모는 모두 교의 사람이네. 나 역시 그 점을 잊은 적이 단 한 번도 없었다네."

"암, 그래야지."

안기위가 그 말에 고개를 끄덕이며 미소 지었다.

"이렇게 형제들이 다시 모였으니 반가울 뿐입니다. 우리 형제들의 뜻은 늘 그래 왔듯이 중원입니다. 이번에는 그 중원에 대한 꿈을 접지 말고 이룩합시다."

장무영이 말을 하며 목에 힘을 주었다. 장무영의 주변으로 무형의 기운이 소리없이 흘러나왔다. 그 기도가 상당하여 유정신과 제갈사랑의 안색이 굳어졌다. 유천한이 물려준 내공을 모두 자신의 것으로 만든 듯 보였기 때문이다. 그렇다면 교에서 적수를 찾기가 힘들 것이다. 그 정도는 되어야 교주였다. 제갈사랑은 만족한 미소를 입가에 보였다. 유정신 역시 눈을 빛내며 장무영을 바라보았다.

'패기와 열정은 젊은 교주만이 가지고 있다. 중원에 우리가 진출한다면 그것은 젊은 교주가 이끌었을 때겠지. 지금이 그 시기가 확실하다. 하지만 지금의 원정이 진정 교를 위한 일일까, 아니면 장무영 개인의 욕망일 뿐인가? 모든 것은 결과가 말해주겠지.'

유정신은 장무영이 교주가 된 것에 반은 만족하고 있었다. 오히려 젊은 교주가 새로이 교를 이끌어간다면 늙어 빠진 교의 내부를 새롭게 바꿀 수가 있었다. 세대는 새로운 사람을 원한다. 그리고 유정신은 그렇게 교를 바꾸고 싶었다.

"나는 이제 무림맹으로 가겠소. 모든 시작은 화산과 무림맹을 점령하는 시점에서 시작되는 것이오. 우리 모두 최선을 다합시다."

"복명!"

*　　　*　　　*

무림맹은 무당의 명풍 도장을 주축으로 빠르게 회복되어 가고 있었다. 하지만 개방주의 죽음까지 겹쳤기에 사실상 반은 화해되었다고 봐도 무방했다. 그렇다고 무림맹을 놓고 각자의 문파로 갈 수도 없었다. 지금처럼 마교가 쳐들어왔는데 싸우지도 않고 도망갔다는 오점을 남기고 싶지 않았던 것이다.

"사천은 어떻다고 하였소?"

"당무천을 중심으로 사천무림인들이 똘똘 뭉쳐 마교와 싸운다고 하였네."

명풍 도장의 말에 개방의 문조한이 말을 받았다. 명풍 도장은 침중한 표정으로 수염을 쓰다듬었다. 그의 옆에는 소림사의 정인 대사가 앉아 있었다. 그리고 제삼무단의 단주인 청운 도장이 앉아 있었다. 그는 청수 도장의 사형으로 마흔이 넘은 인물이었다.

"걱정이오. 화산파의 코앞에 마교도들이 몰려 있다는 정보도 있지 않소? 그 때문에 화산파의 사람들이 빠져나갔소. 이곳으로 마교도들이 치고 들어온다면 무림맹은 그들을 막을 힘이 없소이다."

"무엇이 걱정이오? 그들이 이곳까지 올 것 같소? 온다 하여도 백리세가와 남궁세가가 근처에 있소. 더욱이 모용세가까지 가까이에 있지 않소이까? 이 세 세가가 가만히 지켜보기만 할 것 같소?"

산동악가의 악군위가 걱정스럽게 말하자 태산파의 장문인인 이막동이 말을 이었다. 이막동의 말에 주변에 앉은 사람들의 얼굴에서 점차 불안함이 사라져 갔다. 그러자 문조한이 말했다.

"남궁세가에서 남궁운 대협께서 이백의 세가고수를 이끌고 온다 하였소. 내일이면 이곳에 도착할 것이오. 또한 백리세가의 백리추 대협께서 이백의 세가고수들을 이끌고 오는 중이오. 모용세가에서 역시 이백의 세가고수들을 이끌고 모용기 대협이 오는 중이오. 그들이 온다면 아무리 마교라 하여도 쉽게 무림맹을 치지는 못할 것이오."

"사천에서 잘 버티고 있기에 가능하게 된 것이오. 조만간 이무단과 삼무단이 완성되지 않겠소이까? 일무단은 맹주가 쓰러졌기 때문에 불가능하지만 이무단과 삼무단이 완성된다면 일거에 마교를 쓸어버릴 수가 있을 것이오."

이막동이 다시 말하자 악군위가 씁쓸한 표정으로 입을 열었다.

"그렇지만 삼무단은 거의 와해되었다고 보아도 무방하지

않겠소. 삼무단에 소속된 많은 동도들이 암살을 당하지 않았소이까? 제갈사랑이 이무단과 삼무단에 소속된 인사들에 대해서 자세히 알게 된 것이 문제였소. 백여 명의 동도들이 죽었단 말이오."

이막동의 말에 장내의 분위기가 침중하게 변하였다. 정인 대사가 불호를 외자 곧 명풍 도장이 무거운 목소리로 말하였다.

"무림맹에 있던 사람들을 제외하면 거의 대다수가 죽었다고 봐야 할 것이오."

"어떻게 이렇게 할 수가 있단 말이오, 어떻게……. 아무리 그래도 그자와 우리는 한솥밥을 먹던 사이가 아니었소? 그자가 무림맹에 들어온다고 하였을 때 막았어야 했소……."

분노에 몸을 떨며 악군위가 말했다. 그는 상당히 화가 난 표정이었다. 그 역시 이무단에 소속된 무인이었으며 구주십오객 중 일인이었다. 또한 앞에 앉은 이막동과 명풍 도장 역시 구주십오객에 속해 있었다. 그리고 구주십오객과 다섯 명의 원로를 포함해서 이십 명이 무림맹 제이무단이었다. 제이무단의 단주는 개방의 방주인 엽표였다.

마교의 살영대는 살아서 돌아온 사람이 불과 일곱 명이었다. 하지만 그들 모두 덧없이 죽지는 않았다. 일백여 명의 무림고수를 죽였기 때문이다. 제갈사랑이 전해준 정보를 이용했기에 가능했던 일이며 그로 인해 무림맹은 뿌리까지 흔들리고 있었다.

"제삼무단은 이무단에 편입될 것입니다."

청운 도장의 말에 모두의 안색이 어둡게 변하였다.

"소식을 전한 사람은 저를 포함한 단 열 명. 제삼무단은 열 명만이 남았을 뿐입니다. 저희들은 그 열 명으로 마교와 싸울 수가 없습니다. 차라리 이무단에 편입되겠습니다."

"차라리 오행당을 모두 모아 삼무단에 편입시키는 것이 어떻겠나? 그들을 모두 모아 전력으로 삼아야 할 시기가 온 것 같네. 그들이 모두 모인다면 그 전력 역시 만만치 않을 것이네."

청우의 말에 문조한이 이어 말했다. 그의 말에 모두의 안색이 굳어졌다. 오행당에 대해서는 언급하기 싫었기 때문이다. 또한 아무도 자파의 미래가 걸려 있는 인재들을 죽음으로 몰고 싶지 않았던 것이다.

"하지만 아직 이른 것 같소."

명풍 도장이 굳은 표정으로 말하자 문조한이 인상을 찌푸렸다.

"언제까지 그들을 손안에 쥐고 놓지 않을 생각이오? 이미 마교는 준동했고, 그들은 후기지수들을 모두 이번 혈전에 투입시켰소. 오전의 전주 중 두 명이 칠대제자라고 하더이다. 또한 천하대회 때 나왔던 노호관인가 하는 놈도 전주라고 하였소."

"하지만 장래를 생각할 때 아직은 아니라고 생각하오. 그들에게 경험도 중요하지만 그들이 죽게 된다면 각파에 큰 피해가 생길 것이오. 개방 역시 한주문 소방주가 죽기를 바라는 것이오?"

명풍 도장이 다시 말하자 문조한의 표정이 굳어졌다.

"한주문 소방주는 곧 방주가 될 것이오. 그렇다면 우리 개방은 하나의 깃발 아래서 마교와 전면전을 치를 것이오."

"음……."

명풍 도장은 인상을 찌푸렸다. 악군위가 말을 이었다.

"어차피 무가에 태어나 자랐다면 이런 날을 늘 염두에 두었겠지요. 하지만 아직은 때가 아닙니다. 우리가 건재하기 때문이지요. 나는 나의 아들과 딸들에게 피가 묻은 검을 잡게 할 생각이 없소이다. 그들이 잡을 검은 피가 묻은 검이 아니라 정도의 꽃이 핀 향기의 검이 될 것이오. 그렇게 만들기 위해서 내가 무림맹에 있는 것이오."

악군위의 말에 모두의 표정이 상기되었다. 좋은 말이었기 때문이다. 이막동은 미소를 보였다. 그의 얼굴에 미소가 걸리자 악군위도 미소를 지었다. 그러자 명풍 도장과 청운이 미소를 보였으며 문조한도 눈웃음을 그렸다. 이내 그들은 호탕하게 웃기 시작했다.

"하하하!"

"하하하하핫!"

모두들 그렇게 크게 웃기 시작했다.

第五章

안개는 하늘을 덮고

안 개 는 하 늘 을 덮 고

　새벽부터 일어난 백리후는 내당으로 향하였다. 내당에 들어서자 자신보다 먼저 도착한 청수가 앉아 있었다. 청수는 눈을 감고 상념에 잠겨 있다가 들어오는 백리후의 기척을 느끼고 눈을 떴다. 가볍게 포권하며 자리에 앉은 백리후는 눈을 감으며 청수와 마찬가지로 며칠 전의 싸움을 떠올렸다.

　싸움이라고 해봐야 오행당에 속한 그들이 나서는 일은 없었다. 그저 멀리서 화살이나 나르고 음식을 나르는 일이 다였다. 물론 불만은 있었다. 하지만 그것을 말하지는 않았다. 그리고 마교가 물러난 후에는 정문을 나가 밖에 굴러다니는 시신들을 치워야 했다. 그런 자질구레한 일들을 하고 있었다.

물론 불만은 있었다. 젊은 사람들로 이루어진 오행당이었기에 그들의 호승심과 투쟁심은 언제나 싸움을 원하였다. 하지만 위에서는 늘 오행당을 뒤로 밀어냈다.

곧 모용진과 설산이 들어왔고 화산파의 종무진이 뒤를 따라 들어왔다. 그들이 들어와 인사를 하며 자리에 앉자 화산파의 엽리강이 들어왔다. 그의 표정은 그리 밝지 않았다.

"먼저들 와 있었군."

엽리강은 자리에 앉으며 말했다.

"강 소저는 후원에 있나?"

"예."

설산이 대답하자 엽리강은 고개를 끄덕였다. 강혜금은 연화강녀 하태희와 함께 아미파에서 겨우 탈출한 사람들을 돌봐주고 있었기 때문에 다른 일은 못하고 있었다. 그녀의 슬픔을 보았기에 강혜금이란 이름이 나오자 모두의 안색이 무거워졌다.

"그럼 오늘 우리가 해야 할 일에 대해서 이야기하마."

곧 엽리강은 오늘 오행당이 해야 할 일들에 대해서 이야기를 시작했다. 보통 빨래 정리와 청소, 그리고 보급품의 배달이 주를 이루었다.

방 안에 앉아 있는 정인 사태는 왼팔이 잘려진 모습이었다. 정인 사태는 힘없는 표정으로 죽을 떠서 먹었다. 그 앞에 강혜금이 앉아 수발을 들고 있었다.

"정운의 소식은 들었느냐?"

정인 사태가 수저를 내려놓으며 묻자 강혜금은 고개를 저었다. 외부의 소식에 대해서 자세히 듣기가 어려웠기 때문이다.

"듣지는 못했지만 탈출에 성공하셨다고 합니다. 그러니 소림사에 도착하는 것도 시간문제겠지요."

"잘 되었다… 잘 되었어……."

정인은 그렇게 고개를 끄덕이며 가부좌를 틀고 앉아 운기요상에 들어갔다. 그에 강혜금은 그릇을 들고 밖으로 나왔다. 강혜금의 옆으로 하태희가 다가왔다. 그러자 강혜금이 인사했다

"사숙님을 뵙습니다."

"어떠시니?"

"좋아지신 것 같아요. 전에 비해서 목소리는 낮아지셨지만……."

정인 사태는 정자배 중에 가장 목소리가 컸고 성격도 급했다. 하지만 지금은 그런 모습을 볼 수가 없었다. 마치 혼이 빠져나간 사람처럼 느껴질 만큼 힘이 없어 보였다.

"다른 사람들은 어떤가요?"

"좋아졌어. 하지만 몇 명은 고향으로 보내야 할 상황이야. 떠나지 못하겠다는 사람들은 무림맹으로 호송해야지……."

하태희의 목소리에는 힘이 없었다. 하지만 얼굴에 힘을 주고는 강혜금의 어깨를 두드렸다.

자신이 이러면 안 된다고 여긴 것이다.

"일단 지금은 살아남는 것에 중점을 두자. 악착같이 살아남아서 다음을 생각해야지."

"예."

하태희의 말에 강혜금은 애써 입가에 미소를 보이며 고개를 끄덕였다.

*　　　　*　　　　*

사천 분타의 높은 망루에 서 있던 조삼과 왕혁은 저 멀리서 보이는 구름 같은 먼지에 눈을 크게 떴다.

"설마……."

왕혁이 인상을 굳히며 옆에 있는 타종의 끈을 잡았다. 저 멀리서 사람들의 모습이 순식간에 나타나자 놀라 외쳤다.

"마교다!"

땡! 땡! 땡! 땡!

타종 소리와 함께 마교가 출몰했다는 외침성이 울려 퍼졌다.

연무장으로 나온 유장언은 대문의 지붕 위에 올라갔다. 그의 눈에 저 멀리서 달려오는 수많은 마교도들의 모습이 들어왔다. 그의 전신으로 강력한 살기가 용솟음치기 시작했다.

"활을 준비해라!"

연무장과 그 뒤에 있는 거대한 예당의 지붕 위로 수많은 무인들이 석궁을 준비한 채 모습을 드러냈다. 당가에서 만든 석궁으로 그 사거리는 백오십여 장에 달하였다. 크기도 무림인을 상대하기 위해 만든 것이기 때문에 일반적인 석궁보다 컸으며 화살 역시 다른 화살에 비해 컸다.

지붕의 뒤편에 있던 설산은 빨랫감을 던지고 달려나와 손에 화살을 한 움큼 쥐었다. 화살을 쏘면 재빠르게 몸을 움직여 화살들을 보급하기 위해서이다. 그뿐만이 아니라 다른 당의 당원들 역시 화살을 쥐고 있었다.

"제대로 싸우지도 못하고 이게 뭐 하는 짓인지⋯⋯."

설산은 인상을 찌푸리며 중얼거렸다. 그의 옆에 서 있던 무당의 영진호가 미소를 보였다.

"우리가 하는 일이 쉬운 일이긴 하나 중요한 일이기도 하오. 최선을 다해서 이들을 도와야 하지 않겠소?"

영진호의 말에 설산은 입술을 내밀며 투덜거렸다. 마음에 들지 않기 때문이다. 설산은 직접 몸을 움직여 마교도들을 상대하고 싶었던 것이다.

"발사!"

유장언의 외침이 터지는 순간 수많은 화살들이 검은 비를 만들며 허공으로 솟구쳤다.

　슈슈슈슉!

　하늘을 올려다본 오조천은 안색을 굳히며 눈에 살기를 피
워 올렸다. 새까맣게 하늘을 메우고 내려오는 화살들 때문이
다. 전에도 한번 당했던 화살비였기 때문이다.

　"피해랏!"

　쉬쉭!

　외침과 함께 화살비가 땅으로 떨어졌다. 오조천의 쌍장이
앞으로 뻗어나가며 내려오는 화살비를 좌우로 떨쳤다.

　"크악!"

　비명성이 터져 나오기 시작하며 여기저기에서 수하들이
쓰러져 나갔다.

　"돌격하라!"

　권예의 외침이 터지며 정의전의 무사들이 우측에서 밀고
들어가기 시작했다. 그들의 기세가 사나웠으며 급속한 빠르
기로 달려나가고 있었다. 한순간에 담을 넘어 사천 분타의 무
림인들을 주살할 것 같았다.

　"이발!"

　유장언은 우측으로 밀려드는 정의전의 수많은 무사들을
발견하곤 외쳤다. 그러자 연무장을 비롯한 지붕 위에 늘어선

수많은 무사들이 석궁을 들고 뒤로 한 발 물러나 더욱 상체를 위로 올렸다. 그러자 석궁이 좀 전에 비해 더욱 높은 곳을 노리게 되었다. 그만큼 적이 가까이에 왔기 때문이다. 유장언은 자신을 중심으로 그들의 위치를 상기하며 외쳤다.

"건(乾: 북서)!"

팔괘를 바탕으로 한 그의 외침에 무사들의 신형이 북서 방향으로 틀어졌다.

"발사!"

슈슈슉!

허공 속으로 수많은 화살들이 점으로 변하며 솟아올랐다.

슈슈슉!

새까맣게 허공을 뚫고 내려오는 수많은 화살비의 모습이 권예의 눈에 들어왔다. 하늘을 가득 메운 그 모습은 공포스러웠다.

"피해랏!"

권예는 놀라 외치며 도를 꺼내 자신의 머리를 노리는 화살비를 쳐내갔다. 하지만 비명성이 터져 나오자 분노에 찬 표정으로 앞으로 달려나갔다. 그의 신형이 섬전처럼 화살비를 뚫고 빠져나오자 정의전의 수하들이 앞뒤 안 보고 달려나갔다.

퍼퍽!

권예의 좌우로 화살이 떨어져 내리며 땅에 꽂혔다. 그 사이로 권예는 빠르게 신형을 움직여 갔다. 그동안에도 많은 수하들이 화살을 피하지 못하고 쓰러져 갔다. 정면으로는 오조천이 달려나갔고 좌측으로는 천하전의 무사들이 달려나가고 있었다.

"삼발! 산(散)!"

유장언의 외침에 수많은 무사들이 몸을 조금씩 움직여 반월형의 모양을 만들었다.

"발사!"

허공 속으로 수많은 화살비가 다시 날았다.

산개해서 달려들던 마교도들의 눈에 반월형으로 날아드는 수많은 화살비의 모습이 들어왔다. 오조천은 그 모습에 인상을 굳히며 땅을 차고 허공으로 뛰어올라 화살비 속으로 몸을 던졌다. 순간 폭음 소리가 요란하게 울리며 그가 빠져나간 주변의 이십여 장이 마치 빈 공간처럼 뚫렸다.

슈슈슉!

화살은 그래도 땅으로 떨어졌으며 비명성은 여전히 울려 퍼졌다. 땅으로 내려온 오조천을 필두로 수많은 무사들이 오십여 장의 거리를 남겨두고 사천 분타까지 내달렸다.

"저, 저⋯⋯."

유장언은 오조천의 모습에 놀라 눈을 빛내며 검의 손잡이를 잡아갔다. 이제는 싸워야 할 때였다. 그의 한 수로 인해 수많은 마교도의 사기가 올라갔기 때문이다.

"무살대!"

당미형이 유장언의 옆에 모습을 보이며 외치자 담장 위로 백 명의 당가 사람들이 올라섰다. 그들은 녹피장갑을 끼고 있었으며 왼손에는 갈색의 주머니를 쥐고 있었다.

"세형독(歲刑毒)!"

당미형의 외침에 녹피를 낀 오른손이 주머니 속에 들어갔다. 세형독이란 말에 유장언은 놀란 표정으로 당미형을 바라보았다. 당미형은 입가에 미소를 그렸다. 그런 당미형의 눈은 삼십여 장까지 다가온 마교도들을 향하고 있었다.

"발!"

당미형의 외침에 검고 작은 물체들이 마교도들을 향해 공간을 갈랐다.

슈슈슈슉!

사방을 가득 채우고 날아드는 검고 작은 물체들이 빽빽하게 공간을 메우며 달려오는 마교도들의 눈을 따갑게 만들었다.

"하압!"

오조천은 쌍장에 힘을 주며 허공을 갈랐다.

퍼펑!

폭탄처럼 터져 나가며 붉고 검은 연기가 사방으로 퍼져 나가자 오조천은 경직된 표정으로 허공을 날았다.

"독이다!"

퍼펑!

여기저기서 터지는 소리와 함께 연기가 안개처럼 피어나는 모습이 눈에 들어오자 오조천은 표정을 굳히며 땅에 내려섰다.

휘이잉!

바람이 우측으로 불어와 좌측으로 날아갔다. 그 바람 때문에 수많은 연기들이 흩어지고 있었다. 하지만 이미 중독된 사람들은 많았다. 오조천은 굳은 얼굴로 십 장의 거리를 두고 사천 분타의 정문을 응시했다. 그 위에 서 있는 유장언의 눈과 오조천의 눈이 마주쳤다. 그 순간 유장언이 지붕에서 내려와 오조천의 앞에 섰다.

"이제부터는 싸워야 할 것이오."

"참으로 많은 준비를 하셨구려."

유장언의 말에 오조천이 인상을 굳혔다. 곧 서서히 정문이 열리며 수많은 무사들의 살기가 오조천의 전신으로 날아들었다. 싸움은 지금부터였다. 하지만 싸울 수 있는 인원을 절반이나 잃은 오조천이다. 그의 옆으로 권예가 서서히 걸어왔다. 그 역시 안색이 좋지 않았다. 그도 중독된 듯했다. 오조천과 권예의 뒤로 피를 토하며 쓰러지는 무사들의 비명 소리와 함께 악에 받친 소리가 들려왔다. 오조천의 눈동자에 더욱 강렬한 살기가 맴돌았다.

슥.

유장언이 뒤로 물러서자 당무천이 모습을 보였다. 그가 나서자 당가의 무사들이 뒤로 물러섰다. 지붕 위에는 여전히 무살대가 녹피 손을 주머니에 넣은 채 서 있었다. 언제라도 암기를 던질 준비를 하고 있는 것이다.

"아직 애송이로군."

오조천과 눈이 마주친 당무천이 말하자 오조천의 안색이 굳어졌다. 둘은 처음 만난 것이고, 당무천은 마교도들의 우두머리가 오조천이란 사실에 놀라고 있었다. 그리고 오조천처럼 어린놈을 상대하기는 쉬웠다.

"당신은 좀 늙었구려, 당무천."

"하하하하!"

당무천이 크게 웃었다. 오조천을 화나게 해서 공격하게 만들 생각이었으나 오조천이 냉정을 찾은 듯했기 때문이다. 그리고 자신을 도발하였다. 그 기개가 좋았다. 곧 당무천은 굳은 표정으로 눈에 섬광을 뿌렸다.

"사천은 우리의 땅… 쉽게 넘겨줄 거라 여겼나?"

당무천의 기도가 거대하게 오조천의 전신을 스쳤다. 하지만 오조천은 눈썹 한 번 꿈쩍이지 않았다. 기대했던 대로의 모습이기 때문이다. 적은 생사신군이다. 그리고 그는 아무렇지도 않게 독을 쓰는 인물이다, 당가를 위해서라면.

"쉽게 넘을 생각은 없었소. 하지만 언제까지고 이곳에서 쥐새끼처럼 웅크리고 있지는 못할 것이오."

당무천은 비릿한 조소를 입가에 담았다.

"잘 알았네."

"흥!"

오조천은 신형을 돌렸다.

"후퇴한다!"

정문을 넘지도 못하고 내린 명령이다. 자존심의 상처도 있었다. 하지만 싸울 전의를 이미 상실하였기에 지금 싸운다면 여지없이 패할 것이다. 수하를 잃는 것보다 수하들의 목숨을 보존하고 다음을 생각하는 것이 더욱 현명한 선택이었다. 지금은 그런 싸움을 해야 한다. 시간을 벌어야 했기 때문이다. 일차적인 목적은 달성하였다. 패왕전이 모용세가로 향한 것이다.

"하하하하하!"

당무천의 통쾌한 웃음소리가 오조천의 귀를 자극했다. 오조천의 입술을 뚫고 핏물이 흘러내렸다. 분노를 참고 있었던 것이다.

'언젠간 내 반드시 죽이리라.'

뿌드득!

주먹을 쥔 손이 미미하게 떨리고 있었다.

독마(毒魔) 강세형이 도착한 것은 오조천이 많은 피해를 입고 물러섰을 때였다. 그는 도착하자마자 중독된 수많은 무인들을 치료하기 시작했다. 강세형은 중년의 미남자로 천독문의 이인자였다. 또한 해남검파에서 가장 꺼리는 인물이기도 했다. 의술에도 뛰어났으며 무공 또한 높았기 때문이다.

그가 오조천의 장원에 도착할 때쯤 또 다른 한 사람이 움직이고 있었다. 그는 신교의 장로 중 한 사람인 허심영이었다.

슥.

장원을 살피던 그는 탕약을 끓이던 그릇들을 이리저리 살피며 향기를 맡았다. 그리고 약재들이 남아 있자 그것들을 살펴보았다. 이미 사람의 흔적은 없었다. 하지만 그릇들의 수로 이곳에서 기거했던 인원을 대충 짐작할 수가 있었다.

"부상을 당했다면 쉴 곳이 필요했겠지. 한데 어떻게 지난 두어 달 동안 우리의 눈을 피해 쉴 수가 있었을까?"

사천에서 송백을 찾는 일은 어려운 일이 아니었다. 아니, 전 중원에서 사람을 찾는 일은 어려운 일이 아니었다. 개방의 정보력을 이용했기 때문이다. 하지만 개방의 정보력과 신교의 정보력을 동원해서도 찾지 못하였다. 그렇다는 말은 방해가 있었다는 뜻이다.

"하오문……?"

문득 하오문에 대한 생각이 들었다. 하오문의 정보력 역시 개방에 비견된다고 들었기 때문이다. 하지만 지금까지 하오문의 사람들을 만난 적도 없었으며 그들의 존재 자체를 부정했었다. 개미새끼들에 불과한 존재라고 여겼기 때문이다.

"천천히 가다 보면 만나겠지."

허심영은 장원을 빠져나왔다.

송백의 근거지를 찾고 있는 마교도들의 눈을 속인 것은 하오문이 맞았다. 염옥지가 펼친 것이다. 하지만 염옥지도 개방에 관여되어 있다고는 눈치 채지 못하고 있었다. 개방은 뭐라 해도 중원의 한 축이었기 때문이다. 그렇기 때문에 방지호 역시 개방에 대해서 크게 신경 쓰지 않고 있었다. 그 결과 사천을 빠져나가야 했다.

*　　　*　　　*

작은 마을의 객잔에 투숙한 기수령과 송백은 한 방에 앉아 있었다. 방지호와 장여림은 하오문의 정보를 얻기 위해 나간 후였다. 저녁이면 돌아올 것이다.

"아무리 생각해도 이상해요."

"무엇이 말인가?"

송백이 시선을 돌리자 기수령은 찻잔을 내려놓고 눈을 빛냈다.

"저희의 움직임은 그 누구도 모르는 상태인데 어떻게 그들은 알고 공격을 해왔을까요? 드넓은 사천 땅에서 우리의 움직임을 찾기란 쉬운 일이 아니었어요. 그런데도 그들은 쉽게 찾은 느낌이에요. 적어도 개방만큼의 정보력을 가지고 있지 않은 이상……."

"그렇다면 개방이겠지."

"무슨 말인가요?"

기수령이 바라보자 송백은 아무런 변화 없는 표정으로 말했다.

"금방 말하지 않았던가? 개방만큼의 정보력을 가지고 있지 않은 이상 우리를 찾기 힘들 것이라고 말이야. 그렇다면 개방만큼의 정보력을 가졌던가, 아니면 개방이 마교와 손을 잡았던가……."

송백의 말은 그저 흘려 듣기에는 무서운 말이었다. 순간적으로 기수령의 안색이 굳어졌다. 개방이 마교와 손을 잡았다면 이미 마교는 전 중원에 그 뿌리를 내리고 있었다는 말이 된다.

"설마… 그럴 리가……."

기수령은 고개를 저었다. 하지만 그녀의 표정은 긍정도 부정도 아니었다.

"개방이 마교와 손을 잡았다면 어떻게 개방주가 죽었을까요? 개방주는 마교의 손에 죽었어요. 그들의 살수 조직에 의해서……."

"개방에 속한 몇 명을 포섭했겠지."

기수령은 그 말에 고개를 끄덕였다. 생각하기도 싫은 일이었으나 가능성은 높았다.

"전에 장원의 주변으로 개방으로 보이는 거지들이 기웃거리지 않았던가? 그 이후에 공격을 당했다고 가정한다면 개방이 개입되어 있다는 것은 사실이야."

송백의 말에 기수령은 눈을 번뜩이며 방지호의 말을 떠올렸다. 그때는 그저 아무런 생각 없이 지나쳤었다. 하지만 송백은 기억하고 있었다. 날카로운 인물이란 생각이 들었다.

"당신은 정말 뛰어난 사람이군요."

미처 자신이 생각지도 못했던 것을 지적했기 때문에 말하였다. 송백은 고개를 저었다.

"뛰어난 사람이었다면 벌써 뜻을 이루었겠지."

송백은 무심한 얼굴로 고개를 돌렸다. 그의 시선이 침상에 올려져 있는 검으로 향하였다. 백리검이 눈에 들어오자 인상이 굳어졌다.

"이제는 혼자 다녀야 할 것 같아. 나와 함께 있게 된다면 기 소저의 신변에도 문제가 생길 테니까."

"헤어지자는 말이군요."

"물론."

송백은 짧게 대답하며 기수령을 쳐다보았다. 기수령은 고개를 끄덕였다.

"기 소저와의 약속은 잊지 않아."

"그렇다면 낙양으로 오세요. 낙양에서 기다리고 있을 테니까요."

"낙양이 거점인가?"

송백의 눈이 빛나자 기수령은 옅은 미소를 보였다.

"그곳에서 일은 시작될 테니까요."

송백은 고개를 끄덕였다.

"지호와 여림이 온다면 같이 떠나기로 할게요. 그때까지는 같이 있기로 해요. 식사를 준비할까요? 아니면… 같이 시장이라도 나갈까요?"

기수령은 손바닥을 마주치며 송백의 팔을 잡아 일으켰다.

"시장에 가요."

그녀의 얼굴에 미소가 걸렸다. 송백은 말없이 그녀의 손에 이끌려 밖으로 나갔다.

*   *   *

무림맹의 사천 분타는 상당히 고무되어 있는 상태였다. 큰 피해 없이 마교도들을 물리쳤기 때문이다.

엽리강은 오행당의 인원들을 모아놓았다. 그들의 숫자는 총 칠십 명으로 목정당과 금정당, 토정당이었다. 모두 중원의 각 문파에서 뽑은 인재들로 이루어진 정예라면 정예였다. 그리고 미래를 책임질 사람들이었기에 귀한 존재들이기도 했다.

오행당의 젊은이들은 불만이 많았다. 무공을 익히면서 자랐기 때문에 싸움을 하고 싶었던 것이다. 하지만 야습을 할 때도 끼지 못했으며 언제나 하는 일은 허드렛일들이었다. 그렇기 때문에 쌓인 불만이 터지기 일보 직전인 상태였다. 마교도들을 물리치고 아무리 사기가 높아졌다고 하나 이들이 하는 일은 변화가 없었기 때문이다.

오행당의 젊은이들은 한자리에 모여 이러한 불만에 대해서 이야기를 나누고 있었다. 청수와 설산, 그리고 백리후는 한쪽에 앉아 그저 입만 다물고 있을 뿐이었다.

탁!

엽리강이 들어오자 그들의 시선이 엽리강에게로 향하였다. 엽리강은 그들의 분위기를 잘 알고 있었기에 지금처럼 불만 섞인 시선을 받아도 반응하지 않았다.

"저희는 여전히 할 일이 없는 것입니까?"

"그렇다."

설산의 물음에 엽리강은 고개를 끄덕였다. 그러자 여기저기서 볼멘 목소리들이 흘러나왔다. 엽리강은 가볍게 웃으며 말했다.

"너희들의 불만은 알지만 위에서 결정한 일이니 그렇게 알고 있어라. 또한 내일부터 너희들은 무림맹으로 다시 돌아가게 된다. 무림맹으로 오라는 명령이 떨어졌다."

엽리강의 말에 모두의 안색이 굳어졌다. 백리후가 눈을 빛내며 물었다.

"저희는 도대체 언제 싸우는 것입니까? 사천에 왔을 때만해도 분명 마교도들과 싸울 거라 생각했습니다. 하지만 하는 일은 그저 잔심부름뿐이니 답답할 따름입니다. 그런데 최전선인 이곳을 비우고 다시 무림맹으로 오라는 것은 또 어떤 의도인지 모르겠습니다. 여전히 저희는 이번 마교와의 싸움에서 불필요한 존재들인 겁니까?"

"말이 너무 지나치신 것 같소."

백리후의 말에 청수가 짧게 말하였다. 백리후는 인상을 굳히며 한발 물러섰다. 이곳에서 그래도 청수의 위치가 가장 높았기 때문이다. 그러자 청수가 엽리강을 바라보며 물었다.

"백리 당주의 말은 그저 불만일 뿐이고 저희는 궁금할 뿐입니다. 저희는 이곳에 와서 단 한 번도 무기를 꺼내본 적이 없습니다."

"그 점에 대해서도 생각하고 계신다. 단지 아직은 너희들이 나서야 할 때가 아니기 때문에 이렇게 방치하고 있는 것이다. 하지만 그때가 조만간 올 것이야. 그렇기 때문에 무림맹에 가서 준비를 하라는 뜻이다. 너희들은 무림맹까지 아미파와 청성파의 부상자들을 호위해야 한다. 그들을 무사히 무림맹에 후송시키는 일이 너희들의 임무다. 이 일이 너희들에게 떨어진 임무이고 실전에서 싸울 수 있는 첫 번째 임무일지도 모른다. 그러니 각별히 각오를 다지고 내일 아침 이곳에 다시 모인다. 나 역시 갈 것이니 그렇게 알고 있어라. 이상이다."

그렇게 말한 엽리강은 밖으로 나갔다. 그가 나가자 모두의 안색이 굳어졌다. 첫 번째 임무라는 말 때문이었다. 그리고 실제 싸우는 일이 발생할지도 모른다는 말 때문에 긴장한 것이다. 모두들 빠르게 자신의 방으로 사라지기 시작했다.

백리후의 방에 모인 다섯 명은 인상을 굳히고 있었다. 종무진과 설산, 청수, 모용진이었다. 그들은 강혜금을 제외한 당주와 부당주였다.

"도대체 윗사람들의 의도를 모르겠단 말이야."

"알아봤자 쓸데없는 이유겠지. 후대를 생각해서 너희들은 살아야 한다는 등등의 이유로 이러는 것일지도 몰라."

설산의 말에 모용진이 답했다. 그 말에 모두들 수긍하는 듯 고개를 끄덕였다.

"아직도 우리가 애들이라고 여기는 것인가?"

"그럴지도 모르오."

백리후의 말에 모용진이 다시 대답했다. 청수는 그저 조용히 앉아 있었다. 설산은 팔짱을 끼며 입을 열었다.

"오늘 밤 야습을 하려 했던 우리의 계획은 일단 접고 위에서 떨어진 명령에 따릅시다."

"그렇게 합시다."

"아미파와 청성파의 부상자들을 후송하는 일 역시도 중요한 일이니 최선을 다해야지요."

종무진이 말하고 청수가 마지막에 대답하였다.

알고 보니 이들은 그동안에 쌓인 불만 때문에 마교의 본진에 야습할 계획을 꾸미고 있었던 것 같았다. 그것이 엽리강의 말에 의해 물거품이 된 것이다. 하지만 이들은 몰랐다. 야습을 하는 일보다 그들을 데리고 후송하는 일이 더 어렵다는 사실을 말이다.

"마교도 이번 일로 큰 피해를 입었으니 당분간은 움직이기 어려울 것이오. 그러니 우리가 무림맹에 간다는 정보를 얻는다고 하여도 손을 쓰지는 못할 것이오."

모용진의 말에 모두들 고개를 끄덕였다.

"독을 치료하고 보급 물자를 확보하는 것만 하여도 그들은 손이 모자랄 텐데 무엇이 걱정인가? 단지 우리는 이렇게 그저 여기저기 돌아다니며 허드렛일이나 하는 일손에 불과하다는 것이 불만일 뿐이네."

설산이 차갑게 말하였다.

"너무 그렇게 생각하지 마시오, 설 형. 그렇지 않아도 심심해서 죽을 지경인데 그렇게 말하면 야습을 강행하고 싶어지지 않소."

백리후가 미소를 보이자 설산은 눈을 감았다.

"마교 놈들과 한 번도 싸우지 못하고 물러서야 한다니…

그저 윗사람들이 원망스러울 뿐이오. 우리는 언제라도 목숨을 내놓고 강호를 위할 준비가 되어 있거늘……."

종무진이 조용히 중얼거렸다. 깊은 한숨 소리가 모두의 입에서 흘러나왔다.

다음날 아침 일찍부터 사천 분타의 후문을 통해서 많은 인원이 빠져나갔다. 마교의 공세가 약해진 틈을 타서 아미파와 청성파의 부상자들을 무림맹으로 호송하기 위한 인원들이었다. 오행당을 주축으로 하는 그 인원은 이백에 달하였다.

*   *   *

노호관은 이철과 함께 일백 명의 인원을 이끌고 호남성으로 향하고 있었다. 다른 수하들도 이미 삼십 개의 조를 이루어 호남성으로 가는 중이었다. 목적지는 장사성이었다. 그곳에 위치한 모용세가를 친 후에 악양으로 올라가는 것이 그의 목적이었다.

노호관은 금소강을 타고 중경으로 들어갔다. 중경에서 육로를 이용해 호남으로 넘어갈 생각이었기 때문이다. 중경에서 장강을 타고 호북을 지나 악양의 동정호로 가는 빠른 배편이 있었지만 그 길은 이용할 수가 없었다. 무림맹에 소속된 백리세가의 철저한 검문 때문이다. 더욱이 벽씨세가와 백리세가가 호북성에 위치하고 있었다. 마교가 장강을 타고 온다면 그들이 가만 놔둘 리가 없었다.

장강이 흘러가는 중경성 내의 작은 나루터 근방에 짐을 푼 노호관은 하룻밤을 이곳에서 보내고 육로를 이용할 생각이었다. 어두운 짐 창고의 한편에 앉은 노호관은 눈동자를 반짝이고 있었다.

"각자 조를 이루어 움직인 후 성 밖을 나가 대조산 근처에서 다시 합류해 호남성으로 들어간다. 잘 숙지해서 내일 아침에 움직이도록."

앞에 앉아 있는 십여 명의 수하에게 그렇게 말하며 노호관은 볏짚 사이에 몸을 묻었다. 신교의 전주가 이런 곳에서 잠을 잔다는 것 자체가 우스운 일이었으나 조용하게 움직여야 했기 때문에 어쩔 수 없는 일이었다. 중경 주변의 여러 정도 문파를 자극할 필요가 없었기 때문이다.

"전주님."

이철이 들어와 한쪽 구석에 누워 있는 노호관의 앞으로 다가가 한쪽 무릎을 꿇었다.

"무슨 일인가?"

"정보원들의 보고에 따르면 이곳 중경의 무인들이 조천문 부두에 나타나 두 개의 민선을 정박시켰다고 합니다. 또한 성도에서 출발한 무림맹 소속 무인들이 도착할 거라는 보고가 들어와 있습니다."

노호관은 인상을 찌푸렸다. 내일이나 모레 나타난다면 자신과는 아무런 관계가 없었다. 하지만 오늘 나타난다면 관계가 있었다. 그들을 보고도 그냥 지나친다면 위에서는 이유를 물을 것이다.

"운도 없지……."

노호관은 일어나 앉으며 고개를 저었다. 이철은 고개를 들었다. 노호관의 말을 들었기 때문이다. 노호관은 손을 저으며 다시 물었다.

"인원 파악은?"

"지금 조사하는 중입니다. 그들이 투숙하는 객잔을 조사하면 금방 알 수 있을 것입니다."

"자세히 조사해 오게. 또한 가장 가까운 곳에 있는 대원들을 모으게나. 오늘 안으로 올 수 있는 대원들에 한해서 모으는 것도 잊지 말게."

"예."

이철이 밖으로 나가자 노호관은 다시 한 번 인상을 찌푸리며 볏짚 속에 몸을 눕혔다. 문득 오늘은 잠을 못 잘 것 같다는 생각이 들었다.

*   *   *

중경에 도착한 엽리강은 이미 예약한 중경대주루에 투숙

하였다. 음식과 객실을 함께 운영하는 곳으로 무림맹이 자주 이용하는 곳이기도 하였다.

"내일 아침 장강을 타고 무림맹으로 출발할 것이니 오늘은 이곳에서 여독을 풀게."

별원에 도착하자 엽리강이 말을 하였다. 모두들 각자의 방으로 배정을 받고 들어가 휴식을 취했다. 중경대주루의 앞에는 장강이 보였고 얼마 안 가 조천문부두가 있었기 때문에 쉬기에는 적당한 장소였다.

"마교는 그 이후에 어떻게 하고 있습니까?"

엽리강의 옆으로 백리후가 다가와 물었다.

"아직은 조용하다는 보고였네. 왜 그러나?"

"다른 게 아니라 저희들도 뭔가를 해야 하지 않을까 해서 물은 것입니다. 이대로 무림맹에 가려니 너무 허탈해서 그렇습니다."

"허탈할 게 무에 있겠나. 무림맹에 간다면 분명 마교와 싸울 날이 올 것이네. 그때까지 자네들은 열심히 수련에 매진하게."

"예."

백리후가 힘없이 대답하며 신형을 돌렸다.

엽리강은 백리후의 뒷모습을 잠시 바라보다 자신의 방으로 향하였다. 그들의 마음을 모르는 것은 아니었다. 하지만 아직은 그들이 나설 때가 아니라고 판단하였다. 물론 자신이

내린 것이 아니라 위에서 그렇게 판단했을 뿐이다.

창밖으로 장강이 내려다보였다. 그 뿌연 강물을 바라보던 강혜금은 고개를 돌렸다. 발소리 때문이다. 하태희라는 생각을 했지만 조금 강한 발소리였다.

"강 소저, 들어가도 되겠소?"

설산의 목소리였다.

"예."

강혜금의 대답에 설산은 문을 열고 들어섰다. 설산은 향긋한 향기에 상기된 표정으로 다가와 앉았다.

"무슨 일이신가요?"

"그냥… 뭐랄까… 걱정돼서 와 봤소."

설산은 그동안 강혜금을 거의 본 적이 없었다. 같은 당에 소속된 부당주였지만 사천에서부터 말도 나누기 어려웠다. 설산은 몇 번 헛기침을 하다가 침묵이 흐르자 뒷머리를 긁적거리더니 얼굴 근육을 이리저리 움직이다 팔짱을 끼고 자리에서 일어섰다.

"건강한 모습을 보았으니 일어나겠소."

"벌써요?"

"아녀자의 방에 오래 있을 수는 없지 않겠소? 심려를 끼친 것 같아 죄송하외다."

"차라도 마시고 가세요."

"그럼 앉지요."

설산은 포권하며 고개를 숙이다 강혜금의 말에 재빨리 의자에 앉았다. 그 모습에 강혜금은 미소를 머금고는 차를 준비하였다.

또르륵.

찻잔에 맑은 초록색의 물이 떨어지는 소리가 청아하게 울렸다. 설산은 강혜금이 차를 앞으로 밀자 헛기침을 하더니 찻잔을 들어 한 모금 마셨다.

탁!

찻잔을 내려놓은 설산은 강혜금을 바라보았다. 강혜금과 시선이 마주치자 설산은 고개를 옆으로 돌리며 창밖을 바라보았다.

"나, 나도 친구를 잃었소. 강 소저의 마음을 다는 아니지만 약간은 이해하고 있소이다. 약간은……."

강혜금은 그 말에 장지명의 얼굴을 떠올렸다.

"그렇군요."

강혜금이 고개를 숙이며 대답하자 설산은 강혜금을 바라보았다. 강혜금은 살짝 고개를 들었다. 순간 다시 한 번 눈이 마주치자 설산은 고개를 돌리며 찻잔을 들었다.

벌컥!

단숨에 마신 설산은 찻잔을 내려놓고 말했다.

"힘을 냅시다."

벌떡!

자리에서 설산이 갑자기 일어서자 강혜금도 일어섰다. 설산은 잠시 강혜금을 바라보다 신형을 돌렸다.

"내가 복수를 하겠소."

설산은 그렇게 말하며 밖으로 나갔다.

문이 닫히자 강혜금은 자리에 앉았다. 설산의 행동이 이상했기도 했으나 그의 행동이 재밌다는 생각도 들었다. 오랜만에 그녀의 얼굴에 미소가 그려졌다.

드륵.

"갔니?"

하태희와 정인 사태가 얼굴을 내밀었다. 방 안에 있었던 것이다. 잠을 청하던 그녀들은 설산의 등장에 잠에서 깬 것이다. 강혜금은 저도 모르게 얼굴을 붉혔다. 뭔가를 들킨 것 같은 기분이 들었다.

"사저, 설산 정도면 괜찮지 않나요?"

"하 사매도 그렇게 생각하였는가? 나도 그렇게 생각했다네."

그렇게 말한 둘은 웃음을 보이며 문을 닫았다. 강혜금의 얼굴이 더욱 붉어졌다.

'아무런 사이도 아니에요.'

그렇게 말하고 싶었으나 이미 문은 닫혀 있었다.

                    *   *   *

"모인 인원은 도합 이백오십이 명입니다."

부복한 이철의 말에 노호관은 고개를 끄덕이며 일어섰다.
노호관이 일어서자 이철도 일어서서 뒤를 따랐다. 해는 이미
없었으며 달빛만이 반짝이고 있었다. 그 달도 구름에 가려지
기 시작했다. 어둠이 짙게 깔린 밤이었다.

"그 정도의 인원이면 충분하겠군. 적은?"

"화산파의 엽리강과 아미파의 하태회를 주축으로 한 오행
당입니다."

오행당이란 말에 노호관의 인상이 굳어졌다.

"송백은?"

"그자는 없습니다."

"그렇겠지."

노호관은 고개를 끄덕였다. 그나마 송백이 없다는 것이 다
행이었다.

"청수 도장만이 유일하게 천하대회 때 나온 자입니다. 그
자를 제외하면 모두 젊은 놈들로 쉬운 먹잇감이지요."

"쉽게 판단하지 말게나. 나 역시 천하대회에 나갔으니까.
더욱이 그들은 중원에서 공들여 키운 재목들이다. 결코 쉽게
판단할 놈들이 아니지."

"명심하겠습니다."

이철은 허리를 가볍게 숙였다.

노호관은 조천문부두의 큰 창고에 모습을 보였다. 그곳에 이백오십여 명이 소리 죽여 서 있었다. 그들의 앞에 노호관이 나섰고 그의 옆에는 이철이 서 있었다.

"형제들, 지금까지 오행당은 본 교와의 전쟁에서 단 한 번도 모습을 보이지 않았다. 그것이 무엇을 뜻한다고 여기느냐?"

이철이 허리를 숙였다.

"미숙하기 때문에 그러는 것이 아닐까 합니다."

"그게 아니라 귀하다는 뜻이다. 중원의 각 문파에서 공들여 키운 인재들이다. 후대를 생각해서 키웠다는 뜻이지. 본교 역시 후대를 위해 칠대제자를 비롯한 신성각에서 인재를 양성하지 않느냐?"

"그렇습니다. 또한 천하대회를 위한 목적도 있지요."

"그렇지. 그것처럼 중원도 마찬가지다. 우리의 목적은 엽리강이나 하태희처럼 한물간 늙은이가 아니라 새롭게 태어난 호랑이 새끼들이다. 그놈들이 장성해서 호랑이가 되기 전에 죽여야 한다. 철저하게 오행당만 골라서 죽여라."

노호관은 용맹한 맹수의 눈빛으로 대원들을 바라보며 힘있게 말하였다. 소리없이 대원들이 부복하였다.

第六章

강물은 피와 함께 흘러가고

　새벽이 밝아오자 아미파와 청성파의 부상자들과 오행당이
이동하기 시작하였다. 중경에 있는 몇몇 정도의 문파에서 사
람들이 나와 주변을 호위하고 있었다. 엽리강과 하태희가 지
시를 하였고 부상자를 우선으로 배에 태우기 시작하였다.

　노호관은 부두가 보이는 언덕에 도착하자 앞을 바라보았
다. 그곳에 무림맹으로 보이는 무인들이 짐과 함께 부상자들
을 옮기고 있었다. 노호관은 손을 들었다. 순간 소리없이 패
왕전의 수하들이 앞으로 뻗어나갔다.

　"크아악!"

비명성이 울린 것은 어둠이 거의 가시고 푸르스름한 하늘이 열릴 때였다.

모든 사람들의 시선이 뒤로 향하였다. 부두로 들어오는 입구에서 검은 구름이 밀려들어 오고 있었다. 급작스러운 기습이었다.

"적이다!"

"마교다!"

외침성과 병장기 부딪치는 소리가 요란하게 울렸다. 중경에 소속된 몇몇 정파의 무인들이었지만 정예로 이루어진 패왕전의 고수들을 막기에는 역부족이었다.

"부상자를 최우선으로 빠르게 이동시켜라!"

엽리강이 외치며 검을 뽑아 들었다. 오행당도 놀라 무기를 꺼내 들고 부두의 후미를 지켰다. 그 사이로 사람들이 빠르게 이동하기 시작했다.

"어떻게 이곳에 마교가 나타날 수가 있단 말인가?"

엽리강이 중얼거리며 인상을 찌푸리는 순간 그의 머리를 넘어서는 그림자가 있었다.

"으아아아!"

설산이었다. 그의 폭발할 것 같은 살기와 함께 도기가 앞으로 뻗어나갔다.

콰쾅!

십여 명의 무사가 그 도기에 밀려나갔다. 그 순간 설산이 내려섰고 그를 향해 물밀 듯이 패왕전의 고수들이 달려들었다.

쉬쉬쉭!

도기와 검기가 공기를 가르며 날아들었다. 설산의 안색이 굳어졌다. 다 막지 못할 것 같았기 때문이다.

"큭!"

인상을 굳히며 도기를 만들어 앞을 막아갔다. 하지만 좌우에서 옆구리를 베어올 듯 날아오는 검날은 막지 못할 것 같았다.

따다다당!

금속음이 요란하게 울리며 청수와 백리후가 설산의 좌우에서 나타났다.

"혼자서 뭐 하는 짓인가?"

백리후가 차갑게 말하며 설산의 우측에서 검을 꼬나 쥐었다. 그들 세 명이 부두를 막자 마교도들도 주춤거렸다. 하지만 그것도 잠시였다. 그들은 빠르게 설산 일행들을 베어갔으며 머리를 넘어갔다. 일행들은 앞을 막아야 했기에 머리를 넘는 마교도들을 막지는 못했다.

"아악!"

오행당의 젊은이들 중에 비명을 토하며 쓰러지는 사람들이 있었다.

"너희들은 모두 뒤로 물러나 배에 타거라!"

엽리강이 외치며 달려드는 마교도들을 베어 넘겼다. 그 옆으로 하태희가 검을 움직이며 마교도들을 베어가기 시작했다.

갑작스럽게 일어난 일이었다. 경황이 없었으며 사람의 비명 소리가 최초로 들렸을 때 모두들 그저 무슨 일인가 하는 표정으로 고개를 들었었다. 그 순간 빠르게 수많은 사람들이 피를 뿌리며 쓰러졌고 마교라는 외침이 터졌다. 그제야 모두의 안색이 급변하였다.

"으야압!"

크게 소리치며 설산의 도가 마교도의 허리를 베었다. 피가 얼굴로 튀었으며 뜨거운 김과 비릿한 향기가 코로 스며들었다.

"허억! 허억!"

온몸이 팽팽하게 긴장하였으며 눈은 부릅뜬 채 동공이 확산되어 있었다. 그뿐만이 아니라 다른 사람들도 마찬가지였다. 이들 중 사람을 죽여본 인물은 적었기 때문이다. 그 긴장감과 알 수 없는 두려움은 피부를 떨리게 만들었다.

"아악!"

비명성과 병장기 부딪치는 소리가 끝없이 울리고 있었다.

"어서 배에 타란 말이다!"

엽리강이 외치며 오행당의 젊은이들을 뒤로 밀쳤다. 설산의 동공이 앞을 향하였다. 자신을 향해 도를 내려쳐 오는 적의 모습이 잡혔다. 설산은 눈을 부릅뜨며 앞으로 한 발 나서며 상대의 가슴에 파고들어 허리를 잘랐다.

퍽!

피가 튀었다. 문득 바람 소리가 귓가에 들렸다. 놀란 설산이 몸을 회전하며 도를 왼편으로 베어갔다.

땅!

"나야!"

영진호가 외치며 살기를 뿌렸다. 그 역시도 정신이 없었기 때문이다. 그리고 설산 역시 정신이 없었다. 설산은 자신의 주변으로 누군가가 다가오자 적과 아군도 구별 못하고 도를 휘두른 것이다. 영진호 정도의 고수가 아니었다면 죽었을지도 모른다. 설산의 눈동자가 떨렸다.

"젠장!"

설산이 소리치며 다시 앞을 향해 도를 베었다. 순간 머리를 넘어가는 인영이 눈에 들어왔다. 그 인영은 아래를 내려다보았다. 눈과 눈이 마주치자 설산은 어디선가 그자를 본 것 같다는 생각이 들었다.

씨익!

노호관의 미소가 설산의 눈에 파고들었다. 순간 노호관의 도가 가볍게 설산의 머리로 내려쳐졌다.

휘아아악!

강력한 도기가 설산의 머리 위로 떨어져 내리자 설산의 안색이 굳어졌다.

"으아아압!"

설산의 도가 허공을 베어가며 강력한 도기를 만들어냈다.

쾅!

내려치는 도기를 막은 설산은 발목까지 땅에 들어갔다. 설산과 부딪친 반동을 이용해 그를 넘은 노호관의 신형이 부두를 밟으며 중앙에 서서 싸우고 있는 엽리강을 향하였다.

"이노옴!"

설산이 신형을 돌리고 노호관의 배후로 날아들었다. 영진호 역시 마교도들을 견제하며 설산의 후미를 봐주었다.

"크아악!"

전행의 신형이 비틀거리며 뒤로 물러섰다. 피를 흘리는 그 모습에 종무진의 안색이 순식간에 급변하였다. 비틀거리는 전행을 향해 검은 옷을 걸친 세 명의 마교도가 검으로 찔러갔다.

"전 형!"

종무진이 놀라 전행에게 날아갔다. 그런 그의 눈에 전행의 가슴을 뚫고 나오는 검과 이마를 뚫고 지나친 검이 박혀들었다. 순간 마지막 하나의 검이 전행의 복부를 뚫고 지나쳤다.

"으아아아!"

종무진의 눈동자가 붉게 변하여 전행을 찌른 마교도들에게 날아들었다. 전행의 주변으로 십여 개의 검기가 강력한 바람을 만들며 그들을 베어갔다.

퍼퍽!

두 명의 마교도가 피를 뿌리며 쓰러졌다. 종무진은 쓰러진 채 피를 겨워내는 전행의 얼굴을 바라보았다. 순간 뒤에서 검날이 종무진의 등으로 날아들었다.

"정신 차려!"

전행을 막 안아 들던 종무진을 향해 벽도가 창날을 움직였다.

퍽!

종무진의 등을 찌르려던 마교도가 신음성을 토하며 등을 뚫고 들어온 창날을 움켜잡았다. 벽도는 창을 뽑기 위해 힘을 주었으나 움직이지 않자 눈을 부릅떴다. 순간 바람 소리가 울리며 자신의 등으로 마교도들이 날아들었다.

"하압!"

벽도는 창에 걸린 마교도를 그대로 두고 창대를 움직이며 신형을 돌려 쳐갔다. 회전력이 가하여진 창대가 '웅!' 거리는 소리를 내며 달려들던 마교도들을 쳐나갔다.

퍼퍽!

창에 뚫린 마교도의 육신이 창대의 회전력과 벽도에서 발산된 기운에 조각나며 사방으로 흩어졌다. 그 모습에 혈광이 번들거리는 그들의 광포한 살기가 벽도를 향하였다. 벽도의 안색이 굳어졌다.

벽도의 양팔이 미미하게 떨리기 시작하였다. 겁을 먹은 것이다. 그들의 살기 때문이다. 이런 경험은 처음이었고 이런 싸움도 처음이었다. 벽도는 고개를 돌려 종무진에게 외쳤다.

"배에 올라타!"

쾅!

폭음성이 터지며 엽리강의 신형이 뒤로 밀려나갔다. 벽도의 시선이 폭음성이 터져 나온 우측으로 향하였다. 그 순간 벽도를 향해 두 명의 마교도가 날아들었다. 벽도의 안색이 급변하였다. 싸우는 도중에 한눈을 팔았기 때문이다. 순간 검빛과 함께 마교도의 목이 허공으로 솟구쳤다.

"뭐 하는 것이냐!"

하태희였다. 하태희가 쓰러지는 마교도의 육체를 넘으며 벽도를 뒤로 밀었다.

"배에 타거라, 어서!"

벽도는 마교도의 목에서 솟구치는 피보라를 멍하니 바라보았다.

"정신 차려!"

"아!"

종무진에게 자신이 했던 말이다. 그제야 벽도는 정신을 차리며 피범벅이 되어 있는 하태희를 바라보았다.

"죄송합니다."

벽도는 빠르게 움직이며 종무진의 어깨를 잡았다. 종무진은 멍하니 전행의 시신을 안고 있었기 때문이다.

"배에 타자."

종무진은 눈물을 소매로 훔치며 고개를 끄덕였다.

따다다당!

청수는 뒤로 물러서며 다섯 명의 마교도를 상대하고 있었다. 모용진은 그 옆에서 보조를 맞추고 있었다. 그들의 뒤로 오행당의 일원들이 올라타고 있었다. 부두에서 싸우는 사람들의 수가 점점 줄어들고 있었으며 시체는 쌓이고 있었다.

쾅!

폭음성이 다시 울리며 엽리강의 신형이 뒤로 밀려나갔다.

"큭!"

엽리강의 입술 사이로 핏방울이 흘러내렸다. 그런 엽리강을 쳐다보던 노호관은 뒤에서 날아드는 강력한 도기에 인상을 찌푸리며 신형을 돌렸다. 순간 그의 도가 회전하며 강력한 도풍을 만들어 날아드는 설산을 몰아쳐 갔다.

콰쾅!

"크악!"

설산이 피를 토하며 뒤로 밀려나갔다. 순간 설산의 등으로 검날이 날아들었다.

"설 형!"

따다다당!

영호진이 설산을 보호하며 검날을 쳐나갔다. 순간 영호진의 안색이 굳어졌다. 왼팔이 크게 베였기 때문이다. 피가 튀자 영호진의 안색이 굳어졌다.

"어서 배로 갑시다."

"허억! 허억!"

"어서!"

영호진이 외치자 그제야 설산은 정신을 차리며 영호진의 다친 팔을 쳐다보았다.

"영 형이 먼저 가시오!"

설산은 그렇게 말하며 영호진을 밀쳤다. 영호진이 뒤로 물러나며 설산을 바라보자 설산의 머리 위로 그림자 하나가 날아들었다. 쌍검을 쓰는 자였다.

"이철, 놓치지 말고 죽여라!"

이철은 노호관의 외침에 쌍검으로 설산을 베어가며 화답했다. 말을 할 상황이 아니었다.

쉬쉭!

두 개의 검이 설산의 목과 허리를 노리며 날아들었다. 설산은 도를 늘어뜨리며 위로 쳐올렸다. 거대한 도기가 쌍검을 쳐갔다.

쾅!

이철의 신형이 비틀거렸다. 충격 때문이다. 설산은 숨을 몰아쉬며 이철을 바라보았다.

"혼자서는 무리요."

영호진이 검을 들며 옆으로 다가왔다. 설산은 고개를 끄덕였다. 이철의 무공이 강했기 때문이다. 순간 그들의 앞으로 하태희가 나타났다.

"너희들은 어서 배에 타거라."

하태희의 말에 그들은 시선을 돌렸다. 저 멀리서 배에 오르는 사람들이 보였다. 거의 대다수가 탄 것처럼 보였다. 청수와 모용진이 부두를 막고 더 이상 마교도들이 전진하지 못하게 막고 있었으며 엽리강이 그 앞에서 노호관을 막고 있었다. 주변으로 많은 수의 사람들이 쓰러져 있었으나 그들에게 눈은 가지 않았다.

"갑시다!"

설산이 외치며 허공을 날았다. 설산은 도를 치켜들고 청수와 모용진에게 달려드는 마교도들을 내려쳐 갔다.

쾅!

"크악!"

두 명의 마교도가 피를 뿌리며 쓰러졌다. 설산은 비 오듯 땀을 흘리며 청수와 모용진을 바라보았다.

"먼저 타시게."

청수의 말에 설산은 고개를 끄덕이며 비틀거리는 걸음으로 배와 부두에 연결된 다리를 올라갔다. 다리 위에는 한쪽 팔을 잃은 정인 사태가 서 있었다. 그녀는 청수와 모용진의 방어를 뛰어넘어 오는 마교도들을 죽였다. 그래서 그런지 그녀의 검도 붉게 변해 있었다.

콰쾅!

엽리강은 뒤로 밀려나가며 이빨을 강하게 물었다.

"네놈은 누구냐?"

"노호관이오."

노호관의 이름을 들은 엽리강은 그가 천하대회 때 나왔다는 것을 알았다. 하지만 그때 본실력보다 지금의 실력이 한 단계 위였다.

웅! 웅!

노호관의 도가 소리를 만들기 시작하더니 이내 회색빛 회오리가 도를 머금기 시작하였다. 그 기괴한 모습에 엽리강의 안색이 어둡게 변하였다.

"어서 출발하라!"

엽리강이 외치자 앞쪽에 서 있던 배가 부두에 고정시켰던 밧줄을 끊었다.

쾅!

정인 사태가 배로 올라오는 다리를 부쉈다. 순간 청수와 모용진의 신형이 부두에 연결된 밧줄을 타고 올라갔다. 그 뒤로 마교도들이 밧줄을 타고 달려들자 정인 사태가 검기를 뿌렸다. 두 개의 밧줄이 잘리며 그 위에 타고 있는 마교도들이 중심을 잃고 떨어졌다. 배가 천천히 움직이기 시작했으며 하나 남은 밧줄만이 흔들리고 있었다.

슈슉!

노호관의 도가 허공을 가르고 엽리강에게 날아들었다. 순간 엽리강의 옆으로 하태희가 나타나 두 개의 검기가 노호관의 도기를 막았다.

쾅!

엽리강은 비틀거렸으며 하태희는 뒤로 한 걸음 물러섰다.

"이쯤에서 타야 해요."

"먼저 가시오."

"무슨 뜻인가요?"

"나는 이들을 지키는 것이 임무였소. 그 임무를 당신에게 넘길 터이니 당신은 먼저 출발하시구려."

"엽 대협……."

엽리강은 비틀거리며 검을 늘어뜨렸다.

"아직 못 탄 아이들과 함께 가시오."

하태희가 고개를 끄덕였다. 엽리강은 곧 검기를 뿌리며 노호관에게 달려들었다.

"하압!"

부두와 연결된 밧줄 앞에 서 있던 벽도는 창날을 움직이며 다가오는 마교도들의 수많은 검들을 막고 있었다. 위에서는 어서 타라는 외침성이 들리고 있었다. 하지만 아직 탈 수가 없었다. 영호진을 비롯한 몇 명이 남았기 때문이다.

쉬익!

순간 머리 위로 두 개의 검날이 날아들었다. 벽도의 창이 마치 죽장처럼 휘어지며 위로 쳐 올라갔다.

따다당!

금속음과 함께 이철의 신형이 벽도의 창대를 타고 내려오며 그의 머리를 잘라왔다.

"헉!"

벽도의 눈이 부릅떠졌다. 자신의 창대를 타고 내려올 줄은 몰랐기 때문이다.

"으압!"

벽도는 창대를 왼쪽으로 쳐나갔다. 이철의 신형이 그 힘을 이기지 못하고 왼편으로 날아갔다. 순간 벽도의 가슴으로 세 개의 검날이 날아들었다. 벽도의 안색이 굳어졌다.

퍼퍽!

"크륵!"

벽도의 입에서 핏물이 흘러나왔다. 순간 여기저기서 비명성이 울렸다. 배에 타고 있던 사람들의 비명성이다. 영호진의 신형이 벽도의 옆으로 나타나며 벽도를 찌른 마교도들을 베어갔다.

"크아악!"

비명성이 다시 울렸으며 피보라가 일어났다. 벽도의 신형이 미미하게 떨리고 있었다. 그는 자신의 가슴에 박힌 두 개의 검을 잡아가고 있었다.

"제길⋯⋯."

벽도가 쓰러지며 영호진의 가슴에 기대자 영호진의 눈이 서릿발처럼 차갑게 빛나기 시작했다. 그는 다가오는 하태희를 바라보았다. 하태희의 옆구리에는 두 명의 젊은이가 걸려 있었다. 그녀의 뒤로 마교도들이 날아들고 있었다.

"가십시오."

하태희의 안색이 굳어졌다. 하지만 시간이 없었다. 하태희는 밧줄을 밟으며 크게 공중으로 뛰어올라 배에 올라갔다. 순간 영호진의 검이 섬광을 뿌리며 밧줄을 자름과 동시에 앞에서 날아드는 두 마교도의 목을 찔러갔다.

퍼퍽!

비명성도 없이 시신 두 개가 바닥에 떨어졌으며 배가 움직이기 시작했다.

"영 사제!"

청수가 피를 머금고 있는 영호진의 등 뒤로 외쳤다. 영호진이 고개를 슬쩍 돌리며 눈을 빛냈다. 갑판 위에 서 있는 청수의 모습이 눈에 잡혔으나 영호진은 가볍게 손만 들어 보인 후 고개를 돌렸다.

"영 사제!"

청수가 신형을 날리기 위해 다리에 힘을 주었다. 순간 종무진이 청수의 허리를 잡았다.

"그만!"

청수의 허리를 잡으며 종무진이 외쳤다. 그 모습에 설산이 분노하며 도를 뽑아 들었다. 영호진에게 가기 위함이다. 그러자 강혜금이 다가와 설산의 손을 잡았다. 설산의 충열된 눈과 분노한 표정이 강혜금을 향하였다. 강혜금은 슬픈 눈으로 설산의 손을 강하게 잡으며 고개를 저었다.

"으윽! 으아아아!"

설산은 땅에 엎드려 양손으로 바닥을 치기 시작하였다

퍽!

엽리강의 오른팔이 허공으로 솟구쳤다. 엽리강은 비틀거리며 물러섰다.

"마교의 애송이가 이리도 강하다니……."

엽리강은 팔이 잘려 나갔지만 여전히 냉정을 잃지 않았다. 그 모습에 노호관의 눈이 빛났다. 기개가 있었기 때문이다. 또한 사내다웠다.

"나는 패왕전주요."

순간 엽리강의 눈동자가 부릅떠졌다. 마교의 오전에 대한 이야기를 잘 알기 때문이다. 또한 운남을 정벌한 패왕전이다.

"당신의 이름이 궁금하군."

"마교에게 밝힐 이름 따위는 없다."

"중원인들은 늘 마교라고 하는데 사실 나는 마교라는 말을 싫어하외다."

슥.

노호관의 눈이 엽리강의 앞에 나타났다. 엽리강을 부릅뜬 눈으로 노려보는 노호관의 광포한 눈동자가 성난 맹수 같았다. 엽리강은 저도 모르게 신형을 떨어야 했다. 순간 노호관의 도가 옆으로 올라갔다.

퍽!

엽리강의 몸이 사선으로 베어지며 피를 뿌렸다.

영호진은 엽리강이 쓰러지는 모습을 똑똑히 볼 수 있었다. 살이 잘리며 뿌려지는 핏물 너머로 노호관의 광포한 살기가 보였다. 노호관은 천천히 걸음을 옮겼다. 패왕전의 살아남은 무사들이 뒤로 물러섰다. 이철 역시 영호진을 상대하다 뒤에서 느껴지는 광포한 살기에 물러섰다.

"노호관."

영호진은 천하대회에서 그를 보았었다. 노호관은 자신의 이름이 들리자 입가에 미소를 걸치며 천천히 다가오다 도를 늘어뜨렸다. 그런 그의 걸음이 어느 순간 공간을 지나 영호진의 앞에 나타났다. 극쾌의 보법이었다. 영호진은 눈을 부릅떴다.

"소속은?"

"대… 무당……."

영호진은 몸을 떨며 입술을 깨물었다. 그의 입술을 타고 혈선이 그려졌기 때문이다. 그의 양손은 배를 잡고 있었다. 아니, 배를 뚫고 들어온 도날을 잡고 있었다.

"진정한 전쟁을 경험하지 못해서 그런가? 무당파의 제자치고는 미숙하군."

"언젠가… 네놈도 나와 같은 말을 듣게 될 것이다……."

"당연한 결과라면 받아들이겠다."

도를 비틀자 영호진의 신형이 더욱 크게 흔들리기 시작했다. 그의 입술을 뚫고 많은 양의 핏물이 흘러내렸다. 노호관은 싸늘한 눈을 더욱 강하게 빛내며 도날을 위로 올렸다.

퍽!

"으아아아!"

청수가 갑판에서 영호진이 죽는 모습을 확인하는 순간 미친 듯한 비명성을 터뜨렸다. 수많은 사람들이 그 모습에 놀라 눈을 부릅떴으며 마음 약한 여자들은 비명과 함께 손으로 얼굴을 가렸다. 모용진은 몸을 떨었으며 설산의 입술을 타고 핏물이 흘러내렸다.

"나는 노호관이다!"

거대한 외침 소리가 허공으로 울려 퍼졌다. 부두의 끝에 선 노호관이 멀어지는 배를 향해 외쳤던 것이다.

"나는 신교의 노호관이다!"

그의 외침이 더욱 거대하게 배로 날아들었다. 모두의 시선이 부두에 서 있는 혈인 같은 모습의 노호관을 향하고 있었다. 분노와 두려움, 그리고 복수에 대한 열망이 담긴 복잡한 시선들이었다. 노호관은 그들의 시선을 받으며 도를 치켜들었다.

"으아아아아!"

그의 거대한 외침이 멀리까지 퍼져 나갔다.

*   *   *

송백의 명성은 소리 소문없이 퍼져 나가고 있었다. 운남을 정벌한 마교의 패왕전주를 죽였기 때문이다.

섬서성과 사천성의 경계인 황현촌에 들어선 송백은 여장을 풀고 식당에 앉았다. 그곳에서 음식을 시키고 기다리는 동안 자신의 이름을 듣게 되었다.

"송백이란 사람이 마교의 전주 급을 죽였다고 하더군."

"이보게. 마교라는 말은 하지 말게나. 듣자 하니 마교 놈들은 자신들을 마교라고 부르면 가차없이 죽여 버린다고 하네."

두 장한이 조용히 말을 하고 있었다. 송백은 다른 사람의 입을 통해서 자신의 이름을 듣자 기분이 묘해졌다.

"그렇다고 마교를 신교로 부르면 정파 사람들이 마교도라면서 죽일지도 모르고… 소문으로 들었는데 섬서성의 모든 문파들이 소리없이 문을 닫거나 멸문했다고 하네. 마교의 소행이라고 들었는데 그 말이 사실이라면 겁나는구면."

그렇게 몇 번 투덜거리던 장한들이 다른 이야기를 하기 시작하였다.

송백은 포자와 소채가 나오자 젓가락을 들고 밥을 먹기 시작했다. 기수령들과 헤어진 후 벌써 오 일이 지났다. 그동안 몸은 완전히 완쾌되었다. 하지만 아직도 흉터는 남아 있었다. 그때의 치열함이 문득 머리를 스쳤다.

기수령과 헤어져 섬서로 향하는 송백은 곧 생각을 접고 앞으로 어떻게 해야 할지 고민하였다. 다른 문제는 없었다. 단지 철시린을 만난다면 그때는 자신이 어떻게 해야 할까? 그것만이 고민이었다. 분명 그녀는 자신을 모른다고 하였다. 하지만 자신은 그녀를 알고 있었다. 도대체 어떻게 된 일인지 알고 싶었다.

사실 송백은 그녀와 점점 가까워져 간다는 사실에 고무되어 있었다. 기수령과 헤어지기 전 방지호가 철시린의 위치에 대해 알려준 사실이었다. 그때부터 고뇌가 시작되었다.

'왜……?'

젓가락을 내려놓은 송백은 의자에 기대었다. 시선이 창밖을 향하였다. 분명 동방리가 확실했다. 동방리가 자신을 몰라볼 이유가 없었다. 하지만 그녀는 자신을 몰라보고 죽이려고 했다. 왜 그랬을까? 분명 무슨 이유가 있을 것이다.

"흠……."

송백은 자리에서 일어섰다.

"공을 가져갈 생각이십니까? 저놈의 소재를 파악하고 추적한 저희들의 공로도 생각하셔야지요."

신교의 외성 총분타주인 지원은 다루에 앉아 차를 마시며 송백의 뒷모습을 바라보며 중얼거렸다. 그의 앞에는 허심영이 앉아 차를 마시고 있었다.

"저희가 당연히 먼저 움직여야지요. 선봉을 양보할 생각은 없습니다."

"피의 길을 열어주겠다는 뜻이냐?"

"……."

지원은 찻잔을 내려놓으며 허심영을 바라보았다. 허심영은 고요한 표정으로 차를 마시고 있었다. 지원은 살짝 인상을 찌푸렸다. 자신을 무시하는 것 같았기 때문이다.

"저희가 못 이길 거라는 말씀이십니까? 오백의 정예를 뽑아 거미줄처럼 그를 속박할 것입니다. 거미줄에 걸린 곤충은 결국 거미의 먹이가 되지요."

"그는 거미줄에 걸릴 만큼의 곤충이 아니다."

허심영은 짧게 말하였다. 천무위에 대해서 잘 알기 때문에 이런 말을 한 것이다. 천무위의 무공은 오백의 외성 무사들이 덤빈다고 해서 이길 수 있는 무공이 아니었다. 허심영은 지원을 걱정해서 한 말이다. 하지만 지원은 허심영이 자신을 업신여긴다고 생각했다.

지원은 실눈을 가늘게 뜨며 허심영을 향해 말하였다.

"장로님께서는 우리가 실패할 경우 뒤에 남아 지친 그놈을 잡아주시면 됩니다."

"나더러 비겁한 짓을 하라는 뜻인가?"

허심영이 찻잔을 내려놓으며 지원을 바라보았다. 순간 지원은 위축되는 자신을 느꼈다. 섬뜩한 느낌이 전신을 관통했기 때문이다.

'지랄맞을 늙은이……..'

지원은 재빠르게 입가에 미소를 그렸다.

"그런 뜻이 아닙니다. 저희가 실패한다면 그렇게 해달라는 뜻입니다."

"절대 선수를 양보할 생각이 없다는 것이로군."

"물론입니다."

지원은 보기 좋은 웃음을 입가에 걸었다. 이것은 절대 놓치기 싫은 기회였기 때문이다. 송백의 목을 가지고 간다면 분명 태상장로인 지명법은 자신을 내성으로 부를 것이다. 또한 혈연으로 인해 승급한 것이 아니라 실력으로 승급을 인정받게 되어 탄탄한 입지를 굳힐 수가 있게 된다. 물론 지명법의 이야기가 이미 있었기 때문에 이렇게 고집을 부리기도 했다.

"정 그렇다면… 그리하게."

허심영은 한발 물러섰다. 다른 이유는 없었다. 단지 그렇게 해서라도 송백의 목숨을 취하고 싶었을 뿐이다. 힘이 다한 사람을 죽인다는 게 무인으로서 할 짓이 아니었으나 송백은 이미 교에 커다란 상처를 준 사람이다. 이것저것 따질 필요가 없다고 판단하였다.

"감사합니다. 그럼 저는 먼저 일어나지요."

"그러게."

지원은 입가에 만족한 미소를 걸치며 다루를 빠져나갔다. 허심영은 홀로 남아 차를 마시며 상념에 잠겼다.

'과연…….'

허심영은 송백이 월파검법을 사용하는 것이 확실하다면 지원이 패배할 것이라고 생각했다. 또한 천무위는 분명 월파검법이라고 하였다. 그것이 진정 사실인지 확인할 의무도 자신에게는 있었다.

第七章

흔들리는 꿈결처럼…

화정당은 개봉부를 향해 이동하고 있었다. 소림사를 가려 했으나 개방주의 갑작스러운 죽음으로 화정당의 부당주인 한주문을 소환하였기에 화정당은 한주문의 안전을 책임지고 개봉부까지 이동하게 된 것이다.

개봉부에 도착하자 화정당은 객잔 하나를 빌려 투숙하였다. 한주문은 개봉에 도착하자 개방의 총단으로 달려간 후였다.

대청에는 여러 명이 모여 앉아 있었다. 화정당의 젊은이들로 무림맹의 명령이 있을 때까지 개봉부에 머물 생각이었다. 개봉이 처음인 몇 명은 성에 구경을 나간 후였다.

"이제 어떻게 해야 하나……."

능조운은 한쪽에 앉아 인상을 찌푸렸다. 옆에는 언기학과 차화서가 앉아 있었으며 법각도 앉아 있었다. 법각은 팔짱을 끼며 능조운을 바라보았다. 그래도 꽤 오래 있었기에 법각 역시 모두와 친해진 후였다.

"소림사에 가는 게 어떻겠나?"

"무슨 말이야?"

"아마도… 다음 명령은 나를 소림까지 후송하라는 명령이 아닐까?"

"지랄."

언기학의 말에 법각의 안색이 굳어졌다. 능조운은 고개를 끄덕였다.

"그것도 좋겠지. 소림에는 수정당도 있으니. 더욱이 우리는 소림사에 가본 적이 없잖아?"

모두의 고개가 끄덕여졌다.

"그럼 소림사로 가요."

차화서까지 말하자 결정이 나버렸다.

"내일 일찍 출발하자고. 주문에게는 미안하지만, 지금 같은 상황에서 주문에게 뭐라 할 말도 없고… 더욱이 이곳에 있는 것도 눈치가 보이니……."

"개방도들은 무림맹을 탓하고 있는 게 사실이니까. 무림맹이 무능력하기 때문에 지금 같은 사태가 발생했다는 소문이에요."

차화서가 능조운의 말을 거들었다. 그녀의 말처럼 분위기가 좋지 않았다. 그렇기 때문에 빨리 빠져나가려는 것이다.

다음날, 화정당은 이른 아침부터 소림사로 출발하였다. 하지만 그들은 소림사로 향하던 방향을 바꿔야 했다. 급작스러운 소식 때문이다. 마교가 서안에 몰려 있다는 소식을 접한 것이다.

소림과 무당, 수정당이 화산파로 향한다는 소식을 듣고 그들은 빠르게 화산파로 이동하기 시작했다. 백 년 전의 싸움에서 패한 마교가 화산으로 다시 올 것이라고 생각하지 못했었다. 아직은 그저 소문이라 여겼다.

* * *

송백 또한 서안을 향해 가고 있었다. 길을 가는 송백은 주변의 조용하다는 것에 신경이 쓰였다.

쏴아아아!

바람이 강하게 불어오며 나뭇가지들이 흔들리고 있었다. 한바탕 바람이 지나가자 휘날리던 머리카락이 제자리를 찾아 앉았다.

송백은 흘러내린 머리카락을 뒤로 넘기며 앞을 바라보았다. 앞은 작은 언덕길이 시작되었고 주변은 숲이 울창하게 자라고 있었다. 주변은 고요했으며 사람의 인기척은 없었다.

감이 말해주고 있었다, 위험하다고. 그런 느낌이 본능적으로 들었다. 송백은 검의 손잡이를 잡아가며 주변을 가만히 둘러보았다.

쏴아아아!

바람이 다시 한 번 강하게 불어와 송백의 몸을 스치고 지나쳤다. 순간 두 개의 검은 그림자가 좌우의 숲에서 튀어나와 허공에 떠올랐다. 송백의 눈에 섬뜩한 살기가 맺혔다. 그리고 오백 인과 일인의 싸움이 시작되었다.

허심영은 먼 산 위에 올라 지원의 오백 무사와 송백의 싸움을 바라보며 주먹을 강하게 말아 쥐었다. 자신도 모르게 흥분했기 때문이다.

'믿을 수가 없군.'

숲의 나무들이 쓰러지고 바람이 강하게 일어나며 비명성이 메아리쳤다. 때로는 피를 뿌리고 쓰러지는 무사들의 모습에 자신의 모습을 비춰보기도 했다. 그제야 허심영은 한 가지 결론에 도달할 수가 있었다.

'정면으로 부딪쳐 이길 수 있는 상대가 아니다.'

허심영은 눈을 빛내며 송백의 움직임을 자세하게 보기 위해 노력하였다.

지원은 당연히 이길 거라 여겼다. 오백을 상대로 싸울 수 있는 무인은 없다고 생각했기 때문이다. 있다고 한다면 절대 십객의 열 명뿐일 것이다. 그들을 제외하면 구주십오객 중 단 한 명 일객(一客) 묵검(墨劍)만이 자신의 오백 수하들과 상대할 수 있다고 여겼다.

처음에는 좋았다. 당연히 상대가 안 되는 싸움이었기 때문이다. 하지만 시간이 지날수록 마음은 다급해져만 갔다. 벌써 일백 명이 넘는 수하를 잃었다. 설마 하는 마음이 일어나기 시작했다.

쉭!

머리에서 명치까지 길게 혈선이 그려지며 상대가 쓰러졌다. 전후좌우는 울창한 수풀이었으며 도망갈 곳도 없었다. 빽빽하게 둘러싸여져 있었기 때문이다. 주변엔 시신들이 처참하게 널브러져 있었다.

왜 싸우는지도 몰랐다. 그저 상대가 공격했기 때문에 싸우고 있었으며 자신이 죽기 싫었기 때문에 상대를 죽여야 했다. 그러한 마음과 그러한 공격이 아니면 자신이 죽을 것이다. 도대체 얼마나 많은 사람들이 자신을 죽이기 위해서 주변에 몰려든 것일까?

"훗."

저도 모르게 미소를 입가에 담았다. 문득 자신의 눈앞에 펼쳐진 수많은 사람들의 광기 어린 살기와 마주했던 옛 기억이 떠올랐던 것이다. 그의 눈이 섬뜩하게 빛나기 시작하자 광포한 살기가 사방으로 퍼져 나가기 시작했다. 달려들던 마교도들도 주춤거렸다. 폐부를 뒤흔드는 살기 때문이다.

쉬쉭!

사방에서 십여 명이 달려들었다. 그 뒤로 개 떼처럼 마교도들이 날아들었다. 아무리 송백의 살기가 강하다 하여도 그들은 멈출 수가 없는 것이다.

송백의 시선에 자신을 향해 날아드는 수많은 사람들의 모습이 느리게 들어왔다. 그 순간 송백의 눈에서 한광이 번뜩였고, 주변으로 삼십여 개의 초월파가 거대한 빛과 함께 피어났다. 처음으로 펼친 것이다. 대월파(大月破)를!

"크아악!"

"아악!"

"허… 허… 허허……."

저도 모르게 지원은 얼굴을 떨어야 했다. 달려들던 오십여 명의 수하가 한순간에 피범벅으로 변하며 쓰러졌기 때문이다. 그는 분명히 보았다, 빛에 싸인 송백의 주변으로 날아가는 수십 개의 초승달들을.

날아들던 수하들도 주춤거리며 물러섰다. 믿을 수가 없었다. 아직도 사방에서 김이 피어나며 꿈틀거리는 동료들의 움직임이 그들의 눈에 들어왔다. 자신도 그렇게 될 수 있다는 생각에 그들의 마음에 공포가 스며들었다.

지원은 원한과 복수심에 이성이 남아 있지 않았다. 그저 광기 어린 눈동자로 송백을 노려볼 뿐이었다.

"뭐 하는 것이냐! 적은 혼자다! 혼자란 말이다! 우리의 동료를 죽인 원수란 말이다! 망설이지 말고 죽여! 죽여 버리란 말이야!"

지원의 외침에 그들의 얼굴에서 공포가 사라지며 대신 광기 어린 분노가 자리하기 시작했다. 동료라는 말 때문에 회복한 것이다.

"우아아아!"

순간 외침성이 터지며 수많은 무사들이 죽음을 불사하겠다는 각오로 달려들었다. 송백의 안색이 순식간에 굳어졌다. 오히려 그들의 전의를 더욱 부추겼기 때문이다.

송백은 빠르게 이동하기 시작했다. 대월파를 사용한 이유는 그들의 전의를 확실하게 꺾어 물러서게 하려는 의도였다. 하지만 그들은 오히려 더욱 사납게 달려들었다. 목숨을 보존하면서 싸우려는 자와 목숨을 버려가면서 싸우는 자의 무공은 그 성향 자체가 달랐다. 자신의 안위는 신경도 안 쓰면서 달려드는 자들의 무서움을 가장 잘 아는 송백이었다.

쉬쉭!

좌우와 전방에서 날아드는 마교도들을 향해 검기를 뿌리

며 몸을 회전시켰다.

퍼퍽!

검기가 여지없이 세 명의 목을 빠져나갔다. 그 순간 송백의 신형이 우측으로 계속해서 이동하였다. 적당한 장소를 찾기 위해 더욱더 깊이 숲 속으로 들어가는 중이었다. 순간 나무 사이에서 검날이 튀어나왔다.

"큭!"

송백의 입에서 신음 소리가 흘러나왔다. 반사적으로 어깨를 비틀었으나 스친 것이다. 오른 어깨에서 핏방울이 허공에 뿌려졌다. 하지만 송백은 그 대가로 상대의 가슴에 검을 박을 수가 있었다.

팟!

검을 뽑으며 다시 우측으로 이동하는 순간 허공중에서 세 명의 무인이 떨어져 내렸다. 그리고 뒤에서 날아드는 도날의 비쾌한 바람 소리가 귓가에 들려왔다. 송백은 신형을 돌리며 초월파를 날렸다.

뒤에서 날아들던 세 명의 무사는 초월파가 섬광처럼 날아들자 놀라 신형을 멈추고 피하려 하였다. 하지만 신형을 멈추려는 순간 초월파가 거짓말처럼 허리를 스치고 지나쳤다. 그들의 안색이 순식간에 경직되더니 눈이 튀어나올 듯 충혈되었다.

송백은 재빠르게 고개를 들었다. 순간 미간 사이로 두 개의 검날이 찍어왔다. 송백의 신형이 우측으로 회전하며 단혼일 섬을 허공중에 뿌렸다.

퍼퍽!

내려오던 두 개의 그림자가 흔들리며 좌우로 떨어졌다. 순간 옆구리로 도날이 베어왔다. 송백은 검을 내려 막으며 뒤로 물러섰다. 송백의 인상이 찌푸려졌다. 옆구리가 베였기 때문이다. 다 막지 못한 것이다. 그 순간 다시 한 번 사방에서 흑의인들이 날아들었다. 송백은 재빠르게 신형을 낮추어 우측으로 몸을 날렸다.

"윽!"

우측에서 달려들던 두 명의 무사가 눈을 부릅떴다. 마치 뱀처럼 낮은 자세로 자신들에게 다가오는 송백의 모습을 보았기 때문이다. 눈으로 확인하는 순간 도를 들어 내려쳤지만 송백의 신형이 갑작스럽게 늘어나며 그들을 스치고 지나쳤다.

파핫!

두 개의 섬광이 그들의 눈앞에 번뜩였다. 한순간 그들은 눈을 감아야 했다. 그리고 눈을 뜨는 순간 비틀거리며 바닥으로 쓰러졌다. 이마가 뚫린 것이다.

"우엑!"

내달리던 송백의 입에서 핏물이 흘러내렸다. 내상이 도진 것이다. 대월파를 사용하고 운기도 없이 초월파와 무리하게 이형보를 사용했기 때문이다. 송백은 차가운 안색으로 빠르게 이동하기 시작했다.

허심영은 천천히 시신들로 가득 찬 대로를 따라 숲으로 걸어가기 시작했다. 자신이 나설 일은 없을 것이다. 하지만 나선다 하여도 송백의 상태를 봐서 움직일 생각이었다.

슥.

허리를 숙여 부러진 도날을 들어 단면을 살피다 눈을 빛냈다. 잘린 단면은 균열조차 없었으며 마치 거울처럼 예리했다. 흠집조차 없었던 것이다. 무기조차 이렇게 깨끗하게 잘라 버리는 검법이었다. 하물며 사람이 당한다면 뼈조차도 소리없이 잘려 나간다. 악마 같은 검법이었다. 허심영은 그렇게 생각하며 중얼거렸다.

"월파검법이 확실하군."

허심영은 단정 지으며 도날을 바닥에 던졌다. 주변으로 잘려진 무기와 조각난 시신들의 처참한 모습이 그의 눈을 아프게 하였다. 허심영은 천천히 걸음을 옮기며 송백이 사라져 간 방향으로 이동하기 시작했다.

슈악!

도날이 미간 사이로 찍어왔다. 송백은 허리를 살짝 숙이며 왼손을 뻗어 도날이 어깨를 지나치자 상대의 손목을 잡고 안으로 파고들었다.

"……!"

흑의인의 눈이 부릅떠지는 순간 송백의 검이 그의 가슴을 뚫었다.

"커억!"

입을 뚫고 핏물이 흘러내렸으나 송백은 그자를 보지 않았다. 뒤에서 날아드는 흑의인 때문이다. 송백은 검을 더욱 앞으로 밀며 두어 발 나아갔다.

퍽!

뒤에서 날아들던 흑의인의 가슴에 검이 박혔다. 두 명이 하나의 검에 꼬치처럼 꿰어 있었다. 송백은 빠르게 검을 비틀어 빼며 신형을 반 회전시키듯 움직여 우측의 공간을 베었다.

퍽!

마교도의 목을 반쯤 뚫고 지나친 송백의 검과 신형이 뒤로 물러섰다.

턱!

송백의 등이 암벽에 부딪쳤다. 송백은 인상을 찌푸렸다.

'운이 좋다면 좋은 것인가?'

송백은 좌우를 살피며 반쯤 목이 잘린 흑의인의 신형이 뒤로 물러서다 쓰러지는 것을 발견하곤 앞을 바라보았다. 수많은 검은 인영들이 자신을 향해 살기를 뿌리고 있었다. 뒤는 암벽이었으며 좌측과 우측 역시 넓게 암벽이 펼쳐져 있었다. 암벽은 허공으로 오십여 장이나 높게 솟아 있었다.

"하아! 하아! 휴우……."

송백은 숨을 몰아쉬다 어느 정도 호흡을 가다듬자 등을 기댄 벽에서 한 발 앞으로 나섰다. 이미 온몸은 상처투성이였다. 거기다 체력도 한계에 다다르고 있었다. 대월파를 쓰는 순간 체력은 다한 상태였다. 그 상태에서 초월파도 사용하였다. 문제는 운기할 시간적인 여유가 없다는 것이다. 이원신공을 시전하면 어느 정도 체력적인 부담이 줄어든다. 하지만 이들은 끝도 없이 공격해 왔다.

슈아악!

송백의 전신으로 강렬한 투기를 발산하기 시작하였다. 그들이 뿜어내고 있는 살기들을 뒤덮고도 남을 투기가 필요했기 때문이다. 이들을 이길 수 있는 방법은 기세였다. 죽을지도 모른다는 생각도 하였다. 하지만 두렵다는 느낌은 없었다. 그저 최선을 다해 이들을 상대할 뿐이었다. 상대가 누구라도 상관없었다. 그저 자신을 죽이려 한다면 죽음으로 갚을 뿐이다. 그렇게 생각했다.

쫘악!

소매를 찢은 송백은 오른손과 검을 감기 시작했다. 땀 때문에 검이 손 안에서 미끄러져 놓치기라도 한다면 낭패이기 때문이다. 그만큼 많이 지쳐 있는 상태였다. 송백의 주변으로 아지랑이가 피어나기 시작했다. 땀이 증발하며 만드는 수증기였다. 입 안에서 나오는 단내가 코를 자극했다. 이렇게 지쳐 본 적도 오랜만이었다.

슥.

이빨로 소매의 끝을 잡고 왼손으로 힘있게 감은 송백은 이미 너덜해진 상의를 벗어 던졌다. 오히려 옷이 움직이는 데 방해가 됐기 때문이다.

자세를 낮춘 송백은 검을 늘어뜨리며 왼손을 살짝 들어 가슴 앞에 놓았다. 머리와 배로 날아오는 공격을 막기 위한 자세였다. 그의 전신에서 강력한 투기가 발산되기 시작하였다. 살기와는 다른 무인들이 만드는 특유의 투쟁 본능이었다. 그것이 살기와 전신에서 피어나는 수증기와 어우러져 그의 모습을 사납게 만들어주었다.

"와라."

송백은 가늘어진 시선으로 수많은 흑의인들을 바라보았다. 이제부터 필요한 것은 자신의 모든 것을 걸어야 한다는 각오와 지금까지 배운 모든 것을 펼쳐야 한다는 냉정함이었다.

주춤거렸다. 그의 투기 때문이다. 벌써 몇 명이 죽었는지 모른다. 그의 그 강렬한 시선과 살육을 행하는 그 차가운 면에 모두들 몇 번이고 포기하려 했다.

꿀꺽!

저도 모르게 침을 삼키며 지원은 송백을 바라보고 있었다.

지금까지 이런 무인과 상대한 적이 없었기에 더욱더 당황스러웠다.

'포기할 줄도 모른단 말이더냐!'

속으로 소리치며 이 정도라면 보통 죽어주게 마련이라고 여겼다. 삶을 포기할 만도 했으나 그는 오히려 더욱 강한 살기를 뿌리고 있었다. 수증기가 피어나는 그의 몸과 그의 날카로운 시선이 지원의 가슴에 불을 지폈다. 이곳에서 물러서면 자신은 아무것도 남는 것이 없다고 판단했기 때문이다.

'아직 저자는 살아 있다!'

지원은 살기를 뿌리며 손을 들었다.

"죽여 버려!"

슈아아악!

십여 명의 흑의인이 지원의 명령에 따라 빠르게 송백에게 날아들었다.

송백은 오히려 뒤를 신경 쓰지 않게 되어 다행이라 여겼다. 애초에 원한 것은 계곡이었고 동굴 같은 곳이었다. 그곳이라면 들어오는 인원이 한정되어 있기 때문이다. 뒤를 걱정할 필요도 없었고 좌우를 생각할 필요도 없었다. 하지만 뒤에 있는 것은 암벽이었고 뒤라도 신경 쓰지 않게 된 것에 감사해야 했다. 그것만으로도 감지덕지라고 여긴 것이다.

쉭!

허공을 가르고 검날이 얼굴로 날아들었다. 송백은 신형을 낮추며 앞으로 한발 빠르게 이동하는 동시에 상대의 명치를 왼 팔꿈치로 가격하였다.

퍽!

"쿠억!"

입이 벌어지는 흑의인의 신형이 휘어지며 허공중에 가볍게 떠올랐다. 순간 송백의 신형이 뒤로 물러서며 자세를 더욱 낮추었다.

슉!

머리 위로 도날이 지나쳐 갔다. 휘날리던 머리카락이 잘리는 순간 송백의 오른팔이 상대의 가슴을 찔렀다. '퍽!' 하는 섬뜩한 소리가 작게 들렸다.

가슴이 찔리는 동료의 모습을 확인하며 도를 내려치던 흑의인의 두 눈앞에 거대한 무언가가 날아들었다.

'발?'

빡!

"크악!"

안면을 정통으로 가격당한 흑의인의 신형이 허공중에서 두어 바퀴 회전하며 바닥에 떨어졌다. 목뼈가 부러진 듯 혀가 길게 흘러나와 있었다. 순간 송백은 옆으로 서며 고개만이 앞을 향하고 있었다. 그런 송백의 안면으로 도날 두 개가 좌우에서 날아들었다. 송백의 신형이 허공중에 휘어지며 급속도로 회전하였다.

횡! 횡!

두 개의 도날이 송백의 누운 몸을 아래위로 지나쳤다. 순간 송백의 신형이 멈춰지며 번갯불이 섬광처럼 좌우로 피어났다. 핏물이 허공중에 뿌려지며 주춤거리듯 뒷걸음으로 두 명의 흑의인이 물러섰다. 그런 그들의 이마에는 굵은 선이 그려져 있었다.

순간 바람 소리와 함께 땅에 내려선 송백의 목으로 도날이 쳐왔다. 미처 신형을 추스르기도 전이었다. 송백의 신형이 흔들리며 옆으로 허리를 숙였다. '슈욱!' 하는 소리와 함께 송백의 눈에 도날이 자신의 얼굴을 지나치고 있는 모습이 들어왔다. 그 차가운 금속의 모습에 송백은 싸늘한 살기를 뿌리며 상체를 세움과 동시에 비어 있는 상대의 안면을 팔꿈치로 가격하였다.

빡!

피가 튀며 비명 소리와 함께 상대가 물러서는 순간 오른손을 앞으로 뻗어 명치를 찔러 넣었다.

퍽!

눈을 부릅뜬 상대의 어깨 너머로 달려는 흑의인들이 송백의 눈을 가득 메웠다. 숨 돌릴 시간조차 없었다. 아니, 그런 생각을 한다는 것조차 낭비였다. 그런 압박이 송백의 머리에 생각조차 사라지게 하였으며 본능만을 남겨놓았다. 자신도 모르게 송백은 무아지경에 발을 들여놓은 것이다.

'조금만… 조금만……!'

지원은 땀을 쏟아내며 송백과 싸우고 있는 수하들을 바라보고 있었다. 비틀거리면서도 자신의 수하들을 일일이 죽여나가는 송백의 모습에 놀랍기도 했지만 그 비틀거리는 모습 때문에 조금만 힘을 더하면 죽일 수 있을 것 같았다.

주먹을 쥔 손에서 땀방울이 흘러내렸다. 입 안이 타 들어갔으며 저도 모르게 이빨을 갈아야 했다.

으드득!

인상을 찌푸리며 쓰러지는 수하들의 모습을 쳐다보았다. 순간 송백의 신형이 바닥을 굴렀다. 저도 모르게 양손을 움켜쥐며 떨었다.

"됐다!"

이제 마지막 한 번만 더 베면 끝이었다. 송백이 죽는다면 저도 모르게 환호성을 지를 것 같았다. 순간 쓰러진 송백에게 달려들던 두 명의 수하 등 뒤로 검과 도날이 튀어나왔다. 그리고 그들을 발로 차며 그 반동으로 일어난 송백의 신형이 회전하며 뒤에서 날아들던 두 명의 수하를 베어버렸다.

"크억!"

지원은 저도 모르게 손으로 이마를 치며 뒤로 한 발 물러섰다. 그의 얼굴이 더욱 사납게 일그러졌다. 말도 안 되는 그의 움직임 때문이다.

슈악!

순간 하나의 유엽도가 허공을 지나 지원의 안면으로 날아들었다. 지원은 인상을 쓰며 도날을 쳐냈다.

땅!

금속음이 울리며 도날이 허공 높이 솟구쳤다.

푹!

지원의 뒤에 떨어진 도날이 땅에 박히며 몸을 떨었다. 순간 사람들의 시선이 지원을 향하였다. 지원의 이마에 맺힌 땀방울이 흘러내렸다. 자신도 알고 있었다, 수하들이 자신이 나서주기를 원하고 있다는 것을. 하지만 자신이 없었다. 지금의 송백에게 어떻게 달려들 수가 있단 말인가? 그는 개죽음은 싫었다.

지원은 무공이 높지 않았다. 내성의 오전에 속한 대주 급의 실력이었다. 그 실력으로 이렇게 총분타주라는 높은 자리에 앉게 된 이유도 오직 지명법의 힘 덕분이었다. 지명법의 친척이 아니었다면 이런 자리에 앉지도 못했을 것이다. 그렇기 때문에 송백의 목이 더욱 필요했다. 자신도 인정을 받고 싶었기 때문이다.

'빌어먹을!'

지원은 주먹을 떨며 송백을 노려보았다. 그 순간 송백에게 다시 다섯 명의 수하가 달려들었다.

'옳지!'

지원은 저도 모르게 다시 한 번 주먹을 움켜쥐곤 떨었다.

송백은 위에서 날아드는 상대를 향해 뛰어오르며 오른발을 허공으로 올려쳤다. 그의 양발이 아래위로 길게 찢어졌다.

빡!

턱을 가격당한 흑의인의 신형이 뒤로 날아가는 순간 송백의 몸으로 세 개의 검이 찔러 들어왔다. 송백은 눈을 빛내며 올린 발을 빠르게 내리며 중앙에서 날아드는 상대의 머리를 찍어갔다.

빠악!

뒤통수를 가격하며 그 반동으로 몸을 옆으로 회전시키며 좌측의 흑의인에게 검을 찔러 넣었다.

퍼퍽!

송백은 상대의 명치에서 검을 뽑으며 신형을 번개처럼 돌리고 검을 휘둘렀다. 살이 잘리는 소리와 함께 비명 소리가 울리며 흑의인이 쓰러졌다.

"크윽!"

송백은 신음성을 토하며 벽에 등을 기대었다. 그의 옆구리가 깊게 베어 피를 머금고 있었다. 순간 송백의 눈이 지원을 향해 번뜩이며 땅에 떨어진 검의 손잡이를 발끝으로 차올렸다.

핑!

검날이 빠르고 강하게 지원을 향하였다. 그 순간 세 명의 흑의인이 송백을 향해 날아들었다. 송백은 허리를 숙이며 땅에 떨어진 도날을 들어 날렸다.

횡!

도날이 중앙의 흑의인을 향해 날아감과 동시에 송백의 신형이 번개처럼 낮게 우측으로 날아갔다.

땅!

"크억!"

도날을 쳐낸 장명은 고개를 돌렸다. 순간 쓰러지는 동료와 송백의 얼굴이 눈앞에 나타났다. 신형을 비틀어 뒤로 물러서자 가슴이 후끈거렸다. 벌어진 옷 사이로 혈선이 가슴을 길게 갈라놓았다. 깊게 베이지는 않았으나 고통이 머리를 때렸다.

"크아아악!"

고통스러운 비명성이 울리며 다리가 구부러진 좌측의 동료가 눈에 들어왔다. 상체를 숙이며 송백의 팔꿈치가 허벅지를 가격한 것이다. 그런 동료의 무릎이 구부러지자 송백의 검이 목으로 뚫고 들어갔다. 스슥거리는 살을 가르는 소리와 섬뜩한 모습이 느릿하게 시선 속으로 파고들자 등줄기로 식은 땀이 흘러내렸다.

"대장!"

보다 못한 장명이 고개를 돌려 소리쳤다. 지원을 향한 외침

이었다. 그 외침에 모두의 시선이 지원을 향했다. 하지만 그
것도 잠시였다. 또다시 송백을 향해 수하들이 달려들었다.

지원은 땀을 흘리고 있었다. 자신도 알고 있었다, 수하들만
보내서는 안 되는 것을. 한 무리를 이끌고 있는 수장이라면
나서야 한다. 신교의 여러 직책에 있는 사람들은 언제나 자신
이 먼저 모범을 보여왔다. 그래야만 사기가 올라가고 일 처리
가 더욱 빨라지는 것이다.

퍽! 빡!

그러는 와중에도 격타음과 비명성이 울리며 세 명의 수하
가 쓰러졌다. 그리고 남은 두 사람의 신형이 미미하게 떨리더
니 비틀거리며 물러섰다. 그들의 머리 위에서 핏방울이 솟아
나며 쓰러졌다. 지원은 더욱 험악한 인상을 지은 채 송백을
바라보았다.

쓰러지는 동료들의 모습에 달려들던 흑의인들이 주춤거리
며 물러섰다. 그들의 눈에는 송백이 이제 괴물로 보였다. 도
대체 몇 명이 죽었는지 모른다. 이렇게까지 몰아붙였으면 쓰
러질 만도 했다. 하지만 쓰러지지도 않았으며 오히려 더욱더
날카로운 칼날처럼 변하였다. 그들도 알고 있었다, 그의 전신
에서 피어나는 기이한 열기와 차갑게 가라앉은 눈동자가 뭘
말해주는지를.

'몰아의 경지……'

흑의인들의 머릿속에 맴도는 생각이었다. 무인이라면 한

번쯤 겪어보고 싶은 경지. 생사의 갈림길에서만 가능한 경지였다. 죽음을 담보로 오직 상대방을 죽이겠다는 일념만이 남아 있는 상태였다.

"결국 네 실력은 이 정도가 한계라는 뜻이다."

지원은 어느새 옆에 나타난 허심영을 바라보았다. 허심영이 나타나자 지원의 안색이 순식간에 밝게 변하였다.

"허 장로님."

마치 죽었다고 생각했던 친우를 다시 만난 것처럼 반기며 다가가는 지원이었다. 허심영은 차갑게 지원을 바라보았다. 지원은 순간 주춤거렸다.

"오직 죽이겠다는 일념만이 머리를 가득 찬 모습이로군. 아주 좋은 모습이다."

허심영은 송백에게 다가서며 중얼거렸다. 곧 걸음을 멈춘 그의 시선이 지원에게 향하였다.

"그 실력으로 이 정도까지 몰아넣은 것은 분명 칭찬받을 일이지."

여러 가지 의미가 함축된 말이었다. 하지만 지원은 있는 그대로 칭찬으로 받아들였다. 그렇게 말한 허심영은 송백에게 다가섰다.

송백은 비틀거리다 벽에 등을 기대었다. 거친 숨소리가 흘러나왔으며 온몸의 진이 빠진 것 같은 기분이 들었다. 이제는 한계가 다가오고 있었다. 앞으로 몇 명이나 더 상대할 수 있을까?

송백은 장담하지 못했다. 한 명이 될 수도 있고 두 명이 될 수도 있다. 하지만 한 가지는 확실했다. 죽고 싶지 않다는 것. 송백은 무의식중에 이원신공을 운용하기 시작하였다. 마지막 희망이라면 스승님에게 배운 무공뿐이었다.

"부러운 모습이다. 내 나이가 젊었다면 자네를 닮고 싶군."

송백은 시선을 들었다. 허심영이 얼마 떨어지지 않은 곳에서 있었다. 허심영은 가볍게 검을 들었다. 순간 강력한 섬광이 송백의 전신으로 밀려들었다. 송백은 호흡을 멈추며 검을 들어 막았다.

쾅!

"크억!"

송백의 입에서 피가 뿌려졌다. 송백은 비틀거리다 벽에 등을 기댄 채 바닥에 주저앉았다.

"콜록! 콜록!"

입을 뚫고 계속해서 피가 흘러나왔다. 허심영은 그런 송백을 향해 다시 한 번 검을 들었다.

"마지막 내 성의다."

슉!

허심영의 손을 떠난 검이 송백의 머리 위로 올라가 암벽에 박혔다.

쩌적!

순간 거대한 원형의 균열이 암벽에 그려졌으며 고개를 든 송백의 눈동자가 부릅떠졌다.

슈슉!

송백의 부릅뜬 두 눈 사이로 돌들이 떨어져 내리기 시작했다.

쿠콰콰쾅!

엄청난 암석들이 송백의 머리 위를 덮치며 먼지구름을 피워 올렸다. 거대한 돌무더기가 생겨났다. 그 안에는 송백의 시신이 있을 것이다. 허심영은 차가운 표정으로 신형을 돌렸다.

"네 무덤이다."

第八章

불타는 비명 소리

오조천은 뜻밖의 인물을 맞이하였다.

"사제가 웬일인가?"

오조천은 의자에 앉으며 제갈민을 바라보았다. 제갈민의 입가에는 옅은 미소가 그려져 있었다. 언제나 여유가 넘치는 모습을 하고 있는 제갈민이었다.

"궁금하기도 하고 사형도 보고 싶고, 또한 군사께서 도우라고 하셨기에 왔지요."

"군사께서?"

오조천은 제갈사랑을 떠올리며 인상을 굳혔다. 그도 최근에서야 제갈사랑이 같은 교의 인물이란 사실을 알게 되었기 때문이다. 오전의 전주인 자신조차도 모르던 사실이다. 무엇보다 대단하다고 생각한 것은 그런 사람들이 앞으로 얼마나 더 있을까 하는 것이었다. 그만큼 중원에 불만을 가진 사람들이 많다는 의미도 포함되어 있었다.

"네 말처럼 천하전까지 호남성으로 이동시켰다. 이제 나와 권 전주님의 정의전만 이동하면 끝이다. 앞으로 두 번은 더 사천 분타로 출발해야 할 것 같은데 문제가 많아."

오조천은 인상을 찌푸리며 말했다. 제갈민도 대충은 짐작하고 있었기에 고개를 끄덕이며 물었다.

"일단 여러 가지 문제들은 뒤로 미루고 계획을 약간 수정해야 할 것 같습니다."

"……?"

오조천이 바라보자 제갈민은 가볍게 미소를 보였다.

"동시다발적인 공격입니다."

방 안을 비추고 있는 호롱불이 그림자를 만들고 있었다. 회의실의 안에는 권예와 오조천이 앉아 있었고 제갈민은 서 있었다.

"사실 사천 분타는 천천히 요리하려고 하였습니다. 무림맹을 차지하고 천천히 그들의 숨통을 조여갈 생각이었으나 무림맹으로 가기 전에 깨끗이 정리하라는 명령이 내려졌습니다. 물론 그것을 돕기 위해 제가 온 것이지요."

"하라면 해야지."

권예가 팔짱을 끼며 인상을 찌푸렸다. 사실 쉽지 않았기 때문이다. 몇 번의 싸움이 있었으나 이렇다 할 성과가 나오지 않았다. 그래도 어떻게 하겠는가? 교주님의 명령이었다. 목숨을 버려서라도 완수해야 한다. 그렇게 배운 권예였다.

"하지만 쉽지 않아. 청성파와 아미파를 멸문하다시피 했으나 오히려 그 때문에 사천에서 우리의 입지가 좁아진 느낌이야."

"그럴 것입니다. 청성파는 모르겠지만 아미파라면 정신적인 지주이니까요. 또한 당가의 힘이 사천의 전역에 뻗쳐 있다는 것도 잘 알고 있습니다. 보급도 쉽지 않겠지요. 이런 상황에서 지금까지 버티면서 수하들을 굶지 않게 하는 일만 해도 대단한 일입니다. 원래 원정이란 어려움이 많은 법입니다."

"잘 아는군."

권예가 제갈민의 말에 인상을 더욱 찌푸렸다. 쉽게 말을 하는 제갈민이 별로 달갑지 않았기 때문이다. 원래부터 사심전을 별로 좋아하지 않던 권예였다. 언제나 뒤에서 정보나 조작하는 놈들이라고 여긴 것이다. 최전선에 서서 적들과 싸우는 자신들과는 보는 세계 자체가 다르다고 여겼다.

"그럼 사심전주는 그 어려움을 알면서도 사천 분타를 멸하자는 말인가?"

"그렇습니다."

제갈민의 대답에 권예가 눈을 빛냈다.

"쉽게 말하는 만큼 그만한 계책이 있겠지?"

"물론입니다, 권 전주님."

제갈민의 말에 권예는 오조천을 바라보았다. 오조천도 눈을 빛내며 고개를 끄덕였다.

"계속하게나, 자네의 말을 듣기 위해 이렇게 앉아 있는 것이니."

권예의 말에 제갈민은 곧 문밖으로 시선을 돌렸다.

"준비한 것을 가지고 오너라."

"예!"

큰 외침과 함께 사심전 소속의 두 무사가 큰 전도를 들고 들어와 탁자 위에 폈다. 사천 분타의 모습이 자세하게 나온 지도였다.

"이곳으로 오면서 제 휘하의 오백 명을 모두 사천 분타를 중심으로 해서 풀었습니다. 그들이 보내오는 정보를 종합해서 계획을 짠 것입니다. 아직 확정되지 않았으나 삼 일 안으로 확정된 작전이 나올 것입니다. 그전에 일단 알아두실 것이 있는데 사천 분타에 들어가는 보급 경로입니다."

"벌써 알아내었나? 사천 분타의 녀석들도 모르는 사실인데?"

권예가 눈을 빛내자 제갈민은 고개를 저으며 미소를 보였다.

"보름 전에 제 휘하의 수하들을 풀었는데 벌써 알 리가 있겠습니까?"

"무슨 뜻이지?"

오조천이 쳐다보자 제갈민은 빠르게 말하였다.

"단지 쌀이 모이는 곳은 곡간이란 뜻입니다."

그렇게 말한 제갈민은 사이한 표정으로 미소를 지어 보였다.

"성도를 포함한 그 근방 이백 리 안의 마을에 존재하는 곡간을 모두 태우는 것입니다."

"뭐라고!"

권예가 놀라 눈을 크게 떴다. 말도 안 되기 때문이다. 그렇다면 피해를 보는 사람이 일반 사람들이었다. 무엇보다 관에서 가만히 있을 리가 없었고 교의 교리에 어긋나는 사파적인 행동이었다.

"무공을 모르는 사람들까지 피해를 주자는 말인가? 거기다 관아에서 가만히 우리를 보고만 있을 거라 생각하나?"

오조천이 날카로운 표정으로 말하자 제갈민은 변화없는 얼굴로 부드럽게 말하였다.

"물론 그 점은 가슴 아프나 어쩔 수가 없지요. 이기기 위한 수단일 뿐이니까. 불만이 생긴다면 당가로 돌려야지요. 그들 때문에 이렇게 된 것이라고 말입니다. 관은 걱정할 필요가 없습니다. 타오르는 쌀만큼 돈을 주면 그만이니까요. 원래 그놈들이야 돈을 모으려고 관직에 들어간 놈들이니 황금으로 때우면 그만입니다."

제갈민은 그렇게 말하며 사천 분타의 한곳을 찍으며 말했다. 분타 내의 후원 쪽이었다.

"이곳이 사천 분타의 창고쯤 되겠지요. 그곳을 불태우는 것도 포함됩니다. 정확한 위치는 며칠 지나야 입수될 것 같습니다. 그때까지 작전을 짜야지요. 일단 곡물을 모두 태워서 배고픔에 지치도록 만듭니다. 그리고 저희는 그런 사천 분타를 포위한 채 시간만 보내면 됩니다."

"응? 그건 또 무슨 말인가?"

권예가 궁금한 표정으로 바라보았다. 제갈민은 당연하다는 표정으로 말하였다.

"배가 고파진 그들에게 밥을 먹고 웃고 즐기는 우리들의 모습을 보여주자는 뜻이지요. 그렇게 한 달만 지난다면 저절로 저희가 이길 것입니다."

"아사를 시키자는 말이로군."

오조천의 말에 제갈민은 고개를 끄덕였다.

"식량이 떨어지면 배가 고파집니다. 배가 고프면 초조해지죠. 또한 성격도 급하게 변합니다. 뛰쳐나오는 놈들도 속출할 것이고 그런 놈들을 하나씩 처리하면 그만입니다. 물론 그렇게 하려면 절대적인 조건이 있습니다."

오조천과 권예가 눈을 빛냈다.

"주변 이백 리 안의 식량이 동결되어야 하고 사천 분타의 보급 창고를 불태워야 한다는 것."

제갈민은 차갑게 미소를 그렸다.

제갈민은 많은 돈을 들여서 두 달치의 식량을 확보하였고 그 상태에서 작전을 실행하기 위한 준비 작업을 시작하였다.

천마전과 정의전의 정예들과 사심전의 오백 정보원들이 성도성을 중심으로 주변 이백 리에 존재하는 모든 곡간으로 흩어졌다. 나흘 후 새벽이 되면 일제히 불태울 것이다. 그와 동시에 오조천을 중심으로 한 별동대가 사천 분타의 담을 넘을 것이다.

오조천은 달빛을 받으며 서 있었다. 그의 뒤로는 서른 명의 수하가 서 있었다. 이틀 동안 사천 분타로 소리없이 이동하였다. 그들의 정보력도 만만치 않았기 때문이다. 저 멀리 보이는 사천 분타를 향해 오조천은 살기를 피워 올렸다. 당무천의 얼굴과 자신의 수하들이 독과 화살에 죽어가던 모습들이 떠올랐던 것이다.

오조천은 신형을 돌리며 숲의 어둠 속에 조용히 서 있는 서른 명의 수하를 쳐다보았다.

"이번에 가면 죽을지도 모른다. 나 역시도 살아 나올지 장담할 수가 없다. 그만큼 어려운 일이다. 본 교를 위해 이렇게 자원한 너희들에게 감사한다."

오조천은 가볍게 허리를 숙이며 포권했다. 그러자 수하들이 놀라 바닥에 부복하였다. 그중에 가장 앞서 부복한 젊은 청년이 고개를 들었다. 오조천과 비슷한 나이로 보이는 청년이었다.

"죽음이 본 교의 숙원을 이룰 수 있는 방법이라면 기쁘게 받아들이겠습니다."

오조천은 그 말에 눈을 빛내며 침중한 표정으로 고개를 끄덕였다. 이들의 각오라면 하늘이 무림맹을 돕지 않는 이상 실패하지 않을 거라 확신했다.

'비만 안 온다면……'

오조천은 흐린 밤하늘을 올려다보았다.

*   *   *

장사성에서 백여 리 떨어진 호산(虎山)의 깊은 산중에 많은 사람들이 모여들기 시작하였다. 그들은 모든 인원이 모이자 나무를 해서 집을 짓기 시작했다.

대충 얼기설기 만든 많은 막사들이 여기저기에 모습을 보였다. 노호관은 한쪽 공터에 앉아 자신이 쓸 침상을 만들고 있었다. 그 옆으로 이철과 홍풍이 자신들의 침상을 만들고 있었다.

곧 부전주인 양안로가 모습을 보였다. 양안로의 등에는 엄청나게 많은 나뭇가지들이 들려 있었다. 그는 공터의 한쪽에 나뭇가지들을 풀어놓고는 다가와 노호관의 옆에 앉아 일을 거들었다.

"천하전은 어디에 있나?"

"이곳에서 한 오십여 리 정도 북쪽에 있는 무릉산에 거취를 정하였습니다."

툭탁! 툭탁!

나무 못을 박아 넣으며 노호관은 고개를 끄덕였다. 곧 노호관은 다시 물었다.

"모용세가의 공격은 언제쯤으로 하면 좋겠나?"

"일단 최대한 빠른 시간 안에 휴식을 취하고 최상의 상태에서 공격을 가해야 합니다. 물론 모용세가가 저희들의 존재를 눈치 채지 못할 한 달 안에 말입니다. 한 달이 지난다면 이 정도의 규모가 어딘가에 모여 있다는 것을 눈치 채겠지요. 그것보다 상부에서 내려온 명령은 없습니까?"

"사심전이 사천으로 내려와 정의전과 천마전을 보좌한다고 하더군. 사천 분타를 어떻게 해볼 속셈인 것 같은데… 일단 그것 외에는 없네. 정의전과 천마전없이 우리끼리 모용세가를 제압하고 악양에서 만나자고 하더군."

"그렇다는 말은 곧 저희들의 능력으로 어떻게든 하라는 뜻이군요."

"그렇지."

노호관은 짧게 숨을 내쉬며 고개를 저었다. 윗사람들의 조치가 조금은 아쉬웠기 때문이다. 적어도 지원군을 조금만 더 보내준다면 훨씬 마음이 놓일 것이다. 그러자 양안도가 나뭇가지 하나를 들고 땅바닥에 사각형을 그렸다.

"이게 장사성입니다. 그리고 그 옆에 있는 것이 모용세가입니다. 장사성의 외곽에 모용세가가 있지요."

양안도가 사각형 옆에 작은 원을 그렸다. 노호관과 이철, 홍풍이 쭈그리고 앉아 그 모양을 유심히 바라보고 있었다. 그렇게 간부 네 명이 회의를 시작하였다. 양안도는 나뭇가지로 작은 원 위에 여러 번 원을 그렸다.

"모용세가는 총 오백의 무사를 보유하고 있습니다. 그중 이백 명이 얼마 전 무림맹으로 빠져나갔다는 보고입니다. 그러니 총 삼백의 무사들이 존재합니다. 무사들의 수만 그렇고 실제 상주 인원은 일천여 명입니다. 그중 절반인 오백여 명은 무공을 모릅니다. 식솔들이란 말이지요."

"무사가 삼백이고 하인을 포함한 식솔들의 수가 오백여 명이면 남은 이백여 명은 누구란 말입니까?"

이철이 묻자 양안도가 피식거렸다.

"당연히 모용세가에 몸을 의탁한 가신들과 모용세가의 사람들이 아니겠나? 머리가 나쁘군."

"죄송합니다."

이철은 인상을 굳히며 뒷머리를 긁었다. 홍풍은 딱하다는 표정으로 이철을 바라보았다. 노호관은 눈을 빛내며 양안도에게 물었다.

"모용세가의 중요 인물은?"

"모용세가주입니다. 그를 제외하고는 모용기와 모용철이 있으나 그들은 이백의 무사와 함께 무림맹으로 빠져나간 상태입니다. 현재 모용세가에서 경계해야 할 대상은 모용세가주인 모용위뿐입니다."

"모용위와 나의 무공을 비교한다면?"

"외람되오나 전주님이 한 수 뒤진다고 보여집니다."

양안도의 말에 노호관은 안색을 굳혔다. 홍풍과 이철은 일났다는 표정으로 양안도를 바라보았다. 하지만 양안도는 걱정없는 표정이었다. 노호관의 성격을 잘 알기 때문이다. 그는 이런 일에 감정이 흔들리지 않는다.

"그렇다면 우리가 모용세가와의 싸움에서 승리할 확률이 삼 할 정도겠군."

양안도는 그 말에 눈을 빛냈다. 자신의 생각과 같았기 때문이다. 인원은 상관이 없었다. 고수가 몇 명 있는가가 중요했다. 모용세가는 아무리 이백의 정예가 빠졌다고 해도 모용세가였다. 중원의 육대세가 중 하나인 것이다. 그들을 이길 수 있는 방법이 있다면 패도적인 전주의 무공을 꼽을 것이다.

"사람을 한 명 섭외해야겠어……."

노호관은 중얼거리며 엉덩이를 땅에 붙였다. 양안도가 궁금한 표정으로 노호관을 바라보았다.

"누구를 말입니까? 이 시점에서 교에 도움을 청한다는 것도 어려운 일일 텐데……."

노호관은 미소를 입가에 그렸다.

"강휘."

순간 이철과 홍풍의 안색이 굳어졌고 양안도의 눈이 커지다 이내 밝은 표정으로 변하였다.

"마라장도(魔羅長刀)……."

* * *

강휘는 교주인 장무영과 함께 배를 타고 있었다. 단둘이서 악양으로 가는 중이었다. 그곳에서 오전과 합류하기로 되어 있었다.

동정호의 선착장에 내린 장무영과 강휘는 마중 나온 사람들과 함께 성내로 이동하였다. 성에 들어서자 많은 사람들이 눈에 띄었다. 장무영은 이 많은 사람들 속에서 신교가 존재하게 된다는 것을 생각하자 기분이 좋아졌다.

곧 인적이 드문 대평로에 들어서자 거대한 저택들이 눈에 들어왔다. 좌우로 늘어선 큰 저택의 지붕들이 담 너머로 보였다. 그리고 그 길의 끝에 자리한 커다란 대문 안으로 그들은 들어갔다.

매화나무숲 사이로 보이는 별채에 여장을 푼 장무영은 내실에 앉아 차를 마시며 창밖을 바라보고 있었다. 문 앞에는 강휘가 조용히 서 있었다.

푸득!

그때 비둘기 한 마리가 창문으로 다가와 앉았다. 장무영은 입가에 미소를 그리며 비둘기를 잡아 발에 걸린 전서구를 꺼내 들고 하늘로 날렸다.

교에서도 자신이 이곳에 있다는 것을 아는 사람은 두 명 정도뿐이었다. 그중 한 명은 절대 자신에게 전서 같은 것을 보내지 않는다. 그렇다면 남은 사람은 한 명뿐이다.

"웬만하면 연락하지 말라고 일렀거늘……."

장무영은 군사인 제갈사랑이 보낸 것을 알고 중얼거렸다. 곧 전서를 펼쳐 읽은 장무영은 눈을 빛냈다. 곧 전서를 태운 장무영은 문밖을 향해 말했다.

"휘."

"예."

강휘가 문을 열고 들어와 부복했다. 곧 장무영은 고개를 돌려 창밖에 펼쳐진 매화나무숲을 응시하며 말했다.

"자네가 가서 도와줘야 할 일이 생겼다."

그렇게 말한 장무영은 강휘가 고개를 들자 미소를 보이며 다시 말했다.

"노호관에게 가거라."

"예."

강휘는 소리없이 일어나 문을 열고 밖으로 나갔다. 그리고 문이 닫히는 순간 강휘의 인기척이 사라졌다.

"대단한 놈이야."

장무영은 자신의 육감에서 순식간에 벗어나는 그의 행동에 감탄했다. 장무영은 강휘를 나중에 크게 써야겠다는 생각을 하다가 곧 입가에 미소를 걸었다. 기분 좋은 소식도 하나 전서에 적혀 있었기 때문이다.

―송백 사(死).

*   *   *

지명법은 기분이 좋았다. 송백이 죽었다는 소식을 접했기 때문이다. 허심영의 말을 믿지 않았지만 지원이 그 소식을 다시 전해오자 사실이라고 확신한 것이다. 더욱이 월파검법을 사용하는 무적검의 전인이란 소식을 들었기 때문에 더욱 기분이 좋았다. 일거양득을 모두 하게 된 것이다.

지명법은 교 내에 그 소문을 퍼뜨렸다. 물론 그 이면에는 온건파의 장로들을 모두 포섭하기 위한 속셈도 들어 있었다. 그들마저 자신에게 뜻을 따른다면 더 이상 교주도 두렵지가 않게 된다.

본단에 자리한 유천한의 처소에 철우경이 들어왔다. 그를 맞이하는 유천한은 전보다 더욱 주름살이 늘고 백발이 짙어진 것 같았다. 그에 반해 철우경은 나이가 들수록 젊어져 갔다.

"자네는 보면 볼수록 젊어지는 것 같네."

"그런가?"

철우경은 미소를 보이며 유천한의 앞에 앉았다. 곧 시비들이 다과상을 가지고 들어와 차려놓곤 밖으로 나갔다. 그제야 유천한과 철우경은 일상적인 대화를 하기 시작했다. 하루의 일과가 그저 이렇게 앉아 대화하는 게 다인 둘이었다. 그러던 중 밖에서 목소리가 들려왔다.

"대각주께서 오셨습니다."

유천한은 수염을 쓰다듬으며 말했다.

"들여보내라."

얼마 지나지 않아 발소리와 함께 대각주인 아호랑이 문을 열고 들어와 부복하였다.

"교주님과 부교주님을 뵙습니다."

교주라는 말에 유천한은 슬쩍 웃으며 부드럽게 말하였다.

"교주 위에서 물러났으니 교주가 아니라 그냥 장로라고 불러라."

"하지만……."

아호랑이 당황한 표정으로 유천한을 바라보자 유천한이 크게 웃으며 다시 말했다.

"그러지 말고 앉게나. 이거 늙은 남자 둘뿐이라 방 분위기가 칙칙했는데 대각주가 오니 방 안이 환해진 것 같네."

유천한은 농담을 하며 미소를 보였다. 아호랑이 일어나 의자에 앉자 철우경이 유천한과의 시간을 방해한 아호랑을 향해 인상을 찌푸리며 물었다.

"무슨 일인가?"

아호랑은 곧 정중한 목소리로 입을 열었다.

"월파검법이 강호에 나왔다고 합니다. 그 소식 때문에 무례를 무릅쓰고 이렇게 직접 오게 되었습니다."

아호랑의 말에 유천한의 표정이 굳어졌다. 철우경은 단지 눈썹만 살짝 움직이다 이내 무표정한 얼굴로 차를 마셨다. 극히 짧은 변화였다. 유천한의 낮은 목소리가 아호랑에게 향하였다.

"월파검법이 나왔다면 쓰는 사람이 누구인가?"

"송백입니다."

철우경은 살짝 눈을 빛냈다. 유천한 역시 송백이란 인물에 대해 알기 때문에 고개를 끄덕였다. 천하대회에 대한 결과를 들었기 때문이다.

"그렇다면 그 송백이란 자를 척살해야겠지. 그래, 장로원에서는 어떻게 하겠다고 하던가?"

"다행스럽게도 송백을 죽였다고 합니다. 태상장로인 지 장로께서 손자의 복수를 위해 송백을 척살하던 중 그가 월파검법을 사용하고 있다는 사실을 알게 된 것입니다."

"그러니까 송백을 죽였는데 우연히도 그자가 월파검법의 전인이었단 말이로군."

"그렇습니다."

아호랑의 대답에 유천한은 수염을 쓰다듬으며 미소를 입가에 걸었다.

"허허허. 경사로군, 경사야. 돌아가신 선조들의 복수를 할 수 있었으니 말이야. 내 직접 지 장로를 만나 축하한다는 말을 전해야겠네. 자네도 갈 텐가?"

"화주로 말인가?"

"그럼 지 장로가 화주에 있지 여기에 있나?"

유천한이 웃으며 다시 말하자 철우경은 가볍게 고개를 저었다.

"너무 멀어. 귀찮네."

철우경의 말에 유천한은 아쉬운 표정으로 혀를 찼다.

"이처럼 좋은 일에 빠지면 지 장로가 서운해할 걸세."

그 말에 철우경을 짧게 숨을 내쉬며 자리에서 일어섰다. 그 모습을 본 유천한이 놀라 말했다.

"벌써 가려는 건가? 온 지 얼마나 되었다고?"

유천한의 말에 철우경은 가볍게 미소를 보였다.

"좀 생각난 일이 있어서 그러네. 그리고 지 장로에게는 축하할 일이니 선물을 보내겠네."

그렇게 말한 철우경은 유천한의 처소에서 나와 자신의 거처로 향했다. 철우경의 머릿속에는 송백이란 이름과 월파검법만이 가득 차 있었다.

교 내에서 자신의 사형이 초일이란 것을 아는 사람은 이미 오래전에 모두 죽었다. 물론 자신이 직접 죽인 사람도 있었다. 철우경은 복잡한 심정으로 걸음을 옮기다 고개를 돌려 먼 산을 바라보았다.

'죽었단 말인가……'

철우경은 송백이란 이름을 몇 번이고 되뇌었다.

*   *   *

중원보다 오히려 신교에 더욱 명성을 떨치고 있는 사람이 있다면 그는 바로 송백일 것이다. 송백이 그들에게 행한 짓은 만행에 가까웠기 때문이다. 특히나 오전의 전주 중 한 명인 장백을 죽인 일과 장로원의 장로 중 한 명의 팔을 자른 일은 두고두고 회자될 일일 것이다.

안희명은 오늘도 철시린의 방 안에 앉아 책을 읽고 있었다. 철시린과 상당히 가까워진 것이다. 그녀의 조용한 성격이 안희명은 좋았기 때문에 그녀도 철시린을 언니처럼 잘 따르고 있었다. 안희명은 책을 읽다 생각난 듯 철시린에게 물었다.

"내일이면 화산으로 향하는데 걱정이 되거나 하지는 않나요?"

안희명의 물음에 철시린은 고개를 들었다. 그녀 역시 시집을 읽고 있던 중이었다.

"걱정은 무슨."

책을 접으며 철시린은 미소를 그렸다.

"안 장로님께서 맡으신 이상 걱정은 없다고 생각하는데?"

안희명은 자신의 할아버지를 믿고 있다는 그녀의 의중에 기분 좋은 표정을 지었다.

"별일없이 끝났으면 좋겠어요. 하지만… 싸움에서 별일이 없다는 것 자체가 이상하겠지요."

"쉽지는 않을 거야, 분명……."

철시린은 과거의 일을 떠올리며 어두운 표정을 보였다. 잠시 동안 정적이 방 안에 머물렀다. 그 정적을 깨고 다가오는 발소리에 그녀들의 시선이 문으로 향하였다. 문이 열리자 장추문이 기분 좋은 표정으로 들어서고 있었다. 그녀는 여전히 면사로 코밑을 가리고 있었으나 눈은 웃고 있었다. 상당히 기분이 좋아 보였다.

"좋은 일이 있으신가요?"

안희명이 묻자 장추문은 고개를 끄덕이며 웃음을 터뜨렸다.

"무슨 일인데요?"

철시린도 물어오자 장추문은 가슴을 쓰다듬으며 웃음을 멈추곤 입을 열었다.

"며칠 전 교의 고수들이 송백을 죽였다고 해서 말이야."

안희명의 표정이 순간 굳어졌다. 철시린의 안색이 순식간에 하얗게 변하였으나 이내 변화없는 얼굴로 고개를 끄덕였다. 장추문은 안희명의 눈이 커지자 가늘게 눈을 뜨며 말했다.

"송백과는 안면이 있을 텐데 미안하네, 너무 기뻐서."

"아니에요… 어차피 적인데……."

안희명은 고개를 숙였다. 하지만 심장이 튀어나올 것처럼 뛰기 시작했다. 믿을 수가 없었기 때문이다. 안희명은 참지 못했을까? 자리에서 일어나 허리를 숙였다.

"제 방으로 가볼게요."

안희명은 빠르게 방을 나가 사라졌다. 장추문이 그 모습에 인상을 찌푸렸다. 생각보다 관계가 깊다는 것을 느꼈기 때문이다. 하지만 장추문은 자신의 기쁨을 숨기지 않았다. 그는 적이었고 자신의 수하들과 교의 사람들을 죽인 인물이었기 때문이다.

"송백을 죽이면서 알아낸 사실인데, 그자는 월파검법의 전인이었다고 하더군."

철시린의 안색이 순간적으로 굳어졌다. 장추문은 그녀가

단지 월파검법 때문에 그런다고 여겼다. 그만큼 교와는 골이 깊은 무공이었기 때문이다. 장추문은 송백이 죽었다는 소식보다 더욱 기쁜 것이 그가 월파검법의 전인이란 사실이었다.

송백을 죽이지 못한 그녀에 대한 신뢰가 교 내에서 떨어지려 했기 때문이다. 하지만 월파검법이 상대였다면 달라진다. 장추문이 실패한 것은 당연하게 받아들이기 때문이다. 장추문은 차를 마시며 빠르게 다시 말했다.

"나 역시 그자와 싸우면서 혹시나 하는 생각을 했지만 확신이 서지는 않았었어. 하지만 이번에 그자를 상대한 허 장로께서 확신하셨으니 틀림없을 거야."

"송백이란 사람은 어떻게 죽었나요?"

철시린이 조용히 입을 열었다. 장추문은 철시린의 입에서 송백이란 이름이 나오자 눈을 빛내며 말했다.

"지 총타주와 허 장로님의 협공으로 죽었는데 왜? 송백이란 놈에게 원한이라도 있어?"

"단지 궁금해서 물어보았어요. 혹시라도 살아 있는 게 아닐까 해서……."

"살아 있다……."

장추문은 살짝 인상을 찌푸렸다. 그러고 보니 시신을 확실하게 확인했다는 보고는 없었기 때문이다. 단지 죽였다라고만 들었을 뿐이다.

"그 많은 외총단의 사람들이 죽었다고 했는데 설마… 그럴

리가 있겠어?"

"그렇군요."

철시린은 고개를 끄덕이며 목에 걸린 반쪽의 승룡패를 만지작거리기 시작하였다.

안희명은 자신의 방에 들어와 의자에 앉아 멍하니 창밖을 바라보았다.

주르륵!

눈에서 눈물이 흘러내렸다. 왜 그런 것일까? 적이 죽었을 뿐이다. 그렇게 마음속으로 계속 외쳤지만 눈은 그런 마음을 듣지 않았다. 절대 죽지 않을 것 같았던 사람이 죽었다. 무엇보다 자신과 그렇게 함께 다니던 사람이 죽은 것이다. 이제 이 세상에 없는 것이다.

믿을 수가 없었다. 정말로 받아들여야 하는지 의심이 들었다. 어차피 강호에 살다 보면 일어나는 일 중에 하나라고 여겨야 했다. 중원과 자신은 더 이상 같은 하늘을 바라볼 수가 없었다. 하지만 아무리 생각하고 또 생각해도 믿기 힘든 일이었다. 지금도 자신은 중원의 하늘 아래 앉아 있었기 때문이다. 문득 능조운의 얼굴이 떠올랐다. 보고 싶다는 마음에 다시 한 번 고개를 숙여야 했다.

*　　　*　　　*

"한날한시에 일어난 일입니다. 도저히 자연적으로 일어난 일이라고 볼 수는 없습니다. 인위적인 일이지요. 분명 마교의 개놈들이 한 짓이 분명합니다."

비상회의를 소집한 작은 회의실 안에는 십여 명의 인물이 둘러앉아 있었다. 가장 상단에 앉은 당무천의 얼굴에는 납덩이가 앉은 듯 무겁게만 보였다. 그 옆에 앉은 당미형이 다시 말했다.

"그래도 다행스러운 점이 있다면 저희 창고에 아직 한 달 치의 식량과 생필품이 있다는 것입니다. 적어도 한 달은 버틸 수가 있으며 한 달이면 의창에서 충분한 식량이 도착할 시간입니다."

"다행이군. 하지만 이처럼 장기전으로 가게 될 줄이야… 조금 불안하군."

유장언이 마른 입술에 침을 바르며 말하였다. 그의 표정 역시 그리 밝지는 않았다. 그러자 옆에 앉은 개방의 사천 분타주인 조현이 지저분한 얼굴에 힘을 주며 말했다.

"장기전으로 간다면 마교 쪽이 우리보다 훨씬 어려울 것이오. 오히려 그들이 장기전을 바라지 않을 것이오."

"그렇다면 이 짓은 도대체 어떻게 받아들여야 한단 말이오? 설마 하니 이들이 이렇게 치졸하고 사악할 줄은 생각지도 못하였소이다."

"그러니 마교가 아니겠소. 그놈들의 행동은 상식을 벗어난 일들이 많았소이다. 분명 무슨 생각이 있거나 아니면 자신들에게 식량을 팔지 않자 보복 심리에서 행한 것일 수도 있소이다."

철무문의 문주인 나명이 언성을 높이자 조현이 대답하였다.

"그들에게 식량을 파는 상인이 없으니 그들도 답답했을 것이오. 식량은 없고 일은 뜻대로 안 되었으니 말이오."

"분명 그럴 것입니다."

당무천의 말에 당미형이 대답했다.

"하지만 다른 수를 노리는 것이 있다면 그게 무엇인지 알아야 할 것 아닙니까? 분명 이 일은 가까운 시일 안에 우리를 공격하겠다는 뜻입니다."

무림맹 제사무단주인 함조웅이 인상을 굳히며 말하였다. 당미형이 그 말을 받아 대답하였다.

"분명 그들은 또다시 공격해 올 것입니다. 그것도 우리들이 식량을 못 구하게 한 후에 공격을 하겠지요. 하지만 한 달이라는 시간 동안 충분히 우리는 그들을 막을 수가 있습니다. 그 시간 동안 사천에서 아무도 그들에게 협력을 안 한다면 그들이 아사하겠지요. 저희는 이곳에서 기다리는 것입니다. 그들이 아사 직전까지 갈 때 한번에 밀고 나가 일망타진해야 할 것입니다."

"보급을 끊어놓는 일은 병법의 기본. 당 타주의 말처럼 저들은 우리를 굶기려는 수작을 부리는 것이 확실하오. 이 기회에 더욱더 그들의 밥줄을 졸라매게 만들 필요가 있다고 생각하는데 어떻소?"

유장언이 당미형의 말을 받아 말하자 모두들 고개를 끄덕였다. 식량이 이 일대에 사라진 것은 사실이다. 어차피 같은 입장이란 뜻이었다. 당미형은 그 말에 자신의 생각을 말하였다.

"유 총단주님의 말씀처럼 저희는 그럴 필요가 있습니다. 그래서 저희는 특별조를 조직하여 그들의 본거지에 침입해 창고를 불태워야 합니다. 그렇게 된다면 식량을 구비해 놓은 그들은 더 이상 먹을 것이 없어 아사하고 말 것입니다."

당미형의 말에 모두들 수긍하는 표정이었다. 당무천이 굳은 표정으로 말했다.

"그렇다면 말이 나온 지금부터 준비를 해야 할 것 같소."

당무천이 그렇게 입을 여는 순간이었다. 갑자기 밖에서 비명 소리와 함께 우렁찬 목소리들이 들려왔다.

"불이다!"

"적이 침입했다!"

순간 모두의 안색이 경직되었다.

화르륵!

타오르는 불꽃과 어우러져 사람들이 싸우고 있었다. 세 개의 창고 중 두 개가 그렇게 타오르고 있었으며 사람들은 더욱더 많이 몰려들어 왔다.

"제기랄!"

오조천은 장력을 뻗치며 달려드는 무사들을 격살하였다. 자신이 직접 온 것은 그만큼 이 일이 중요했기 때문이다. 하지만 겹겹이 싸여진 세 번째 창고까지는 멀어 보였다.

"내가 길을 열겠다!"

오조천은 소리치며 쌍장에 힘을 실었다. 강력한 두 개의 장풍이 앞으로 뻗어나가 사방을 휩쓸었다. 그 사이로 오조천이 신형을 날렸으며 십여 명의 수하가 뒤를 따랐다. 순간 사방에서 날아오는 암기들이 그들의 머리 위를 가득 메웠다.

쉬쉬쉬쉭!

비쾌한 바람 소리와 공기를 찢어버릴 듯한 경기 소리가 들이닥쳤다. 오조천은 양 소매를 휘두르며 경기를 만들어 자신의 몸을 보호하였다.

"크아악!"

"으악!"

수하들의 비명 소리가 메아리쳤다. 순간 오조천의 안색이 굳어졌다. 소매가 갈색으로 변했기 때문이다. 독이었다. 오조천은 재빠르게 소매를 뜯어버리며 세 번째 창고를 바라보았다. 하지만 다가가지 못하고 있었다. 겹겹이 싸인 당가의 사람들 때문이다. 오조천은 싸늘해진 얼굴로 살기를 뿌리기 시작하였다.

"피하십시오."

"뭐?"

오조천은 순간적으로 수하들이 자신의 앞을 막아서는 것을 보곤 눈을 크게 떴다. 그들은 뒤도 안 돌아보고 말했다.

"도망 가십시오."

"이곳은 저희들이 막겠습니다."

이미 그들도 알고 있었다. 더 이상 작전을 감행할 수 없다는 것을 말이다. 저 멀리서 날아오는 십여 명의 인물이 오조천의 눈에 들어왔다. 가장 앞에서 날아드는 당무천의 모습이 눈에 들어오자 오조천은 미련없이 뒤로 몸을 날렸다.

"제기랄!"

오조천은 소리치며 담을 넘어 어둠 속으로 사라졌다. 그 순간 살아남은 수하들이 자신의 몸에 불을 붙였다.

화르륵!

"헉!"

그들을 감싸던 사람들이 놀라 입을 벌렸다. 그 순간 온몸이 불타오르던 십여 명의 마교도가 일제히 세 번째 창고로 달려들었다.

"우와아아아아!"

그들의 처절한 모습에 일순간 주춤거리며 물러섰다. 그 사이에 다섯 명이 창고로 날아갔다.

퍼퍼퍽!

섬광이 번뜩이며 그들의 신형이 허공중에 조각나 땅으로 떨어져 내렸다. 타오르는 그들의 시신 아래에 유장언이 내려섰다. 유장언은 차가운 표정으로 타오르는 창고를 바라보고 있었다.

털썩! 털썩!

나머지 마교도들도 불에 타면서 땅에 쓰러졌다. 당무천이 죽인 것이다. 당무천은 침충한 표정으로 하늘 높이 솟구치는 불길을 바라보고 있었다. 당미형은 미미하게 신형을 떨었으며 함조웅은 어이없는 표정으로 하늘만 바라보았다. 그렇게 밤이 깊어가고 있었다.

第九章

혼자서는
아무것도 할 수 없었다

서안에 모인 신교의 정예들이 화산으로 출발하였다. 그 소식이 화산으로 전달되었으며 화산은 그에 대한 대비를 하기 위해 더욱 분주히 움직였다. 그리고 신교에서 퍼진 송백의 죽음이 강호에 서서히 알려지기 시작하였다.

눈을 뜨자 보이는 것은 어둠뿐이었다. 눈앞에 회색빛 검신이 차갑게 자신을 바라보고 있는 것 같았다. 그 위로 많은 돌들이 쌓여져 있었다.

"운이 좋았던 것인가⋯⋯."

송백은 다리를 다 펴지 못한 자세로 앉아 있었다. 돌이 떨어지는 순간 약간이나마 모인 기로 땅을 팠던 것이다. 깊이라고 해야 반 장 정도였다. 하지만 돌들을 다 피할 수는 없었다. 손을 들어 막으려고 했을 때 검이 딸려 들어왔다. 검끝이 자신을 향하고 있었다.

자신의 검에 자신이 찔린다면 얼마나 우스울까? 저도 모르게 검을 쳤다. 순간 주인을 알아본 것일까? 검은 송백의 머리 바로 위에 걸쳐졌다. 그 위로 돌들이 떨어져 내렸다.

짙은 흙 냄새를 맡으며 며칠 동안 이원신공을 운용해 체력을 보충하였다. 그렇게 며칠이란 시간이 흘러 눈을 뜬 것이다. 이제는 올라가야 한다는 생각도 했지만 이곳이 자신의 무덤이란 말이 떠오르자 이대로 눈을 감는 것 역시 좋지 않을까 하는 생각이 들었다.

"저는… 당신을 몰라요……."

문득 머릿속을 지나치는 그녀의 목소리가 있었다. 가슴이 아파왔다. 자신은 오직 그녀를 만나기 위해 이렇게 싸우고 있었던 것이다. 하지만 그녀는 자신을 모른다고 하였다. 그런데도 자신은 그녀를 만나기 위해 이렇게 싸웠으며 그녀에게 가고 있었다. 자신을 모르고 있는 그녀에게.

안타까웠다. 이런 자신이 비참하다는 기분도 들고 자신의 못난 지금의 모습에 화가 나기도 하였다. 쓰라린 고통이 가슴에서 올라와 눈을 아프게 하였다. 복받치는 고통에 울고도 싶었지만 눈물을 보일 수는 없었다. 이런 나의 고통을 그녀는 알고 있을까? 아마 모를 것이다. 그것이 자신의 모습을 더욱 비참하게 만들었다.

왜 나는 이렇게 싸우고 있는 것일까? 왜 이런 고통을 당하면서까지 살아야 하는 것일까? 알아주길 바랐다. 그리고 자신을 쳐다봐 준다면 모든 고통이 사라질 듯했다. 하지만 지금의 그녀는 자신의 존재조차도 모르고 있었다.

'나는 그녀를 사랑한다.'

송백은 고개를 숙이며 입술을 깨물었다. 자신의 마음에는 변함이 없었기 때문이다. 하지만 지금의 자신은 너무나 외로웠다.

"너무 힘들어……."

끝내 참지 못하고 송백은 마른 입술을 열어야 했다. 이내 송백은 눈을 감으며 고개를 숙였다. 졸음이 밀려왔다. 그러고 보니 수없이 많은 날들을 이렇게 외로이 보낸 것 같았다. 이대로 그냥 눈을 감고 영원히 잠들고 싶었다.

잠시 후 어둠 속에서 들리는 것은 송백의 숨소리뿐. 그런 송백의 좁아진 어깨를 동방리가 감싸 안고 있는 것 같았다.

*　　　*　　　*

쏴아아아아아!

폭포 소리가 크게 울리고 있었다. 십여 장 높이에서 떨어지는 물은 큰 호수를 만들었고 그 주변으로 초록이 무성한 숲을 이루고 있었다. 호수의 맑은 수면으로 헤엄치는 물고기가 투영되었다.

물고기를 따라 호수의 끝으로 이동하면 대나무가 울창한 숲이 나온다. 물고기는 그곳의 그늘에 들어가 자리를 잡고 움직이지 않았다. 그곳이 집인 것 같았다. 그 물고기 위로 사람의 그림자가 지나갔다. 궁장의를 입은 고결한 기품이 느껴지는 여인의 모습이.

대나무로 만든 집이 호수의 수면 위로 그림처럼 그려져 있었다. 반쯤 호수의 수면 위로 튀어나온 집을 몇 개의 기둥들이 받쳐 주고 있었다. 집을 지을 땅이 모자라 호수까지 침입한 것 같았다.

쏴아아!

방 안의 창문 너머로 폭포 소리가 작게 들려왔다. 창문 바로 아래에 누운 청년을 바라보며 앉아 있는 여인은 이내 한숨을 길게 내쉬었다.

"왜 당신이 그곳에 있었나요?"

그녀는 그렇게 중얼거리며 자리에서 일어섰다. 그녀가 신형을 돌리자 뒤에 서 있던 두 명의 시비가 탕약 그릇을 들고 허리를 숙였다.

"깨어나면 알리거라."

"예, 문주님."

그녀들이 깊게 허리를 숙이자 그녀가 문을 나섰다. 주렴을 헤치고 그녀가 사라지자 시비들이 청년에게 다가가 탕약을 먹이기 시작했다.

암벽이 깨져 생긴 거대한 돌무더기가 눈에 보였다. 그 주변으로 쌓여 있는 시신들의 모습은 이곳에서 얼마나 처참한 싸움이 일어났는지 여실히 보여주고 있었다. 거기다 대로에서 이곳까지 십여 리에 걸쳐 시신들이 널려 있었다. 마치 길을 안내하듯이.

"총 이백십사 명입니다. 그들의 시체에서 나온 명패로 보아 마교가 분명합니다."

허난영은 돌무더기를 바라보며 뒤에서 말하는 총관 유진진의 목소리에 고개를 끄덕였다.

"시체는 어떻게 처리할까요?"

"태우세요."

"예."

유진진이 대답하며 물러나 지시하기 시작하였다. 많은 수의 여자들이 인상을 찌푸리며 시신들을 치우기 시작하였다.

"상당한 숫자가 온 듯합니다. 그것도 대규모로. 과연 마교는 이곳에서 누구를 상대로 이렇게 싸웠는지……."

홍지령이 다가와 고개를 저으며 혀를 찼다. 이 정도의 규모와 싸운 상대가 궁금했고 또한 그 결과로 볼 때 분명 죽었다고 판단했기 때문이다.

"분명 정도의 고수일 겁니다. 하지만 제가 걱정하는 것은 마교의 손길이 이곳까지 다가왔다는 것입니다. 그들이 감히 저희들의 집 앞까지 올 줄이야……."

허난영은 인상을 찌푸리며 말을 하다 시선을 돌무더기로 던졌다. 그곳에 돌에 깔린 손이 보였기 때문이다. 피에 젖은 손이었다. 돌과 돌 사이에 있어서 자세히 보지 않으면 발견하기 힘든 위치였다. 아직 시신들이 더 있었던 것이다.

"시신들이 더 있군요, 총관."

유진진이 빠르게 다가오자 허난영이 말했다.

"저 돌 밑에 깔린 시신들까지 정리하세요. 이곳은 저희들의 앞마당과도 같은 곳이에요. 그런 곳에 마교도의 시신이 남아 있다면 그것만큼 기분 나쁜 일도 없을 거예요."

허난영은 탁자에 앉아 그때의 일을 상기하며 얼굴을 가볍게 문질렀다.

"휴우우우……."

저도 모르게 한숨이 흘러나왔다. 돌무더기 아래서 송백이 발견되었기 때문이다. 처음에는 죽은 줄 알았다. 하지만 심장이 뛰고 있었다. 그렇다면 그곳에서 마교와 싸운 사람이 송백이란 말이 되었다. 그 치열한 싸움 속에서도 살아남은 것이다. 경이적인 생존 본능이었다. 그의 그런 모습이 부러웠다.

"문주님."

어느샌가 다가온 시비의 말에 허난영은 고개를 돌렸다.

"지금 깨어나셨습니다."

"알았다."

허난영은 표정을 바꾸고 자리에서 일어나 송백의 방으로 향하였다.

송백은 침상에 걸터앉아 창밖을 바라보고 있었다. 발소리와 함께 대나무로 만든 주렴이 올라가는 소리가 들리자 고개를 돌렸다. 낯익은 여인이 그곳에 서 있었다. 송백은 그녀가 허난영임에도 그렇지 않은 듯 느껴졌다.

"오랜만이군요."

송백은 그녀를 보다 그녀의 기도가 범상치 않게 변했음을 알게 되었다. 그녀는 하나의 경지를 넘어선 듯했다.

"조금 변한 것 같소."

"그런가요?"

허난영은 중얼거리다 창밖으로 시선을 돌렸다. 저 멀리 폭포의 시원한 모습과 함께 호수의 맑은 물빛이 눈에 들어왔다. 송백 역시 창밖으로 시선을 던졌다.

"아름다운 곳이군."

"외단 중 한 곳이에요. 사람들의 발길이 끊긴 곳이기도 하죠."

조용하고 낮은 음성이 허난영의 입에서 흘러나왔다. 그녀의 목소리에는 기품이 있었다.

"당신과 저는 그리 친한 사이도 아닌데… 어찌하다 보니 같이 있게 되었군요."

송백은 고개를 끄덕였다. 그녀는 언제나 강호삼현의 제자들과 함께 있었을 뿐 자신과는 그리 친분이 깊지 못했다.

"기 언니는 잘 지내나요?"

"잘 모르겠소."

"설 소협은요?"

"잘 지내겠지."

"다른 사람들도 잘 있는지 궁금하군요."

"잘 모르오."

송백은 고개를 저었다. 허난영은 고개를 끄덕였다. 사실 허난영은 변한 자신의 모습과 지금의 위치에 대해서 아는 사람들에게는 보이고 싶지 않았다. 변함이 없는 모습으로 사람들을 대하고 싶었던 것이다. 하지만 그녀는 이제 강호의 하늘 같은 신분이 되어버렸다. 천상음문의 문주.

"변한 것 같소."

"그래요."

"성격도."

허난영은 그 말에 고개를 끄덕였다. 전과는 달리 차분한 마음을 지녔기 때문이다. 이제는 한 문파의 문주이다. 자신이 하는 말은 곧 자신의 문파가 하는 말이었다. 늘 그것을 머릿속에 인지하고 있었다. 그로 인해 사람을 대하는 것 역시 자신도 모르게 달라지고 있었다.

"내가 얼마나 누워 있었소?"

"오늘로 오 일째예요."

허난영이 송백을 바라보자 송백은 인상을 굳히며 천천히 몸을 눕혔다. 잠시 앉아 있었을 뿐인데도 몸이 아파왔던 것이다. 누우니까 한결 고통이 사라졌다.

"우리는 외인을 도와주지 않아요."

송백은 대나무로 이루어진 천장을 바라보고 있었다.

"단지 당신을 구해준 이유가 있다면 우리를 대신해서 마교도들과 싸웠기 때문이에요."

"얼마나 누워 있어야 하오?"

송백은 허난영의 말을 무시하며 다른 질문을 하였다. 허난영은 송백의 그런 성격을 알기에 고개를 저으며 말했다.

"앞으로 한 달 동안은 이곳에 계셔야 할 거예요. 당신을 걱정하는 사람에게 연락도 해야겠군요. 특별히 알릴 사람이 있다면 말해주세요."

"없소."

송백은 짧게 대답하며 눈을 감았다. 허난영은 그가 눈을 감으며 잠을 청하자 자리에서 일어섰다.

"편히 쉬세요."

허난영은 소리없이 밖으로 나갔다.

*　　　*　　　*

"그자는 어차피 우리의 적이었다. 나의 친구들을 죽이고 가족들을 죽인 원수……."

설마 했다. 아니, 예상치 못했다고 해야 옳았다. 무적의 후예라는 것은 어느 정도 예상하고 있었다. 그가 보여준 이형보는 할아버지인 철우경에게서 자신이 배운 보법이었다. 극한의 빠름을 이용한 섬전 같은 쾌검. 그것이 전검류였다.

작은 목소리로 중얼거리며 승룡패를 만지던 그녀는 고개를 돌렸다. 주변은 조용했으며 하늘에는 별이 떠 있었다. 그녀의 뒤로는 작은 초가집이 있었다. 빈집인 곳을 그녀에게 배려한 것이다. 화산까지 가는 원정 길에 포함되어 움직이던 그녀에게 교도들은 친절하였다. 그래서 자신만이 특별하게 이렇게 집이라는 곳에서 잠을 자게 된 것이다. 다른 교도들은 바닥에서 잠을 잔다. 아직 삼 일은 더 가야 화산이 보일 것이다. 총 인원은 칠백 명.

"무엇을 그렇게 생각하세요?"

안희명이 품에 나무 꾸러미를 들고 나타나 철시린의 앞에 내려놓고 불을 붙이기 시작하였다. 주변에서 경계를 하던 매난국죽의 시선이 잠시 그녀에게로 향하였으나 곧 시선을 거두어 주변의 경계에 신경을 썼다.

화르륵!

불길이 올라 작은 모닥불이 만들어졌다. 안희명은 철시린의 옆에 앉아 양손을 앞으로 내밀며 미소를 그렸다.

"역시 노숙에는 모닥불이 있어야 해요."

그녀는 애써 기분 좋은 표정을 짓고 있었다.

"송백은 어떤 사람이었어?"

철시린은 조용한 목소리로 말하였다. 그 말을 들은 안희명의 표정은 굳어 있었다. 생각지도 못한 질문이었기 때문이다. 철시린이 다시 말했다.

"장 언니에게 듣자 하니 안 동생하고 송백이란 사람하고는 알던 사이라던데?"

조용한 목소리였다. 장추문과 달리 강요를 하는 목소리가 아니었다. 그것을 안희명은 알고 있었다.

"그건……."

안희명이 망설이자 철시린은 고개를 저으며 옅은 미소를 보였다.

"말하기 싫으면 안 해도 상관없어."

그녀의 말에 안희명은 어두운 표정으로 가늘게 눈을 뜨며 모닥불을 바라보았다. 이내 그녀의 입이 작게 열렸다.

"강호에 나와 처음으로 만난 사람이었어요."

"그래?"

"사실… 아주 조금 좋아했지요."

안희명이 얼굴을 붉히며 엄지로 검지의 끝 부분을 누르며 말했다. 그녀는 곧 무릎을 오므려 앉고는 얼굴을 무릎에 기대었다.

"강하고… 뭐랄까… 인상이 남는다고 할까? 첫 만남에서 눈을 떴을 때 송 소협의 주변에서 본 것은 붉은색과 검은색이었어요. 붉은 피… 검은 송 소협… 시신들…….."

안희명은 타오르는 모닥불을 바라보며 다시 말을 이었다.

"하지만 그분은 언제나 먼 곳을 보는 것 같았어요. 마치 누군가를 그리워하는 듯한… 저 멀리 있는 사람을 생각하는 듯한… 물론 죽었다는 말에 놀라기도 했지만."

철시린의 표정이 굳어졌다. 자신에게 했던 말이 떠올랐기 때문이다.

"과거에 대해서는 저도 잘 몰라요. 단지 그 정도만 알고 있을 뿐… 묻지도 못했지요."

"그랬구나…….."

철시린은 가만히 고개를 끄덕였다.

"죽었다니… 믿을 수가 없네요."

"……."

철시린은 입을 열지 않았다. 그저 가만히 모닥불을 바라볼 뿐이었다. 송백이 죽었다는 소식을 들었을 때 가슴 한쪽에서 무언가가 끊어지는 듯했다. 단지 두 번 보았을 뿐이다. 그러나 그와의 첫 만남은 너무도 강렬했다. 아직도 손에서 전해지는 검의 떨림이 사라지지 않고 있었다.

복부에 박힌 검을 잡아당겨 자신을 안던 그였다. 그의 가슴에서 맡아지던 피의 향기와 따스한 느낌이 아직 사라지지 않았다. 그때는 경황이 없어서 어떻게 해야 할지 몰랐다. 그래서 도망쳤는지도 모른다.

무엇보다 중원인이라는 것에 더욱 겁을 먹었다. 다른 사람도 아니고 송백이었다. 한데 그의 목에 자신과 같은 승룡패가 걸려 있었다. 그리고 그는 자신을 알고 있었다. 자신이 속한 곳과 그가 속한 강호는 같은 하늘 아래 설 수 없다. 그랬기에 그 일이 있고 나서 반년 가까이 고뇌에 빠져야 했다. 신교에서 살고 있는 자신이 중원의 무인일지도 모른다는 생각에.

"어?"

안희명이 무릎에서 고개를 들어 철시린을 바라보았다. 아니, 철시린이 만지고 있는 승룡패를 보았다. 철시린도 그것을 느낀 듯 승룡패를 옷깃 사이로 넣었다. 자신도 모르게 송백을 생각하면서 승룡패를 만졌던 것이다. 그것을 안희명에게 들키자 그녀의 심장이 튀어나올 것처럼 뛰었다. 마치 무언가를 몰래 훔치다 들킨 사람처럼.

안희명은 매우 놀란 표정으로 철시린을 바라보고 있었다.

그녀는 본 적이 있었기 때문이다. 송백의 목에 걸린 반쪽의 승룡패와 그가 가끔 그것을 만지면서 어딘가를 바라보고 있었던 기억이.

승룡패를 만지며 먼 곳을 보는 그의 눈 속에는 추억이 있었다. 어떨 때는 원한과 복수가 있는 것도 같았다. 하지만 늘 보이던 것은 슬픔이었다.

"어떻게⋯⋯?"

안희명은 눈을 동그랗게 뜨곤 철시린의 얼굴을 쳐다보았다. 철시린은 안희명의 시선을 회피하며 모닥불을 바라보았다. 그런 철시린의 얼굴이 달아올라 있는 것처럼 보였다.

"언니는⋯ 누구신가요?"

안희명의 질문에 철시린의 눈동자가 흔들렸다. 철시린은 흔들리는 시선으로 안희명을 바라보았다. 안희명은 순수한 궁금증이 담긴 시선으로 철시린을 바라보고 있었다. 철시린은 이내 평정을 찾은 듯 변화없는 얼굴로 짧게 대답했다.

"나는 철시린이야."

*　　　　*　　　　*

권예는 제갈민의 부탁처럼 사천 분타로 들어가는 상인들을 모두 공격하였다. 그들이 죽자 사천 분타의 보급은 완전히 끊어졌다. 그런 상태로 보름이라는 시간이 흘러가고 있었다.

사천 분타는 대책을 마련하기 위해 연일 회의가 계속되고 있었다. 십여 명이 회의실에 모여 앉아 상기된 표정으로 얘기를 주고받고 있었다.

"어제도 제경상단이 기습을 당해 회주가 부상당했다고 하오. 이놈들은 싸그리 죽이려면 죽일 것이지 왜 부상을 입혀서 거동도 못하게 하냐 이거요! 그 일 때문에 당분간은 우리에게 협조하기 어렵다고 하오."

고정이 목청을 높였다. 당무천의 안색이 굳어졌다. 마교는 벌써 십여 개의 상단을 공격하여 물건을 부수고 사람들을 상케했다. 무엇보다 곤란한 점은 죽인 사람이 없다는 것이다. 사람을 죽였다면 원한 때문에라도 자신들을 더욱더 적극적으로 도와주었을 것이다. 하지만 죽은 사람이 없었다. 단지 모두 부상당해 거동하지 못할 뿐이었다. 그렇다고 낫지 못하는 것도 아니었다. 몇 달이라는 시간이면 나을 정도로 패버린 것이다.

"개새끼들."

유장언이 조용히 뇌까렸다. 그 말에 분위기가 더욱더 침체되었다. 당무천의 시선이 당미형에게 향하였다.

"관은?"

당무천의 말에 모두의 안색이 굳어졌다. 관은 그들에게 마지막 보루였기 때문이다. 자존심과 긍지로 먹고사는 그들이었다. 무슨 일이 있어도 관에 협조를 구한 적이 없었다. 하지만 지금은 비상 사태였다. 관에 협조를 구해 이 문제를 타개해야 할 판이었다.

"말씀드리기 송구하오나 그들은 우리에게 줄 군량미는 없다고 하였습니다."

"이런 망할! 누구 때문에 이 지역에서 떵떵거리면서 살고 있는데!"

고정이 언성을 높였다. 그의 말처럼 당가를 비롯한 무가들은 관과 긴밀한 관계를 유지하고 있었다. 그런데 지금 그들은 모른 척하고 있는 것이다. 고정은 화가 날 수밖에 없었다.

"남은 식량은?"

"삼 일 정도 분량입니다."

당미형의 말에 당무천을 비롯한 모든 사람들의 안색이 굳어졌다.

"그전에 공격을 가해야 합니다. 저들의 본거지를 불태우거나 독으로 전멸시키는 방법밖에는 없습니다."

"그렇게 되면 오히려 저희가 당할 수도 있습니다. 그것을 그들이 모르고 있겠습니까? 분명 그들은 우리가 공격하기를 기다리고 있을 것입니다."

당무천은 안색을 찌푸리며 유장언과 당미형의 대화를 들었다. 분명 모든 상황이 자신들에게 불리하였다. 하지만 곧 당무천은 찌푸린 안색을 펴며 강한 기도를 좌중에 뿌렸다. 그의 기도에 모든 사람들의 시선이 그를 향하였다.

"싸울 준비를 합시다. 결사항전을 할 준비를."

그의 말에 모두의 표정이 굳어졌다. 순간 문이 열리며 무사한 명이 헐레벌떡 뛰어들어 와 부복했다.

"마교가 공격해 왔습니다!"

모두의 안색이 순간 경직되었다. 당무천의 눈동자에서 불꽃이 피어올랐다. 올 게 온 것이다.

일사천리라는 말처럼 모든 것이 빠르게 진행되었으며 제갈민의 생각대로 움직이고 있었다. 말 위에 올라탄 제갈민은 옆에 있는 오조천에게 시선을 던졌다. 오조천은 멀리 보이는 사천 분타의 모습을 응시하고 있었다. 그 주변에 쓰러져 있던 시신들은 언제 치웠는지 모르게 모두 치워진 상태였다.

"이제 기다리기만 하면 됩니다."

"당분간이겠지?"

"물론이지요."

제갈민의 미소 띤 말에 오조천은 고개를 끄덕였다. 곧 뒤를 돌아보며 오조천은 손을 들었다. 그의 뒤에 서 있던 수많은 무사들이 일제히 함성을 지르기 시작하였다.

"와아아아!"

거대한 함성 소리에 발맞춰 좌측에서 권예의 정의전이 먼저 진을 치기 시작했다. 오조천의 천마전 역시 우측으로 진을 치기 시작했고, 중앙에선 제갈민의 사심전이 진을 치고 진영을 구축하였다.

사천 분타를 둘러싸며 넓게 펼쳐진 마교의 진영을 본 당무천의 안색이 굳어졌다. 그들은 천막을 치고 숙식까지 하고 있었기 때문이다.

"저놈들……."

당무천은 안색을 찌푸렸다. 그런 그의 눈이 우측에 쌓여져 있는 식량 창고가 눈에 들어왔다.

보통 사람이라면 하루만 굶어도 움직이기 힘들게 된다. 하지만 무인이라면 적어도 삼 일은 버틸 수가 있다. 또한 뛰어난 무인일수록 보름까지도 버틸 수가 있었다. 하지만 그것은 일반적인 상황에서였다.

보름 동안 아무것도 못 먹고 물만 마시게 된다면 아무리 자신이라도 오 할의 전력밖에 낼 수 없었다. 배를 채우지 못하면 수하들의 사기가 떨어질 것이다. 어떻게 해서라도 타개책이 있어야 했다. 당무천은 식량 창고를 주시하며 옆에 서 있는 당미형에게 말했다.

"당장 기습 부대를 조직하여 야습을 준비해라."

"하지만 저들은 대비하고 있을 것입니다."

당미형의 말에 당무천은 안색을 찌푸렸다.

"그렇다고 이렇게 앉아서 죽기를 기다리자는 말인가?"

"무림맹에 구원을 요청해야 합니다. 현재는 그 방법밖에 없습니다."

"무림맹? 무림맹에 구원을? 지금의 무림맹이 과연 우리를 구할 수 있을 거라 여기나? 무림맹주도 피습당했다. 또한 무림맹 소속의 많은 고수들이 암습을 당하였거나 암살당했지. 무림맹을 방어하기도 벅찰 것이 분명한 그들인데 어떻게 이 먼 사천까지 온단 말이냐?"

"하지만 구원을 요청할 필요는 있습니다."

"야습도 하고 구원도 요청하거라."

"예."

당미형은 더 이상 야습을 반대할 수가 없었다. 당무천의 말처럼 아무것도 안 하는 것보다는 나을 것 같았기 때문이다. 하지만 뻔히 보이는 함정이었다.

사천 분타의 뒤로는 숲이 있었다. 그 숲의 어둠 속에서 사심전 소속 백 명의 고수가 몸을 숨기고 있었다. 그들은 사천 분타의 움직임을 감시하며 도망쳐 나오는 모든 사람들을 척살하기 위해 기다리고 있었다.

푸드득!

사천 분타 쪽에서 비둘기 십여 마리가 날아 나오자 그들은 나무 꼭대기로 올라가 비수를 날렸다.

퍼퍽!

무림맹을 향해 가던 비둘기들이 모두 비수에 맞아 땅으로 떨어졌다. 사천 분타가 마교의 공격에 대비해 열 마리의 전서 구를 날린 것이다. 하지만 그것을 예측한 마교였다.

스슥.

두 명의 그림자가 떨어진 비둘기의 전서를 들고 어둠 속으로 사라졌다.

대형 천막 안에 앉아 있던 제갈민과 오조천, 권예는 반쯤 문이 열린 천막 앞으로 펼쳐진 어둠 너머에 있는 사천 분타를 바라보고 있었다. 대형 천막의 안은 밝았다. 네 개의 횃불이 타고 있었기 때문이다.

"분명 오늘 야습해 올 것 같은가?"

"올 것입니다."

제갈민은 확신에 찬 어조로 말했다.

"초조함 때문에 당무천은 평소의 당무천이 아닐 것입니다. 사람은 초조하거나 불안하게 되면 생각은 짧아지고 멀리 보던 사람도 바로 앞만을 보게 됩니다. 그래서 가끔 뛰어난 사람들도 일을 그르치곤 하지요. 또한 절대고수들이 죽는 이유도 이런 마음의 불안 때문입니다."

"밀교주의 예인가?"

"그렇습니다."

제갈민의 대답에 권예는 미소를 보였다.

과거 신교의 최대 난적이었던 밀교와의 전쟁에서 밀교주

를 쓰러뜨린 전대 교주 유천한의 일화를 권예가 말한 것이다. 그 당시 유천한의 무공은 밀교주보다 한 수 아래였다. 하지만 유천한의 심략에 당한 밀교주가 결국 유천한에게 패하고 말았다. 그 일로 유천한은 신교의 교주가 되었고 확고한 지지 기반을 만들 수가 있었다.

"당무천은 뛰어난 인물이 분명합니다. 하지만 수하들의 미래가 눈에 보이는데 불안함이 없겠습니까? 분명 초조할 것입니다. 그 많은 사람들의 목숨을 자신이 책임져야 하는 위치에 있는 사람이라면 분명 더할 것입니다."

"하지만 그렇지 않다면 어떡할 것인가?"

권예의 말에 제갈민은 실눈을 뜨며 차가운 한광을 빛냈다.

"현 강호에서 그 이상의 그릇을 가진 자는 남궁천뿐입니다."

그의 말에 오조천과 권예가 고개를 끄덕였다.

"그렇겠지… 그래서 당대의 무림맹주가 남궁천이 된 것이 아니겠는가?"

오조천은 낮은 목소리로 중얼거리며 자리에서 일어났다. 무언가를 느꼈기 때문이다.

"크악!"

그때 멀리서 비명 소리가 들려왔다. 제갈민은 고개를 끄덕이며 오조천의 뒤를 따라 일어났다.

"이제 서서히 저들의 목숨 줄을 조여봅시다."

제갈민의 목소리에 살기가 어렸다.

오조천과 권예가 나서기도 전에 야습한 적의 부대는 전멸하고 말았다. 물론 아군의 사망자도 존재하였으나 손가락으로 셀 정도였다. 그렇게 다시 시간이 흐르자 사천 분타의 담을 넘어 도주하는 무사들이 생겨나기 시작했다. 하나 그들 역시도 사천 분타 주변에 숨어 있던 사심전의 고수들에 의해 처리되었다.

다시 오 일이라는 시간이 흐르자 때는 점점 무르익어 가기 시작하였다. 제갈민도 알고 있었다, 앞으로 며칠 내에 모든 것이 결판날 것이라는 걸.

*　　　*　　　*

안휘성에 위치한 남궁세가는 능가장과 함께 안휘성을 대표하는 무가이자 천하제일의 무가라 불릴 만큼 그 성세가 대단했다. 백 년 전 큰 고통을 겪은 그들이었으나 그 가세는 금세 일어나 오십 년 전 천하제일의 세가로 오르게 된다. 오랜 시간 동안 중원에 뿌린 씨들이 꽃이 되어 그들을 도왔기 때문이다.

남궁세가의 후원 깊숙한 거처에는 두 사람이 앉아 있었다. 한 명은 남궁천이었고 또 한 명은 총관 남궁리였다. 남궁리는 남궁천의 막내 동생으로 남궁세가의 모든 잡일을 도맡아하고 있었다. 남궁세가처럼 거대한 세가의 모든 살림과 일들을 처리하는 만큼 그는 대단히 총명한 인물로 남궁천이 가장 아끼는 동생이었다.

"맹으로 보낸 운에게서는 보고가 없는가?"

"네, 큰형님."

남궁천은 고개를 끄덕이며 차를 마셨다. 제갈사랑에게 치명적인 부상을 당해 아직도 사경을 헤매고 있다는 소문이 퍼진 그였다. 하지만 지금의 모습은 전과 달라진 점이 하나 없는 남궁천의 모습이었다. 오히려 눈에서 은은히 타오르고 있는 불꽃은 더욱 밝아진 느낌이었다.

"얼마 전에 들은 소식입니다. 아미파의 정운 신니께서 소림사에 도착하여 현재 휴식을 취하는 중으로, 혹시나 해서 형님께 전하러 온 것입니다."

차를 마시던 그의 손이 미미하게 떨렸다. 하지만 이내 담담한 표정으로 찻잔을 내려놓으며 입을 열었다.

"다른 특별한 소식은?"

남궁리는 아직도 남궁천이 정운 신니를 잊지 못하고 있다는 것을 알았다. 하지만 얼굴에 드러내지는 않았다.

"모용세가에 마교가 출몰하였습니다."

남궁천은 인상을 굳혔다.

"올 게 온 것인가?"

"그렇습니다."

"북쪽은?"

"강북무림의 움직임은 아직까지 미미합니다. 하지만 무당파의 일신 검무신자(劍舞神子) 명선 진인께서 폐관에서 출도했다는 보고입니다. 그가 나온 이상 어떤 움직임이 있겠지요."

"그가 폐관에서?"

남궁리가 고개를 끄덕였다. 남궁천의 안색이 굳어졌다. 능자우가 천재였다면 명선 진인은 무당파가 배출한 천고의 기재였다. 불행하게도 남궁천은 그들과 같은 세대를 보내야 했다. 젊은 날 그들의 명성은 자신을 능가했다. 한데 그중 한 명인 능자우는 죽었으며 명선 진인은 젊은 나이에 무당파 장문인이 되었고 자신은 무림맹주가 되었다.

"무당산에 무슨 변화라도 있겠지요."

"화산으로 향하는 마교의 전력은 어느 정도인가?"

"화산파가 멸문할지도 모릅니다."

"그런가?"

남궁천은 눈을 빛냈다. 화산파가 멸문할지도 모른다는 말 때문이다. 하지만 그리 나쁜 소식은 아니었다.

"무당파와 소림까지 처리해 주면 좋을 텐데······."

남궁천의 말에 남궁리가 인상을 굳혔다. 쉽게 뱉을 말이 아니었기 때문이다. 하지만 주변에는 아무도 없었다. 잠시 그

점을 상기한 남궁리는 숨을 짧게 내쉬며 말했다.

"형님의 뜻을 이루기 위해서는 당연히 그래야겠지요."

남궁리는 남궁천의 야심을 알고 있었다. 마교와 무림이 싸워 큰 피해를 입게 된다면 남궁천 자신이 나서서 그들을 모두 정리할 생각이었다. 그렇게 영웅이 되어 전 강호를 남궁세가의 이름하에 평정하려는 것이다.

"문제는 철우경인데… 그 마인은 아직도 마교의 심처에 앉아 있느냐?"

"그렇습니다. 특별한 움직임이 없다는 보고입니다."

남궁천은 고개를 끄덕였다. 과거 자신을 비롯한 전 강호의 젊은 기재들이 넘고 싶었던 자가 바로 철우경이었으며 철우경의 검에 죽은 젊은 기재들도 많았다. 남궁천 역시 그때의 패배가 있었기 때문에 지금의 남궁천이 있게 된 것이다.

"철우경이 움직이는 순간 우리는 그자를 죽이기 위해서 움직여야 한다."

"명심하겠습니다."

남궁리가 보고를 마치고 물러나가자 홀로 남은 남궁천은 찻잔을 손안에서 돌리며 눈을 감았다.

"장 소저가 보고 싶군……."

남궁천은 장혜의 청초한 얼굴을 떠올렸다. 찻잔 안에 그녀의 얼굴이 담긴 것 같았다.

第十章

사람의 말은 천 리를 간다

　무당산의 초입에 있는 작은 마을에 도착한 한주문은 정가
장에 머물게 되었다. 정가장은 이곳의 유지로 장주인 정묵은
학식이 높고 정대한 인물로 주변의 평판이 좋았다.

　별원으로 이어지는 정원을 거닐며 한주문은 여러 가지 생
각들을 정리하기 시작하였다. 그는 벌써부터 마음이 복잡하
였다. 무당파를 상대해야 했기 때문이다. 소림사와는 이미 협
의를 끝낸 상태다. 하지만 무당은 또 달랐다. 하나의 문파를
설득하는 일이란 쉬운 일이 아니었다. 거기다 이곳으로 오면
서 뜻밖의 소식을 들어야 했다.

　슥.

한주문은 인공으로 만든 작은 계곡 옆에 마련된 의자에 앉았다.

"믿을 수가 없군……."

한주문은 고개를 저으며 송백의 죽음을 생각하였다. 그 소식을 접했을 때 상당한 충격을 받았다. 송백은 나중에 큰 뜻을 위해 필요한 사람이었기 때문이다. 그의 명성은 생각 외로 높았다. 천하대회에서 보여준 그 한 수로 인해 그는 젊은 무인들의 우상과도 같은 존재가 되었던 것이다.

"영웅으로 만들어주려 했더니 허락도 없이 죽어버렸군."

한주문은 깊게 숨을 내쉬며 고민에 찬 표정으로 허리를 숙였다. 그렇게 몇 번 숨을 다시 내쉰 한주문은 곧 일어나 걸음을 옮기기 시작하였다. 아직까지 이 소식은 기수령에게 전해지지 않았을 것이다. 그나마 다행이란 생각이 들었다. 그녀가 알면 무당과의 만남이 쉽게 이루어지지 않을 것 같았기 때문이다.

며칠 후 기수령이 방지호와 장여림을 대동하고 정가장에 나타났다. 그녀가 정가장에 오자 한주문이 반갑게 반겼다.

"힘든 여행이 아니어서 다행이오."

별원의 숙소로 안내하며 한주문이 말하자 기수령은 고개를 끄덕였다.

"네. 참, 숙모님은 어디 계신가요?"

"그곳에서 떠나지 못하겠다며 아직 계십니다."

"아……."

기수령은 집을 떠올리며 혼자 남아 있을 연서린을 생각하였다. 분명 제갈사랑이 그녀를 그대로 두지 않을 것 같았기에 걱정이 되었다.

"일단 여행으로 몸이 힘들 터이니 며칠은 쉽시다."

"그냥 내일 바로 무당산으로 출발하면 안 될까요? 저로 인해 일이 지체되었는데 또다시 며칠을 쉬게 된다면 제가 죄송하네요."

"죄송할 게 뭐가 있겠소. 어차피 내가 부탁해서 함께하게 되었는데. 오히려 내가 미안할 뿐이오."

한주문은 기수령의 말에 손을 저었다. 사실 기수령에게 명문 거파를 설득시켜 달라고 부탁하였기 때문이다. 기수령의 도움이 없었다면 소림사도 어려웠을 것이다.

"그럼 내일 가기로 해요."

"그렇게 합시다."

한주문은 고개를 끄덕이며 허락하였다. 곧 월동문을 지나 작은 별원에 도착하자 한주문이 신형을 멈추었다.

"이곳에서 쉬시오. 그럼 저녁에 봅시다."

"예."

기수령은 가볍게 고개를 숙여 보이곤 안으로 들어갔다. 그녀의 뒤로 방지호와 장여림이 들어가려 하자 한주문이 말했다.

"지호는 잠시 있거라."

방지호는 월동문 밖에 서서 허리를 숙였다.

"무슨 일인데요?"

그녀의 음습한 목소리에 한주문은 인상을 찌푸렸다. 늘 그랬지만 방지호는 건방졌다.

"혹시라도 송백에 관한 소문을 접하게 된다면 일절 발설하지 말아라. 설사 기 소저라 하더라도 말이야."

"예? 무슨 말이에요?"

"그렇게만 알아두거라. 알겠느냐?"

한주문이 정색하자 방지호도 더 이상 대꾸하지 못하고 허리를 숙여야 했다. 이럴 때는 어떤 큰일이 있었기 때문이다.

"알겠어요."

"그럼 가봐라. 참, 그리고 오면서 특별한 일은 없었느냐?"

"네, 없었어요. 산중으로만 이동해서 만난 사람들도 극히 적었구요."

"알았다. 고생이 많았겠구나. 나중에 네게 특별히 부탁할 일이 있으니까 그동안 푹 쉬거라."

방지호는 귀찮은 듯 인상을 찌푸렸다.

"또 뭔 일을 시키려고……."

"그냥 푹 쉬어라."

"예……."

방지호가 대답하며 빠르게 월동문 안으로 사라지자 한주
문은 고개를 저으며 한숨을 내쉬었다. 그래도 가장 아끼는 녀
석이었다. 정이 가는 녀석이기에 이번 일은 부탁하고 싶지 않
았다. 왠지 위험할 것 같았기 때문이다. 하지만 그녀만이 할
수 있는 일이었다.

'과연… 죽었을까?'

한주문은 그의 시신을 확인하기 전까진 믿지 않기로 결론
을 내렸다. 그리고 방지호에게 내릴 명령은 송백의 시신을 찾
아 눈으로 확인하라는 명령이었다.

*   *   *

새벽의 푸르스름한 하늘이 점점 밝아지려는 순간 거대한
함성 소리가 사방에 울려 퍼졌다.

"우와아아아!"

결국 참지 못하고 먼저 튀어나온 것은 무림맹 사천 분타였
다. 대문이 열리며 수많은 무사들이 불시에 기습해 간 것이
다. 가장 발이 빠르면서 용맹한 제사무단이 앞섰으며 그 뒤로
당가의 무인들이 보조하며 암기를 날렸다.

처음에는 미처 대비하지 못한 마교도들의 비명과 아우성
이 요란하게 울렸다. 하지만 그것도 잠시였다.

휘리릭!

소맷자락으로 원을 그리며 날아오는 암기를 쳐낸 제갈민이 크게 외쳤다.

"분혼(分魂)!"

그의 외침에 뒤로 물러서던 교도들이 좌우로 나뉘어 달려 나오는 무림맹의 무사들을 중앙에 놓고 둥글게 원을 그리듯 빠져나갔다. 순간 가장 앞선 유장언의 표정이 굳어졌다. 그들이 순식간에 후미로 모여들었기 때문이다. 그리고 기다렸다는 듯이 권예와 정의전의 고수들이 그들의 앞을 막으며 나타났다. 앞과 뒤가 막힌 것이다.

앞에 나섰던 유장언의 표정은 흙빛으로 변해 버렸다. 먼저 공격하자고 한 것이 유장언이었기 때문이다. 그의 앞으로 권예가 도를 늘어뜨리며 다가왔다. 십여 장의 거리를 두고 선 권예는 살기를 뿌리며 사나운 맹수처럼 무림맹의 무사들을 바라보았다.

"쳐라!"

권예의 목소리가 울리자 수많은 무사들이 권예를 스치며 무림맹의 무사들을 몰아쳐 갔다. 무인들에게 십 장의 거리는 먼 거리가 아니었다. 순식간에 날아드는 정의전의 무사들을 향해 유장언의 검이 맹렬하게 움직였다. 순간 머리 위에서 권예가 날아 내리며 도기를 뿌렸다.

쾅!

검을 들어 막은 유장언은 눈을 부릅뜨며 뒤로 물러섰다. 유장언은 상당히 놀란 표정으로 권예를 바라보았다. 단 일격을 막았을 뿐인데 가슴이 아파왔기 때문이다.

"하압!"

권예가 기합성을 발하며 유장언을 향해 베어버리듯 도 그림자를 만들며 달려들었다. 그 도의 그림자 속으로 유장언이 날아 들어갔다. 자신이 밀리면 모든 것이 끝이었기 때문이다.

사천 분타에서 튀어나온 무사들의 뒤를 쫓아온 천마전의 무사들은 오백 명 정도만이 무림맹 무사들의 후미를 공격하였다. 나머지 천여 명은 그들이 싸우는 모습을 바라만 보고 있었다.

오조천은 가장 후미에 서 있었다. 그만이 유일하게 신형을 돌려 사천 분타의 정문을 응시하고 있었다.

"으아악!"

"크악!"

비명 소리가 오조천의 귀에까지 들려왔다. 오조천은 가볍게 입가에 미소를 지었다. 자신의 수하들은 절대로 저렇게 처절한 비명을 뱉지 않는다. 그렇다는 말은 무림맹의 무사들이 죽으면서 뱉어내는 비명이라는 소리였다. 승기를 잡은 것이다. 그때 오조천은 수많은 무사들이 사천 분타의 담을 넘어 달려오는 것을 볼 수가 있었다. 그런 그들의 가운데 가장 먼저 날아드는 당무천이 있었다.

"우와아아아!"

동료가 당하는 것을 보다 못한 남아 있던 무림맹의 무사들이 함성을 지르며 쏟아져 나온 것이다. 이대로 두면 유장언을 비롯한 수많은 무사들이 마교도에게 둘러싸여 전멸당할 것이 뻔했기 때문이다. 만약 그들의 죽음을 보고도 모른 척한다면 오히려 수많은 중원의 무인들에게 손가락질을 당할 것이다. 목숨을 잃을지언정 그런 치욕을 당할 수는 없었다.

슈악!

오조천의 쌍장에 불꽃같은 기운이 모여들었다. 순간 천여 명의 천마전 무사들이 달려나오는 사천 무인들을 향해 살기를 뿌렸다. 그들의 그런 기세에 가장 앞서 달리던 당무천의 눈동자가 흔들렸다. 하지만 멈출 수는 없었다. 멈춘다면 오히려 더욱 비참한 꼴을 당할 것이기 때문이다. 기세를 탔다면 그 기세를 이어가야 했다. 당무천은 더욱 강한 기운을 뿌리며 오조천을 향해 양손을 뿌렸다.

슈아아악!

당무천이 암기를 뿌림과 동시에 수많은 암기들이 허공을 까맣게 가득 메웠다. 그 순간 동쪽 하늘에서 햇살이 떠올랐다.

번쩍!

수많은 암기들이 햇살에 반사되어 강렬한 빛을 뿌렸다. 순간 수많은 천마전 무사들이 인상을 찌푸리며 눈을 감았다. 오조천의 안색이 순간적으로 굳어졌다.

"흐아압!"

그의 쌍장에서 강력한 바람이 하늘을 갈랐다. 수많은 암기들이 그의 쌍장에서 발출된 장풍에 흩어졌으나 여전히 까맣게 가득 메운 암기들은 떨어져 내렸다. 슈슈슉거리는 소리가 울리며 암기 다발이 오조천의 신형을 지나쳐 떨어졌다.

"윽!"

"크윽!"

수많은 천마전 무인들이 바닥에 쓰러졌다. 한순간에 햇살에 반사된 빛살 때문에 암기의 위치를 정확하게 파악하지 못한 것이다. 그때 오조천을 향해 당무천의 쌍장이 날아들었다. 오조천은 눈을 빛내며 오행장을 펼치기 시작하였다.

팡! 팡!

허공중에서 두 명의 장력이 부딪치자 주변으로 강력한 파장이 만들어졌다. 그들의 주변 십여 장을 둘러싸고 격렬한 싸움이 일어나기 시작하였다.

제갈민은 유장언과 권예의 싸움을 지켜보다 유장언이 뒤로 밀리자 이내 시선을 들어 멀리 바라보았다. 그러자 오조천과 싸우는 당무천의 모습이 보였다. 당무천의 장법과 섞인 암기술에 오조천이 고전하자 그쪽을 향해 날아올랐다.

팡!

그가 마치 학처럼 피풍의를 펄럭이며 뛰어올라 무림맹 제
사무단의 중앙으로 떨어져 내리는 순간, 사무단의 무사들이
제갈민을 향해 검기를 뿌렸다. 제갈민은 가늘게 눈을 뜨며 신
형을 비틀었다. 순간적으로 그의 신형이 흐릿하게 흔들리며
그들 중 한 무사의 얼굴을 밟았다.

뿌득!

무사의 얼굴이 뒤로 꺾이며 목뼈가 부러져 나갔다. 그 반동
을 이용한 제갈민이 다시 뛰어올랐다. 순간 또 다른 검기들이
그를 찔러왔다. 제갈민은 소매를 펄럭이며 검기를 흩어버렸
다. 무사들의 표정이 그 모습에 굳어졌다. 순간 제갈민은 또
다른 한 사람의 얼굴을 밟았다. 섬뜩한 소리가 울리며 목이
뒤로 꺾인 무사를 뒤로하고 제갈민의 신형은 천마전과 교전
하는 무사들의 머리를 넘어 내렸다.

슥.

제갈민은 자신에게 날아드는 강침을 향해 소매에서 섭선
을 꺼내 폈다.

따다당!

십여 개의 강침이 바닥에 떨어져 내리자 제갈민은 섭선을
접으며 가볍게 앞으로 뻗었다. 순간 강력한 경기가 일어나 앞
을 막고 있던 무사의 가슴을 뚫어버렸다.

"컥!"

비명성이 울리자 제갈민은 재빠르게 가슴 뚫린 무사의 머

리를 밟으며 비호처럼 당무천의 머리 위로 섭선을 날렸다.

슈아아악!

당무천은 오조천의 장세를 피하며 엽전을 세 개 던졌다. 비쾌한 바람 소리와 함께 엽전이 날아들자 오조천은 신형을 빠르게 회전시키며 우측으로 피하였다. 순간 엽전이 오조천을 스치며 뒤에 있던 천마전 무사들에게로 파고들었다.

"크억!"

당가의 무사와 싸우던 무사가 옆얼굴에 세 개의 엽전이 박혀들며 피를 뿌렸다. 오조천은 그 모습에 눈을 부릅뜨며 당무천을 응시하자 당무천의 얼굴에 미소가 걸렸다. 자신 때문에 수하가 죽는다면 누구나 당황할 것이기 때문이다. 당무천은 그것을 노린 것이다. 그때 머리 위로 강력한 경풍이 날아들었다.

당무천의 안색이 굳어지며 고개를 들었다. 순간 그의 면전으로 원을 그리며 섭선이 날아들자 당무천이 왼손을 뻗었다.

핑!

비표가 바람을 가르며 섭선에 날아들었다.

쾅!

비표와 부딪친 섭선이 호선을 그리며 날아갔다. 제갈민은 신형을 빠르게 움직이며 섭선을 받아 쥐곤 당무천에게 날아드는 오조천의 뒤로 신형을 움직였다.

"사형 혼자서는 힘듭니다."

"……."

오조천은 대답하지 않았다. 자존심은 상했지만 자신도 인지하고 있는 일이었다. 절대십객 중 한 명이라 불리는 당무천이다. 그런 그를 단둘이서 제압한다는 것조차도 힘들 것이다. 하지만 지금은 당무천을 상대해야 했다.

"그래… 그 정도는 돼야 이 나를 상대한다고 할 수 있을 것이다."

당무천은 오조천에 절대로 뒤지지 않은 능력을 보이고 있는 제갈민을 보며 중얼거렸다. 그의 중지가 구부러지며 엄지에 걸렸다. 그런 그의 손이 앞으로 뻗어졌다. 순간 당기고 있던 중지를 엄지가 놓았다.

팅!

무형의 무언가가 중지에서 발출되어 앞서 나오는 오조천의 전신으로 날아들었다. 오조천의 왼손이 오색 빛을 발하며 앞으로 뻗어나갔다. 순간 무형의 무언가가 공기를 가로질러 오조천의 장심으로 파고들었다.

퍽!

"……!"

오조천의 눈이 부릅떠지며 뒤로 십여 걸음이나 물러섰다. 오조천은 왼손을 부르르 떨며 손바닥을 들어 보았다. 그의 장심에 작은 구멍이 뚫렸으며 그곳으로 붉은 피가 솟아 나오고 있었다.

슈아악!

순간 섭선이 강력한 파장과 함께 당무천에게 날아들었다. 당무천은 같은 자세로 중지를 튕겼다. 섭선이 허공중에 튕겨 나가 제갈민의 손으로 돌아갔다. 제갈민은 섭선을 잡곤 인상을 굳혔다. 섭선에서 작은 구멍 같은 흠집과 함께 연기가 피어났기 때문이다.

"독양지(毒陽指)……."

제갈민은 은은하게 코끝을 스치는 역한 향에 인상을 굳히며 당무천을 바라보았다. 당무천의 눈가에 짙은 살기가 맴돌았다. 제갈민이 사천당가의 비전무공을 알아보았기 때문이다.

"식견이 넓구나."

"신교의 전주 자리에 앉으려면 최소한의 지식은 있어야 하오."

제갈민이 섭선으로 포권을 쥐며 대답하였다. 당무천의 안색이 굳어졌다. 그 역시도 오전의 전주 중 한 명이었기 때문이다. 한데 이렇게 젊은 놈들이 어떻게 신교의 전주가 될 수 있었을까? 아니, 그 나이에 전주라면 이들이 더 나이 먹었을 경우 중원은 더 큰 적을 만나게 될 것이다. 이 기회에 이들만이라도 죽여야 한다는 생각을 하게 되었다.

슈아아악!

당무천의 주변으로 강력한 기운이 뿜어져 나갔다. 그의 기세가 한층 강해진 것이다. 오조천은 인상을 굳히며 눈에서 살기를 뿌리기 시작하였다. 당무천의 머리카락이 너풀거리며 춤을 추기 시작하자 오조천 역시도 강렬한 살기를 뿌리며 당무천의 살기에 대응하기 시작한 것이다.

제갈민은 뜻밖에 오조천의 기운이 강대하자 눈을 빛냈다.

"사천당가에는 전설적인 독공의 지법이 존재한다고 들었는데 그것을 실제로 볼 줄이야… 정말 대단하오."

"과찬이군."

당무천은 미소를 보이며 대답했다. 독양지에 격중된 오조천의 왼손은 변색되기 시작하였다. 독에 중독된 것이다. 하지만 오조천의 안색엔 변화가 없었다. 오히려 투기가 더욱 높아졌을 뿐이다. 왼팔을 점혈한 오조천은 곧 옷을 찢었다. 그의 백옥 같은 상체가 햇살 아래 모습을 보였다.

오조천은 왼팔을 옷으로 자신의 허리에 감아버렸다. 왼팔을 못 움직이게 한 것이다. 그렇게 왼팔을 감은 오조천은 오른손을 들어 올리자 황색의 은은한 빛이 손안에서 피어나기 시작하였다. 오행장을 극성으로 끌어올린 것이다. 순간 거대한 섬광과 함께 오조천의 오른손이 당무천을 향하였다. 당무천의 양손이 그런 오조천을 향해 손을 들어 독양지를 펼쳤다. 순간 제갈민의 신형이 십여 개로 늘어나며 당무천의 전신을 조여갔다.

픽!

"큭!"

유장언은 뒤로 십여 걸음이나 물러섰다. 그의 왼팔은 팔뚝에서 너덜거리고 있었다. 그런 유장언을 향해 권예가 도를 들어 올리며 다가오고 있었다. 권예의 기세가 거대하게 유장언의 전신을 조여왔다.

'어차피 결과는 뻔하다.'

유장언은 그렇게 생각하며 체념하듯 검을 늘어뜨렸다. 그런 그의 주변으로 고요한 기운이 흘러나오기 시작하였다. 다가오던 권예가 그의 변화에 눈을 빛내며 걸음을 멈추었다. 왠지 위험해 보였기 때문이다.

"크악!"

비명성과 함께 유장언의 뒤에서 피보라가 일어났다. 그의 수하들이 그렇게 죽어가고 있었던 것이다. 하지만 유장언의 눈빛은 변화가 없었다. 수하들의 죽음에도 마음의 동요가 없었던 것이다. 좀 전과는 다르게 모든 감정을 비운 모습이었다. 그런 그의 예기가 칼날처럼 변하였다.

순간적으로 권예는 머릿속을 관통하는 생각이 떠올랐다.

'일초필살!'

분명 유장언은 그것을 위해 준비하고 있는 것이다. 단 한 수에 모든 것을 걸고 자신에게 덤벼들 것이다. 그것이 어떤 초식인지 대비해야 했다. 하지만 딱히 떠오르는 것이 없었다. 그저 최대한 호신강기를 일으키며 그의 공격을 막아야 한다는 생각만 하였다. 순간 유장언의 눈에서 신광이 뿌려지며 그의 신형이 섬광처럼 변하여 날아들었다.

"신검합일(身劍合一)!"

권예는 눈을 부릅뜨며 외쳤다. 유장언의 모습이 마치 빛의 화살처럼 느껴졌기 때문이다. 순간 권예의 앞으로 거대한 백색의 회오리가 일어나며 그의 신형을 삼켰다.

콰쾅!

폭음성이 울리며 권예의 신형이 흙폭풍과 함께 뒤로 밀려나갔다. 그는 양팔을 교차하며 얼굴을 막았다. 그런 그의 전신은 피와 흙먼지로 범벅이 되어 있었다.

"크윽!"

권예가 팔을 내리며 허리를 폈다. 순간 그의 전신에 박힌 쇳조각들이 피를 머금으며 빛을 발하였다. 자신의 도강과 부딪치는 순간 유장언의 검이 조각나며 자신의 전신을 찔러왔기 때문이다.

"핫!"

파파팟!

기합성과 함께 가슴을 펴자 십여 개의 쇳조각이 뽑히며 사방으로 흩어졌다.

"큭!"

고통으로 권예는 비틀거리다 신형을 추슬렀지만 그의 눈빛은 여전히 살아 있었다. 그리고 먼지가 가라앉자 재빠르게 바닥에 주저앉은 유장언을 향해 날아들었다.

　쉬아아악!

　유장언은 자신에게 달려드는 권예의 모습을 응시하고 있었다. 그런 그의 눈동자는 흔들렸다. 마치 꿈을 꾸고 있는 것 같았다. 아니, 꿈이라고 여겼다. 자신의 공세를 막은 적은 피투성이의 모습으로 움직였기 때문이다. 적어도 동귀어진은 할 수 있을 거라 여겼다. 한데 권예는 달려들고 있었다.

　'저자와 나의 차이점이 무엇이란 말인가?'

　유장언은 문득 아귀처럼 달려드는 그의 모습에서 자신에게 무엇이 부족한지를 알 수 있었다. 그것은 투기였다. 끝까지 적을 죽이려 하는 필살의 마음이었던 것이다. 유장언은 온몸의 힘을 다 모아 떨리는 다리를 붙잡고 신형을 일으켰다. 순간 유장언의 두 눈으로 백색의 도신이 확산되어 들어왔다.

　'꿈…….'

　서걱!

　유장언의 머리를 베어버린 권예는 비틀거리며 유장언의 신형을 밟고 넘어섰다. 그의 눈에 급격하게 몰살되어 가는 무림맹의 무사들이 잡혀들었다. 입가에 미소가 걸렸다. 승리가 눈앞에 있었기 때문이다. 유장언의 죽음으로 사기가 떨어진 무림맹의 무사들이 빠른 속도로 쓰러져 갔다. 그 순간 거대한 폭음 소리가 울려 나왔다.

콰쾅!

권예의 눈동자가 굳어졌다. 아직 사천 분타는 무너진 것이 아니었다. 한 사람이 남아 있었던 것이다.

'당무천!'

권예는 당무천을 향해 빠르게 이동해 갔다.

아우성치는 많은 무림인들의 싸움은 패싸움과도 같았다. 결국 이기는 쪽은 살아남은 사람이 많은 쪽이다. 인원이 급격하게 줄어드는 무림맹의 패색이 짙어지고 있었다.

당미형은 이미 유장언이 뛰쳐나갔을 때 패배했다는 것을 알고 있었다. 당무천은 결국 명예를 위해 남은 무인들을 이끌고 나섰다. 살아서 손가락질을 받느니 차라리 한 명의 마교도라도 더 죽이고 죽겠다는 각오였다.

당미형은 남은 가솔들과 부상자들을 이끌고 사천 분타의 담을 넘어 탈출하였다. 무림맹으로 가기 위함이었다. 다행스럽게도 복병으로 숨어 있는 마교도는 없었다. 제갈민이 사천 분타에서 무림맹의 무사들이 뛰어나오자 잠복해 있던 수하들을 철수시킨 것이다. 다른 이유도 있었다. 이곳에서 살아남은 사람들이 강호에 소문을 퍼뜨릴 것이 분명하였다. 마교는 두렵다고 말이다. 그렇게 된다면 무림맹에 적을 둔 문파의 숫자가 줄어들 것이다.

눈물을 삼키며 당미형을 비롯한 오십여 명의 무인들이 원한을 곱씹으며 달려나가고 있었다. 이제 남은 것은 무림맹에서의 싸움뿐이었다.

*   *   *

쏴아아아!

폭포 소리가 멀리서 들려오고 있었다. 대나무로 만든 가옥 안에는 향긋한 향기가 흘러나오고 있었다.

연과 비라고 밝힌 십대 중반의 두 시비가 송백의 앞에 죽을 놓았다.

"이곳 호수에서만 산다는 산천어로 만든 죽이에요. 어서 드세요."

송백은 어느 정도 상처를 회복한 상태였지만 아직까지도 온몸이 나른하고 힘이 없었다.

"잘 먹으마."

송백은 그렇게 말하며 죽을 퍼먹기 시작하였다. 그 모습을 연과 비가 쳐다보다 순식간에 다 먹은 빈 그릇을 들고 나갔다. 곧 차를 준비해서 들어온 연과 비가 송백의 주변에 앉아 있었다. 그녀들은 지금까지 단 한 번도 송백의 근처를 떠난 적이 없었다. 송백이 정신을 차리기 전까지 그의 몸을 닦아주고 옷을 갈아 입혀준 사람도 그녀들이었다.

송백은 백의를 입고 있었다. 물론 백색을 좋아하는 허난영의 취향 탓이었다. 허난영은 아직도 강호의 젊은 고수라면 백색 무복과 피풍의를 입고 있어야 한다고 생각하였다. 천상음문의 문주가 되었지만 마음만은 아직 예전 그대로 인 듯했다.

송백은 무거운 몸을 이끌고 일어났다. 안색은 그리 밝지 않았으나 예전에 비하면 굉장히 좋아진 편이었다. 천상음문에서 그에게 배려를 해주었기 때문이다.

"어디를 가시게요?"

연이 따라 일어나며 물었다. 조금 큰 눈의 연이 똘망한 눈동자를 굴리며 송백을 쳐다보자 송백은 가볍게 입을 열었다.

"목욕이나 할까 하는데……."

송백이 그렇게 말하며 고개를 돌려 쳐다보자 연과 비가 얼굴을 붉히며 고개를 숙였다.

첨벙!

맨몸으로 차가운 호수에 발을 담근 송백은 곧 천천히 물속으로 들어갔다. 저 멀리서 보이는 폭포 소리가 마음을 청아하게 해주는 것 같았다. 그가 호수에 들어가자 나무 뒤에서 연과 비가 고개만 내밀어 물에 잠겨 들어가는 송백을 쳐다보았다.

송백의 머리만이 호수의 수면 위에 보이자 그녀들은 재빨리 달려나와 송백이 벗은 옷을 챙겨 곱게 개었다. 그런 후 다시 나무 뒤로 달려가 숨은 그녀들은 한쪽에 앉아 수다를 떨기 시작하였다.

오랜만에 호수의 차가운 물에 몸을 담근 송백은 고요하게 가라앉은 마음으로 물에 몸을 맡겼다. 곧 송백의 신형이 호수의 바닥으로 천천히 잠겨 들어가기 시작하였다.

쉬이익!

송백의 주변으로 작은 회오리들이 일어났다. 마치 물속에서 숨을 쉬는 것처럼 송백의 표정은 고요했으며 그의 피부는 팽팽하게 늘어났다가 다시 줄어들곤 하였다.

주마등처럼 과거의 일들이 머릿속을 지나갔다. 어린 시절의 자신은 너무도 초라했다. 몇 번이고 자신의 초라함에 주먹을 불끈 쥐었던 기억이 떠올랐다. 그때는 힘없는 자신을 탓하기보다 자신을 그렇게 낳아준 부모님과 형을 욕했다. 자신을 이렇게 만든 것이 부모와 형이었다고 믿었기 때문이다.

어릴 때는 그럴 수밖에 없었다. 좋은 옷도 입고 싶었고 맛있는 음식도 먹고 싶었다. 길거리를 지나가면 그만이 혼자였다. 다른 사람들은 언제나 부모의 손을 잡고 좋은 옷을 입고 맛있는 음식을 먹으며 살고 있었다. 세상에서 동떨어진 사람은 언제나 자기 자신뿐이라고 생각했다. 모든 것이 다 다른 사람 탓이었다. 세상을 탓해야 했고 자신을 태어나게 만든 사람들을 탓해야 했다. 그렇게 살아가고 있었다.

송백의 몸에서 기포가 발생해 호수의 수면 위로 올라가기 시작했다. 회오리치던 작은 소용돌이가 사라지며 생겨난 현상이었다.

송백은 아미를 찌푸렸다. 과거의 쓰라린 기억밖에 떠오르지 않았기 때문이다. 모든 것이 싫었던 기억뿐이었다. 그러한 기억의 한편에서 다른 과거의 모습이 떠오르고 있었다.

세상을 삐뚤게만 바라보려 했었다. 자신에게는 친구도 필요없었으며 앞으로도 그럴 거라 여겼다. 그런 자신에게 빛처럼 내려온 것은 한 사람을 향한 마음이었다. 그때는 그것이 사랑이라고 생각지 못했다.

철들기 시작하면서부터 알게 되었다, 자신과 그녀에게는 허물 수 없는 담이 존재한다는 사실을. 하지만 결코 포기하지 않았다. 언젠가 세상이 뒤집히고 천지가 진동하게 된다면 그러한 담도 부술 수 있다고.

그래서 싸워왔다. 수많은 전쟁터에서 죽어가는 사람들의 얼굴을 떠올리며 싸우고 또 싸워왔다. 죽고 싶다는 마음을 가진 적도 많았다. 자살이라도 한다면 지금 같은 고통과 지옥에서 벗어날 것이라는 생각도 수없이 많이 했었다. 육체와 정신이 하지만 무너질 것 같은 순간을 몇 번이고 견디며 살아남았다.

다른 이유는 없었다. 다시 한 번 그녀의 얼굴을 보고 싶었기 때문이다. 살아 있다면 분명 그녀의 얼굴을 볼 수 있을 것이다. 그렇게 다짐하며 살아남았다. 그리고 그녀를 만났다.

물속에 잠긴 그의 주변에서 지금까지와는 다른 강한 회오리가 일어나 주변으로 퍼져 나갔다. 송백의 호흡이 더욱 길어진 것이다. 그의 머릿속에 담긴 생각들과 이원신공의 구결이 교차되며 물의 흐름이 변화하고 있었다.

'왜 나는 그 끝을 잡지 못하고 있단 말인가.'

송백은 불현듯 그녀와의 마지막 만남을 떠올리며 눈을 떴다. 그러자 호흡이 가빠왔다. 아직 이원신공을 완전하게 터득하지 못하였기에 물속에서의 호흡도 짧을 수밖에 없었다. 십이성의 경지에 도달하였으나 대성하지 못한 이상 벽을 넘지 못하고 있었다.

이원신공의 특성상 뜻을 알기 전에는 그저 단전만 커지게 된다. 현재의 단전 크기는 그가 생각해도 십일성의 경지였다. 하지만 그뿐이었다. 그저 사용할 수 있는 기의 양이 많아졌을 뿐이다. 그렇기 때문에 대성해야 했다.

"세상에는 만물과 자신이 존재하고 자신과 만물이 존재한다. 그 두 개의 흐름을 알지 못한다면 영원히 물속에서 헤엄치는 물고기가 될 뿐이다. 하나 그것을 알게 된다면 물고기가 물 밖으로 나와 세상을 향해 포효하는 용이 되듯 네 자신도 변할 것이다."

송백은 언젠가 들었던 말을 생각하며 천천히 물 밖으로 나갔다. 수면에 점점 가까워지자 물속이 떨리는 듯한 기분이 들었다. 그리고 귓가에 들려오는 미세한 금(琴) 소리가 잡혔다.

"후우……."

물 밖으로 머리를 내밀며 깊게 숨을 내쉰 송백은 얼굴을 가린 머리카락을 뒤로 넘겼다. 그런 그의 귓가에 금 소리가 더욱 은은하게 들려왔다. 송백의 시선이 소리가 들려온 쪽으로 향했다. 그곳에는 마치 호기심으로 세상에 내려온 선녀인 듯한 한 명의 여인이 소나무 아래에 앉아 있었다. 그녀의 흑발이 바람에 은은한 향기를 뿌리며 춤을 추었고 백색의 옥 같은 손가락은 금을 타고 있었다. 송백의 눈동자가 흔들렸다.

햇살이 밝게 비추고 있었다. 호수는 푸르스름했으며 고개만 내밀고 있는 송백은 금을 타는 허난영을 바라보고 있었다. 금 소리에 맞추어서 호수의 수면이 파장을 만들고 있었다. 마치 춤을 추는 것 같았다.

송백은 가만히 눈을 감았다. 음률의 아름다움이 그의 마음을 평온하게 만들어주었다. 호수의 수면은 햇살에 반사되어 보석 같은 빛을 발하고 있었다. 빛과 함께 음률도 흘렀고 새들이 주변에 앉아 허난영을 바라보고 있었다. 연과 비는 한쪽에 앉아 양손으로 얼굴을 받치곤 입가에 미소를 그리고 있었다.

푸드득!

새가 하늘로 날아오르자 허난영의 손가락이 멈췄다. 하지만 음률은 여전히 주변으로 흘러가고 있었다. 허난영은 고개를 들어 송백을 바라보았다. 호수에 반사되는 빛과 함께 송백의 흑발과 그의 강인한 얼굴이 눈에 들어왔다. 이내 눈을 뜨는 송백과 허난영의 눈이 마주쳤다.

"좋은 곡이오."

송백의 말에 허난영은 미소를 그리며 고개를 끄덕였다.

"애정지사(愛情之史)라 불리지요."

그녀의 고운 목소리에 뜻을 생각하던 송백이 미소를 보였다. 그녀의 말처럼 자신도 모르게 과거의 일을 떠올렸기 때문이다.

송백은 천천히 걸음을 옮기다 상체가 반쯤 밖으로 나오자 걸음을 멈추었다. 허난영의 얼굴이 붉게 물들었다.

"언제까지 그곳에 있을 것이오?"

"글쎄요……."

그렇게 말한 허난영은 눈웃음을 그리며 일어나 자리를 피하였다. 그녀의 신형이 대나무 집으로 향하자 연과 비가 그녀의 뒤를 따랐다. 송백은 이내 뭍으로 나와 옷을 걸치기 시작하였다.

"잠시 떠나기 전에 들른 것뿐이에요. 인사나 할까 하고요."

허난영이 차를 마시며 들어오는 송백을 향해 말하였다. 송백은 고개를 끄덕이며 의자에 앉았다. 송백의 안색은 좀 전보다 훨씬 좋아져 평상시의 모습을 거의 회복하고 있는 듯했다. 허난영의 도움이 컸다. 그녀의 금 음에 자신의 육체가 반응하여 잠재되었던 기운들이 깨어났기 때문이다.

"허 소저에게 은혜를 입었소."

"별말씀을."

"어디로 갈 것이오?"

"그건 문 외의 사람에게 밝힐 수 없는 내용이라 미안하군요."

"아니오."

"시간이 없어요."

허난영은 자리에서 일어서며 말을 하곤 송백을 향해 미소를 보였다.

"이곳에서 떠나고 싶다면 언제라도 떠나세요. 길 안내는 이들이 도와줄 테니까요."

그렇게 말한 허난영은 금을 들고 천천히 밖으로 나가려다 걸음을 멈추곤 낮은 목소리로 중얼거렸다.

"강호는 참으로 이상해요. 언제 죽을지도 모르는데… 이렇게 웃으면서 헤어지고 또다시 만나고… 그리고 다시 웃으면서 헤어지고……. 당신은 누군가처럼 죽지 마세요."

"……."

허난영은 그렇게 말하곤 빠른 걸음으로 신형을 움직여 갔다. 송백은 그녀의 뒷모습을 가만히 바라보았다. 왠지 모르게 오늘따라 그녀의 뒷모습이 연약해 보이는 것 같았다.

'여자……'

문득 그녀도 기수령과 같은 연약한 여자라는 생각이 들었다.

다음날 송백은 허난영이 준비해 둔 백색 무복을 걸치고 손에 검을 들었다. 이제 이곳에서 떠날 때가 된 것이다. 이곳이 서안에서 어느 정도의 거리에 있는지 모르나 그것은 문제가 되지 않았다.

"역시 무인에게는 건포가 최고지요."

연이 그렇게 말하며 건포를 건네주었다. 송백은 미소를 보이며 연과 비의 머리 위에 손을 얹고는 말했다.

"너희들을 잊지 않으마. 잘 지내거라."

그렇게 말한 송백은 연과 비의 인사도 받지 않고 신형을 돌렸다. 이제 그 끝에 다가가는 것 같았다. 그 끝에는 동방리가 있었다.

第十一章

파편 같은 추억

쾅! 쾅!

폭음 소리가 요란하게 울리며 제갈민의 신형이 허공중에 수십 바퀴를 돌며 땅에 내려섰다. 그의 옆으로 오조천이 신형을 비틀거리며 다가와 섰다.

당무천 역시 헝클어진 머리카락 사이로 광기 어린 살기를 뿌리며 오조천과 제갈민을 바라보았다. 저들 두 명 때문에 자신의 길이 막히고 있는 것이었다. 그렇지만 않았다면 이렇게까지 밀리지는 않았을 것이다.

자신이 막혀 있었기 때문에 무림맹의 무사들이 고전하고 있었다. 죽어가는 수하들의 비명 소리가 당무천의 정신을 혼미하게 만들고 있었다. 분노 때문이다. 그 순간 허공중에서 빛과 함께 강력한 경기가 바람 소리와 함께 날아들었다.

"큭!"

당무천은 신음성을 토하며 두 개의 엽전을 허공중에 날렸다.

콰쾅!

권예가 신형을 뒤집으며 땅에 내려서는 순간 오조천과 제갈민이 당무천의 지척으로 접근하였다. 세 명의 전주가 모두 당무천에게 달려든 것이다. 두 명을 상대로 동수를 이루고 있는 당무천에게 세 명은 무리였다. 당무천의 안색이 굳어졌다.

"비겁한 새끼들……."

당무천은 작게 중얼거리며 차가운 안색으로 독양지를 제갈민에게 날림과 동시에 오조천을 향해 백독장을 발출하였다. 오조천은 극성에 가까운 오행장을 펼치며 당무천을 향해 마주쳐 갔다. 제갈민의 신형이 환영처럼 늘어나 움직이며 사방으로 흩어졌다.

쾅!

강력한 경풍이 회오리처럼 사방으로 퍼져 나갔다.

"……!"

당무천의 눈동자가 굳어졌다. 오조천은 피를 토하면서도 당무천의 오른손과 자신의 오른손을 마주친 채 물러서지 않았기 때문이다. 그 모습에 당무천의 얼굴에 강렬한 살기가 맺혔다. 이미 오조천은 무리하게 내공을 운용하여 오행장을 극성으로 펼쳤기 때문에 내상이 상당한 상태였다. 그런 상태로 자신의 백독장을 전력으로 받아낸 것이다.

"애송이가 감히… 목숨을 버리려 하는구나."

"후후."

오조천은 피범벅이 된 얼굴로 차갑게 입가에 미소를 걸었다.

"당신은 죽을 것이오."

슈악!

오조천의 왼팔이 묶은 옷을 뜯어내며 움직였다. 순간 당무천의 눈이 부릅떠졌다. 그의 왼손은 움직이지 못한다고 판단했었기 때문이다. 순간 당무천의 머리 위로 도날이 떨어져 내렸다. 권예의 도였다.

"이 왼팔과 함께!"

소리친 오조천의 왼팔이 당무천의 안면으로 뻗어나갔다. 순간적으로 당무천의 시야에 오조천의 왼 손바닥이 가득 찼다. 당무천은 재빠르게 왼편으로 신형을 틀었다. 순간 권예의 도가 강력한 섬광과 함께 땅으로 떨어졌다.

픽!

털썩!

오조천의 왼팔이 바닥에 떨어져 피를 뿜었다.

"크으으윽!"

오조천은 비틀거리며 뒤로 물러섰다. 재빠르게 제갈민이 다가와 오조천을 부축하며 혈도를 짚어 지혈시켰다. 그런 오조천의 눈동자가 당무천을 향하고 있었다. 당무천은 멍하니 하늘을 바라보고 있었다. 설마 하니 오조천의 팔을 자르며 자신에게 도강을 펼칠 줄은 몰랐던 것이다.

슥.

권예가 숙였던 신형을 일으키며 당무천의 얼굴을 가렸다. 당무천의 시선이 권예를 향했다.

"잔인한 새끼로고……."

"교의 뜻을 위해서 한 일이오."

"과연 마교……."

순간 당무천의 왼 어깨부터 오른 허리까지 길게 균열이 일어났다. 옆으로 몸을 피했으나 오조천의 팔을 자르며 당무천까지 자른 것이다. 그 급박한 순간에 오조천을 방패 삼아 피했지만 권예는 가차없이 도강을 날렸던 것이다.

팟!

권예의 전신으로 피를 뿌리며 당무천의 신형이 서서히 뒤로 쓰러져 갔다.

털썩!

당무천이 쓰러지자 권예가 신형을 돌렸다. 그런 권예가 미안한 눈으로 제갈민에게 기대어 있는 오조천을 바라보자 파리한 안색의 오조천이 엄지손가락을 치켜들었다. 그런 오조천의 입가에는 미소가 걸려 있었다. 한 팔을 잃었으나 사천의 제왕인 당무천을 죽였다. 오조천은 그것으로 족하다고 여긴 것이다.

＊　　＊　　＊

"크악!"

비명성이 울리며 화산의 전역에서 맹렬한 싸움이 일어나기 시작하였다. 신교와 화산파의 싸움이 시작된 것이다. 또한 화산파를 돕기 위해 나타난 많은 문파의 무인들이 화산의 입구를 막아주고 있었다.

천하대회가 열린 대회장 역시 신교와 화산파의 싸움으로 얼룩져 있었다. 그 가운데 안희명은 피 튀기는 사람들의 싸움을 바라보며 멍하니 서 있었다.

추억이 있는 곳이었기 때문이다. 이곳에서 능조운과 헤어지게 되었다. 그리고 많은 사람들과도 헤어져야만 했다.

'돌아갈 수가 없는 것인가…….'

안희명은 뒤로 물러섰다. 도저히 싸울 수가 없었던 것이다. 그리고 이들의 싸움을 볼 수가 없었다.

"크아아악!"

긴 비명 소리가 울려 퍼졌다. 안희명은 귀를 막으며 뒤로 물러서고 있었다.

턱!

그런 안희명의 어깨를 누군가가 잡았다. 놀란 안희명이 눈을 크게 뜨며 고개를 돌렸다. 그곳에 철시린이 차가운 눈동자를 빛내며 서 있었다.

"우리가 사는 세상이야. 피한다고 이 세상이 우리를 피하지는 않아. 하지만 나 역시도 피하고 싶구나……."

철시린의 말에 안희명은 고개를 숙였다. 그런 안희명의 어깨를 다독거리며 철시린은 뒤로 물러섰다. 안희명 역시 철시린과 함께 보조를 맞추었다.

"두 번 다시 살인은 하지 않겠다고 맹세했었지."

철시린은 그렇게 말하며 명치 부분을 가만히 만졌다. 그곳에서 승룡패의 느낌이 전해져 왔다. 안희명과 철시린의 앞쪽에서 매난국죽이 검을 뽑아 들고 경계하고 있었다. 이내 철시린은 고개를 들어 멀리 보이는 화산의 봉우리들을 바라보았다.

*　　　*　　　*

"이 일은 더 이상 위에 알리지 말거라. 안 그래도 건강이 약해지신 분들이다. 소요곡을 중심으로 그 주변에 진을 발동시켜 사람들의 접근을 차단하거라."

화산파의 전대 인물이자 철우경과의 우정을 간직하고 있는 영풍이 반백의 수염을 쓰다듬으며 말했다. 그의 앞에는 화산파의 현 장문인인 청허자가 서 있었다.

"그렇게 하겠습니다, 사부님."

청허자가 대답하며 밖으로 나가자 영풍은 곧 고요한 시선으로 벽에 걸린 검을 내려 손에 쥐었다. 몇 년 만에 검을 손에 쥐는지 기억도 나지 않았다. 하지만 검을 손에 쥐자 젊은 시절의 자신이 천하를 얻은 것 같았던 기분을 다시 느끼기 시작하였다.

옥녀봉의 한 동부에서 천천히 걸음을 옮기던 그의 시선에 저 멀리 보이는 소요곡의 안개가 들어왔다.

"스승님과 사모님께서 이 사실을 아신다면 당장이라도 달려올 것이다. 하나……."

영풍은 초령과 악수공이 분노한 표정으로 달려와 마교도들과 싸우는 모습을 떠올리기 위해 노력하였다. 하지만 도저히 상상이 되지 않았다. 초령이 검을 휘두르며 살인을 하는 것과 악수공이 검을 휘둘러 살인하는 모습을 감히 상상할 수조차 없었던 것이다.

"그분들에게 죄업을 남기게 할 수는 없는 일. 이제는 내가 과거의 과오를 모두 매듭지어야 할 때구나……."

영풍은 중얼거리며 연화봉으로 향하였다. 과거 천하를 얻을 것 같았던 기분으로 강호에 나가 처음으로 절대의 고수를 만나게 되었다. 그 절대고수 앞에서 수많은 죽음과 두려움에 눈물을 흘리며 몸을 떨었던 자신이 떠올랐다. 얼마나 책망하고 후회하였던가? 그리고 얼마나 고통스럽게 검을 익혔던가? 이제 그 마교가 다시 나타났다. 영풍의 마음속에 살심이 일어나기 시작하였다.

남천관을 담당하고 있는 청우자는 긴장한 표정으로 그 안에서 가장 높게 솟은 남천각의 꼭대기에서 저 멀리까지 바라보고 있었다. 그의 옆으로 사제인 청무자가 서 있었다. 그와 함께 이곳 남천관을 방어하게 된 것이다.

둥! 둥!

북소리가 들려오기 시작하였다. 순간 청우자의 안색이 굳어졌다. 남천관으로 몰려오는 마교도의 모습이 눈에 잡혔기 때문이다. 그리고 그들의 가장 앞쪽엔 낯익은 백발의 장년인이 있었다. 과거 천하대회에서 늘 호삼곡과 싸우던 마교의 인물이었다. 언제나 호각을 이루다 반수 정도로 지곤 했던 인물.

"절대쌍도 안기위……."

강호의 사람들은 그를 절대쌍도라고 부르며 두려워하였다.

"절대쌍도다!"

청무자가 놀라 소리치자 남천관의 거대한 연무장에 들어

선 수많은 무인들의 안색이 굳어졌다. 중원에 존재하는 절대 십객 중 최고의 고수는 신기자를 제외한 강호삼현이다. 그 밑으로 일신인 명선 진인과 한 수 정도 아래로 제갈사랑과 남궁천, 금정 신니, 당무천이 존재하고 있었다.

강호삼현 중에서도 호삼곡과 동등한 자웅을 겨루는 안기위였다. 그와 겨루어 이길 가능성이 있는 무인은 현 강호에 무당파의 명선 진인뿐이라고 사람들은 말하였다. 그런 안기위가 화산에 모습을 보인 것이다. 남천관에 모인 무인들 사이에 동요가 일어나지 않을 수 없었다.

수정당의 당주인 냉유리는 안기위라는 말에 안색을 굳혔다. 그녀의 옆으로 장화영과 팽소련이 서 있었다. 나머지 수정당원들 중에 이곳에 있는 사람은 남궁소가 다였다. 다른 사람들은 모두 소뢰봉(小雷峯)으로 피신한 상태였다. 그녀들과 함께 아미파의 장혜가 서 있었다.

"제길……."

한쪽에 서 있던 능조운이 냉유리의 옆으로 다가가며 쓰게 중얼거렸다. 하필이면 안기위였기 때문이다. 안기위는 안희명의 할아버지였다. 그것을 능조운은 잘 알고 있었다.

그와 함께 법각과 언기학이 모습을 보였다.

차화서가 장화영의 옆으로 다가갔다. 어제 도착한 그들은 피로를 모두 풀기도 전에 나와야 했기 때문에 얼굴이 그리 밝지 못하였다. 그들을 제외하고는 모두 소뢰봉으로 피신시킨 상태였다. 소뢰봉은 화산파의 수많은 봉우리 중에 하나로 최적의 방어를 할 수 있는 장소이기도 했다.

"목금토당은 무림맹에 있다는군."

능조운의 말에 냉유리는 입을 열지 않았다. 씹은 것이다. 냉유리의 그런 차가운 반응에 능조운은 뒷머리를 긁적거리며 인상을 찌푸렸다. 냉유리와 그리 친하지 않았고 대화를 나눈 적도 거의 없었기 때문이다.

"죽지 말라고."

능조운의 말에 냉유리가 차가운 한광을 뿌리며 능조운에게 시선을 던졌다. 그 차가운 시선에 능조운은 손을 흔들며 당황한 표정으로 말하였다.

"아니, 다른 게 아니라 걱정해서 한 말이오, 걱정해서."

냉유리는 곧 시선을 거두며 앞을 바라보았다. 청우자와 청무자가 모습을 보였기 때문이다. 팽소련이 웃으며 능조운의 어깨를 두드렸다.

"잘해봅시다."

능조운은 팽소련의 말에 굳은 의지를 다지듯 주먹을 불끈 쥐어 보였다.

"우문로가 뚫렸습니다."

청우자의 인상이 굳어졌다. 그곳에는 청원자가 지키고 있었다. 그곳이 뚫렸다면 필시 더 많은 인원이 이곳으로 몰려올 것이다. 곧 화산파의 장문인인 청허자가 모습을 보였다. 수많은 사람들의 시선이 청허자에게 향하였다.

청허자는 사람들의 앞으로 나와 남천관의 대문을 바라보며 홀로 십여 걸음 나와 섰다. 그의 옆으로 무당파의 명지 도장과 소림의 정풍 대사가 걸어나왔다. 그들은 고요한 시선으로 남천관의 밖을 바라보았다. 그들의 뒤로 사십여 개의 문파에서 모인 수많은 무인들이 대기하고 서 있었다.

"갑시다."

청허자가 말하며 걸음을 옮기자 소림의 정풍 대사와 명지 도장이 따라 걷기 시작하였다. 그들의 뒤로 수많은 무인들이 발을 옮겼다.

휙! 휙!

남천관의 담장을 수많은 무인들이 뛰어넘기 시작하였다. 그들이 모두 남천관의 밖으로 나간 후 저 멀리 연화봉의 계단을 홀로 내려오는 인물이 있었다. 그는 영풍이었다.

"꽤 많은데……."

안기위는 정문에서 나오는 세 명의 중년인과 담장을 넘는 수많은 무인들의 수에 눈을 빛내며 중얼거렸다. 그의 옆으로 신교의 장로인 이치형이 미소를 보였다.

"예상했던 일입니다."

"적당한 인원이라고 저는 생각합니다."

역시 신교의 장로 중 한 명인 마동이 안기위의 옆에 모습을 보이며 말하였다.

"그래도 화산입니다. 조심해야지요."

젊고 낮으면서도 패기있는 목소리가 울리며 안기위의 뒤에서 유정신이 천천히 걸어나와 마동의 옆에 섰다. 유정신까지 이곳에 가세한 것이었다.

그들의 뒤로는 오백여 명의 신교 고수들이 자리하고 있었다. 호법원 소속의 일백 호원무사들과 장로원 직속의 사백 멸마대(滅魔隊)였다. 사백의 멸마대는 장로원의 장로들이 가르친 무인들이다.

그리고 멸마대의 책임자가 안기위였다. 교주인 장무영은 그렇기 때문에 안기위의 도움을 원했던 것이다. 멸마대의 힘이 의외로 컸기 때문이다. 그 외에 오백의 육합당과 오백의 칠성당이 곧 합세할 것이었다. 철시린과 안희명은 칠성당과 합류하여 움직이고 있었다. 그렇게 안기위는 일천오백 명의 무인들을 이끌고 화산에 온 것이다.

청허자는 차가운 표정으로 안기위를 비롯한 신교의 군웅들을 바라보았다. 그의 눈에 안기위 옆에 서 있는 유정신도 들어왔다. 유정신까지 사람들이 확인하자 수많은 사람들의 안색이 굳어졌다. 긴장한 것이다.

"또다시 강호를 피로 물들기 위해 온 것이오?"

청허자가 한발 나서며 큰 소리로 묻자 안기위가 눈빛을 굳히며 조용히 입을 열었다.

"네놈은 누구냐?"

안기위의 목소리는 작았으나 그 울림은 거대하게 사방으로 퍼져 나갔다. 그의 내공을 보여주는 목소리였다. 그 소리에 청허자는 긴장한 표정으로 다시 말했다.

"화산파의 장문인 청허라 하오."

"우리는 단지 백 년 전의 혈체를 갚기 위해 온 것뿐이다."

"혈체는 마교에만 있는 것이 아니네."

순간 또 다른 음성이 청허자의 뒤에서 들려왔다. 모두의 시선이 남천관의 지붕으로 향하였다. 그곳에 뒷짐을 지고 서 있던 반백의 중년인이 그들의 눈에 잡히는 순간 군웅들의 머리위를 지나치는 그림자가 이어졌다.

턱!

영풍의 모습이 청허자의 삼 장 앞에 내려섰다. 그는 여유로운 표정으로 뒷짐을 지고 서서 눈은 안기위를 향하고 있었다. 안기위의 안색이 굳어졌다. 마동과 이치형 역시 영풍의 등장으로 눈에 불꽃을 피워냈다.

"영풍이로군."

마동이 중얼거리자 유정신도 눈을 빛냈다. 사실 누구인지 궁금했기 때문이다. 하지만 그가 영풍이란 것을 알자 아직까지 화산에는 전대의 인물들이 남아 있다고 생각되었다.

영풍은 부드러운 시선으로 수염을 쓰다듬으며 안기위를

쳐다보았다. 안기위 역시 그의 훈풍에 보답하듯 미소를 그리며 앞으로 걸어나왔다. 영풍은 그가 십여 장 앞으로 걸어나와 멈춰 서자 그의 주름진 얼굴을 확연하게 눈으로 확인할 수가 있었다.

"늙었군."

영풍의 말에 안기위는 고개를 끄덕였다.

"자네라고 안 늙은 것 같은가?"

"세월은 순간이네."

"그것보다 놀라워, 아직도 자네가 살아 있다니. 다른 녀석들은 어찌 되었나?"

"모두 죽었네."

영풍이 말하자 안기위의 눈에 기광이 서리다 사라졌다. 영풍 같은 고수가 더 이상 없다는 뜻이 되기 때문이다.

"그것참 안된 일이군."

스릉.

안기위가 쌍도를 손에 쥐었다. 그의 도는 특이하게도 왜도였다. 서릿발처럼 차가운 두 개의 왜도가 빛을 발하며 피를 달라고 말하는 것 같았다.

"몇 명 더 있었다면 호각을 이루었을 터인데……."

팟!

순간 안기위의 신형이 환상처럼 영풍의 눈앞에 나타나 두 개의 도를 좌우로 교차하듯 움직였다. 영풍의 검이 순간 뽑히며 좌우로 움직였다.

파팡!

검과 도가 부딪친 것 같았으나 환영처럼 둘의 그림자가 사라지듯 움직이며 기와 기가 부딪치는 소리만 울렸다.

"우와아아아!"

그때를 같이하여 우측에서 육합당과 좌측에서 칠성당의 신교의 무인들이 모습을 보이며 달려들기 시작하였다. 유정신이 외쳤다.

"쳐라!"

쉬쉭!

순간 수많은 신교의 무인들이 달려들었다.

삼면에서 달려드는 수많은 사람들의 모습은 장관이었다. 또한 거대한 압력이었고 살이 떨리는 긴장감을 전해주고 있었다. 개개인이 만든 살기가 모여 거대한 살기로 변한 그들의 기세는 그만큼 강했고, 이런 경험을 처음 당하는 젊은 사람들은 특히나 더하였다.

꿀꺽!

우측 끝 부분에 위치한 능조운은 저도 모르게 도를 힘있게 움켜잡으며 침을 삼켰다. 이런 경험은 태어나서 처음이었기 때문이다. 아직 싸우지도 않았는데 긴장감으로 도를 쥐고 있는 손안에 땀이 차 올랐고 심장은 튀어나올 듯 크게 뛰기 시작하였다. 그런 마음은 비단 자신뿐만이 아니라 모두가 그럴 것이다. 슬쩍 시선을 던져 얼마 떨어지지 않은 곳에 서 있는 냉유리를 바라보았다. 그녀의 표정은 별반 달라지지 않았다.

'역시 빙검. 감정도 없는 건가?'

마치 목각 인형처럼 보이는 그녀였다. 하지만 과연 그녀라고 긴장을 안 하고 있을까? 아니, 냉유리 역시 긴장하고 있었다. 그녀도 이런 경험은 처음이었기 때문이다. 그런 그녀에게 검을 늘어뜨리고 앞을 바라보면서 살기를 뿌리는 장혜의 목소리가 들려왔다.

"처음에 가장 중요한 것은 기세다."

장혜는 냉유리에게 시선을 던지며 말했다.

"내가 나가는 순간 나를 받쳐 주거라."

"예."

냉유리가 눈을 번뜩이며 대답하였다. 그 순간 칠성당의 무사들이 밀려들었다. 그 속으로 장혜의 검이 거대한 빛을 뿌리며 날아들었다.

콰쾅!

"크아아악!"

따다당!

그 순간 두 무리가 교전하기 시작하면서 비명과 병장기 소리가 요란하게 울리기 시작하였다.

퍼퍽!

능조운은 저도 모르게 반사적으로 눈앞에서 도를 내려치는 상대가 보이자 상체를 숙여 옆으로 피하며 허리를 베었다.

"크악!"

단말마 소리가 울리며 피가 튀자 능조운의 안색이 굳어졌으며 신형이 떨리기 시작하였다. 자신이 사람을 죽인 것이다. 그 충격이 채 가시기도 전에 다시 두 명의 무사가 날아들었다. 능조운은 눈을 부릅뜨며 빠르게 신형을 움직이려 하였다. 하지만 발이 떨어지지 않았다. 피하면서 적의 목을 베어야 한다는 것까진 머릿속에서 상상하였고 떠올랐다. 행동만 하면 된다. 그들의 빈틈을 보았기 때문이다. 한데 그러하지 못했다. 순간 두 개의 도날이 능조운의 가슴과 머리로 다가왔다.

"으윽!"

능조운의 안색이 굳어졌다.

"바보 같은 새끼!"

순간 외침과 함께 방천극이 눈앞에 나타나 달려드는 무사들의 무기를 막았다.

따당!

금속음이 울리자 차화서의 신형이 거대하게 회전하며 주변에서 달려드는 다섯 무사의 허리를 베어갔다.

퍼퍼퍽!

미처 피하지 못한 두 명의 무사와 그 힘 때문에 밀려 옆에 있던 세 명의 무사까지 쳐 올린 차화서는 신형을 세우며 방천극으로 앞을 겨냥하였다. 허공으로 다섯 명의 무사가 떠올랐다가 떨어졌다. 그 모습에 능조운의 안색이 굳어졌다.

"저건 절대 여자의 힘이 아니야."

능조운은 중얼거리며 고개를 저었다. 차화서의 괴력 때문에 정신이 돌아온 것이다. 순간 그녀를 향해 무사들이 달려들자 능조운도 자신의 도를 들고 빠르게 움직이기 시작하였다.

콰쾅!

"크악!"

도날들이 부서지며 두 명의 무사가 비명과 함께 피를 뿌렸다. 작은 그의 뇌정도가 빛을 발하기 시작한 것이다. 그 주변으로 화정당의 다른 세 명이 조를 이루듯 뭉쳐서 움직이기 시작하였다. 살길은 그 길뿐이라고 판단한 것이다.

앞에 서 있는 냉유리와 우측과 좌측으로 장화영과 팽소련이 서 있었다. 그리고 후미에 남궁소가 검을 겨누어 언제 날아올지 모를 적을 경계하였다. 가장 많은 적과 조우하는 사람은 냉유리였다. 그녀의 전면에서 칠성당 소속의 신교 무사들이 달려들었기 때문이다. 하지만 인원수의 차이 때문에 그녀들도 적들을 상대해야 했다.

그리고 냉유리와 얼마 떨어지지 않은 앞에 장혜가 검기를 뿌려가며 칠성당의 무사들을 주살하고 있었다. 그런 그녀의 모습은 마치 나찰과도 같았다. 그 모습을 냉유리는 눈으로 담고 있었다. 그러던 어느 순간 장혜의 검이 한 중년인의 도에 막히자 그 상대를 알아본 냉유리의 눈동자가 흔들렸다. 유정신이었기 때문이다.

장혜의 검이 사방에 백여 개의 검 그림자를 만들다 허공중에 하나로 모여 땅을 내려쳤다. 순간 유정신이 눈을 빛내며 도를 들어 올렸다.

쿵!

지축을 흔드는 충격파가 사방으로 퍼지며 유정신의 신형이 발목까지 땅으로 들어갔다. 하지만 유정신의 입가에는 여유로운 미소가 걸려 있었다.

"설마 하니 이곳에서 당신을 보게 될 줄은 몰랐소."

검으로 내리누르며 유정신을 쳐다보던 장혜의 눈동자가 빛나기 시작하였다. 그런 그녀의 입술이 굳게 닫혀 있었다. 유정신은 발목까지 빠진 발을 빼내며 한 발 앞으로 나아갔다. 그러자 장혜의 신형이 뒤로 한 발 물러섰다. 유정신은 머리 위를 막던 도를 내리며 앞을 막아 교차된 검과 도 사이로 장혜의 얼굴을 뚫어지게 쳐다보았다.

"그때처럼 아름답구려."

장혜의 검날이 미미하게 흔들리며 금속음을 만들기 시작하였다. 그런 장혜의 아미가 싸늘하게 변해 있었다.

"이십 년 전 천하대회장에는 나 역시도 있었다."

순간 유정신의 안색이 차갑게 변하며 싸늘한 눈동자로 장혜의 얼굴을 쳐다보았다. 그때의 자신과 능자우를 봤다는 말과도 같았기 때문이다.

"그렇다면 능자우의 처참한 죽음도 봤겠군. 후후후."

순간 장혜의 신형이 눈에 띄게 떨리기 시작하였다. 아무리 수행을 했다고 하나 마음속에 남아 있던 정이 사라질 리는 없었다. 그 모습에 유정신은 더욱더 짙은 살기를 보였다.

"사실 능자우를 죽이지 않아도 상관은 없었는데 화가 나더군. 왜 그런 녀석에게 당신 같은 여자가 반하였을까… 결국 당신 때문에 화를 참지 못하고 죽여 버렸지, 당신 때문에."

"닥쳐……."

장혜의 신형이 눈에 띄게 흔들리기 시작하였다. 유정신의 말은 그녀의 마음에 충격을 주기에 충분했기 때문이다. 능자우가 죽은 이유가 자신 때문이란 말은 더더욱 충격이었다. 장혜는 평정심을 잃어갔다.

유정신은 장혜의 눈동자가 흔들리자 눈을 빛내며 기회를 잡기 위해 왼손에 그녀 몰래 기를 모았다. 장혜의 마혈을 제압하기 위해서였다. 그 순간 머리 위에 그림자가 드리워졌다.

"아버님의 원수! 목을 내놔라!"

쿠르릉!

"호오……."

유정신은 장혜를 바라보며 미소를 그렸다. 허공을 쳐다보지도 않았다. 기세만으로도 어느 정도의 위력인지 알기 때문이다. 가볍게 장혜를 밀어내며 도를 위로 올렸다.

쿠앙!

강력한 충격이 유정신에게 전달되었다. 하지만 유정신의 모습은 변화가 없었다. 그 앞으로 능조운이 원을 그리며 내려섰다. 장혜의 안색이 굳어졌다. 능조운의 모습에서 능자우의 모습을 보았기 때문이다. 무엇보다 '아버님'이라는 말이 귓가에 크게 들려왔다.

"저런……."

차화서는 달려오는 무사를 밀쳐 내며 능조운의 행동에 혀를 찼다. 자리를 이탈한 것보다 상대가 될 싸움이 아니었기에 그가 호기를 부린다고 여겼다.

"일단 우리끼리라도 버텨봅시다."

언기학이 말하자 차화서는 고개를 끄덕이며 뒤로 물러섰다. 그러자 법각이 앞으로 움직였고 차화서와 언기학이 다른 방위를 맡았다. 그렇게 셋이 삼면을 맡으며 적을 경계하였다.

슥.

도를 늘어뜨린 유정신은 자신의 앞에 서 있는 능조운을 바라보았다. 그의 모습은 전과는 다르게 많이 발전한 것 같았다. 무엇보다 그가 들고 있는 도가 눈에 띄었다.

"부러진 도는 버렸나, 어린 친구?"

"물론이다."

능조운은 대답하며 뇌정신공을 운용하기 시작하였다. 그런 그의 도에 푸른색의 뇌전이 흘렀다. 그 모습에 유정신은 실낱같은 살기를 입가에 피웠다.

"일도라도 받아내면 칭찬해 주마."

휘릭!

순간 유정신의 도가 번개처럼 능조운을 향해 내려쳐 왔다. 아무런 기교도 없는 그저 위에서 아래로 내려치는 모습이었다. 단순한 동작. 순간 삼 장이나 떨어진 유정신의 도가 위에서 밑으로 능조운의 머리를 노리고 떨어져 내렸다. 능조운의 도가 푸른 뇌전을 머금고 내려오는 유정신의 도를 올려 막았다.

쿠앙!

"크악!"

부딪치는 순간 능조운의 신형이 허벅지까지 바닥에 박혀 들어 갔으며 그의 입에서 검붉은 핏물이 뿜어져 나왔다. 애초에 상대조차 안 되었던 것이다. 순간 '쉭!' 하는 소리와 함께 유정신의 도날이 능조운의 목 앞으로 다가왔다. 소리없는 움직임이었으며 한 치의 빈틈도 용납지 않는 과감한 행동이었다. 순간 능조운의 눈이 부릅떠졌다.

픽!

　　　　*　　　　*　　　　*

　유정신은 흔들리는 시선으로 자신의 도신을 잡고 있는 붉은 손을 바라보았다. 미미한 떨림이 도신에서 유정신의 팔을 타고 전해지고 있었다.

　"무슨 짓이오?"

　유정신은 자신의 도날을 움켜잡고 있는 장혜를 복잡한 표정으로 바라보았다. 장혜의 차가운 시선이 그런 유정신의 눈을 향하였다.

　"오히려 제가 묻고 싶군요. 왜 저를 죽이지 않았나요? 당신의 성격과 실력이라면 내 손과 함께 내 육신과 그리고 뒤에 있는 능 소협까지도 죽였을 터인데?"

　유정신은 실룩거리는 표정으로 도를 잡아당기며 뒤로 두어 발 물러섰다. 자신의 도를 붉게 물들인 장혜의 피를 한 번 바라보았다. 자신도 모르게 눈동자가 흔들렸다.

　도법을 펼치는 마지막 순간에 장혜의 손이 나타났다. 그 바람에 발출하려던 모든 기운을 멈춰 세운 것이다. 그로 인해 가벼운 내상을 입었다. 하지만 장혜의 손을 자신이 베었다는 것이 중요하였기에 내상에 대해서는 생각지 않았다.

　또한 내상을 조금 입었다고 해서 이들을 죽이지 못할 이유가 없었기 때문이다. 힘을 빼고 뒤로 물러선 이유는 다른 것에 있었다. 그것은 장혜가 능조운을 감쌌다는 점이었다. 목숨까지도 버릴 각오와 함께.

"능가의 자식에게 목숨까지도 바칠 셈인가?"

"당신은 마교도고 능 소협은 중원인이기 때문에 이러는 것뿐이에요."

장혜의 차가운 말에 유정신은 인상을 찌푸렸다. 주변으로 아우성치는 비명성과 병장기 소리가 흘러가고 있었다. 그 소리와 함께 과거의 기억이 번개처럼 흘러가고 있었다. 자신의 목숨을 구해준 여자, 그리고 자신에게 죽음을 안겨주려 했던 남자를 사랑했던 여자……. 잠시 그렇게 장혜를 바라보던 유정신은 도를 도집에 넣으며 물었다.

"내가 중원인이었다면?"

"당신은 진정 멋진 남자였을 거예요."

"고맙군."

슥.

유정신은 신형을 돌리며 다시 말했다.

"내가 물러서는 이유는 당신이 앞에 서 있기 때문이오."

유정신은 그렇게 말하며 칠성당의 무사들 사이로 사라졌다.

"크으윽!"

능조운이 한차례 피를 토한 후 몸을 일으켜 세웠다. 그런 그의 전신은 미미하게 떨리고 있었다. 원수를 만나고도 일초조차 받지 못했기 때문이다. 그 굴욕감에 온몸에서 힘이 빠져

나가고 있었다. 무엇보다 자기 자신이 싫었다. 이렇게 나약한 자신의 존재가 더없이 처량하게 느껴졌던 것이다. 그런 능조운과 장혜에게 칠성당의 무사들이 달려들기 시작하였다.

쾅! 쾅!

폭음 소리가 요란하게 울리며 주변의 공기가 진동하였고 사방으로 흙먼지가 소나기처럼 뿌려지고 있었다. 영풍과 안기위의 싸움은 사람들의 시선을 충분히 사로잡을 만큼 경천동지한 싸움이었으나 지금은 그들을 신경 쓰고 있는 사람들이 적었다. 눈앞의 적을 상대해야 했기 때문이다.

그런 영풍과 안기위의 싸움에서 조금 멀리 떨어진 곳에서 청허자와 이치형이 검을 교환하고 있었으며 명지 도장과 소림의 정풍 대사가 마동을 상대하고 있었다. 그 외 수많은 무사들의 싸움이 아수라장처럼 남천관의 입구에서 펼쳐지고 있었다.

그 모습을 조금은 멀리 떨어진 곳에서 바라보던 철시린과 안희명은 입을 다물지 못하고 있었다. 수많은 사람들이 처절하게 싸우는 아비규환 같은 모습 때문이었다. 이런 모습은 태어나서 처음으로 접하는 모습이었다.

"조운……."

안희명은 저도 모르게 손으로 입을 가리며 저 멀리서 처절한 모습으로 칠성당과 싸우는 능조운을 바라보았다. 주변을 둘러보다 온몸에 피칠을 한 그의 모습을 발견한 것이다. 그녀의 가슴이 뜨겁게 타오르기 시작하였다. 자신도 모르게 달려나가려다 걸음을 멈추었다.

'조운… 조운……'

언제 죽을지 모르는 그의 모습에 계속해서 마음속으로 그의 이름을 불렀다. 달려나가고 싶었으나 발이 움직이지 않았다. 가슴은 벌써부터 그에게 달려갔지만 어떻게 할 수 없다는 것이 너무나 안타까웠다. 안희명은 저도 모르게 멍한 표정으로 자리에 주저앉았다. 자신이 원하던 것은 이런 세상이 아니었기 때문이다.

"중원과 신교가 사이좋게 살 수 있는 세상을 위해서 우리는 싸우는 거란다."

안기위의 목소리가 머리에 울렸다. 안희명은 머리를 잡으며 고개를 숙였다.

'할아버지… 이건 아니에요. 이런 게 아니잖아요……'

안희명은 고개를 숙인 채 어깨를 떨어야 했다.

그 모습을 철시린은 가만히 지켜보고만 있었다. 자신이 어떻게 해줄 수 있는 것이 아니었기 때문이다.

두근! 두근!

심장이 뛰는 소리가 머리를 때리고 있었다. 피의 향기로 인해 머리가 어지러웠으며 구토가 올라올 것 같았다. 하지만 검을 내릴 수가 없었다. 상대가 달려들었기 때문이다.

픽!

앞으로 달려나오는 상대의 가슴에 검을 번개처럼 꽂은 냉유리는 손으로 입과 코를 막으며 검을 뽑았다. 검을 뽑자 뜨거운 핏방울이 옷에 튀었다. 기분 나쁜 일이었다. 아니, 이렇게 막대한 정신력을 소모해 본 적이 지금까지 없었을 뿐이다. 그뿐이라고 여겼다. 온몸이 식은땀과 피에 젖어가고 있었다.

"허억! 허억!"

숨도 거칠어졌다. 비단 자신뿐만이 아니었다. 곁눈질로 바라본 팽소련의 모습도 자신과 비슷하였다. 그녀의 안색도 자신처럼 창백했다. 뿐만 아니라 가슴이 베인 듯 옷자락 사이로 살짝 그녀의 백색 봉긋한 피부가 붉은 선을 보였다. 가슴 부분을 베인 것이다.

'이대로 계속된다면 정말 위험할지도 모른다.'

냉유리는 문득 그런 생각이 들었다. 우측의 남궁소가 한 사람의 무사를 베어버리고 뒤로 물러서는 모습을 눈으로 확인하는 순간 두 개의 도날이 머리와 복부로 날아들었다. '쉬악!' 거리는 쾌속한 바람 소리와 함께 냉유리의 검이 안개를 뿌리며 그들의 머리를 아래에서 위로 지나쳐 갔다. 검기가 지나친 것이다.

퍼퍽!

그들의 어긋나는 얼굴들을 바라보는 순간 변화가 일어났다. 길고 지루한 싸움에서의 변화는 거대한 폭풍과 함께였다.

콰콰쾅!

거대한 폭음성이 천지사방으로 진동하며 강력한 섬광이 번뜩였다. 그 직후 폭풍처럼 거대한 바람이 원형을 그리며 사방으로 뻗어나갔다. 수많은 사람들이 날아드는 폭풍에 허리를 숙이며 견디기 위해 노력하였다.

슈아아아앙!

강력한 바람 소리가 수많은 사람들의 귓가를 때렸다.

"크윽!"

냉유리는 한쪽 눈을 감으며 허리를 숙였다. 손으로 얼굴을 가리며 앞을 바라보기 위해 노력하였으나 밀려드는 풍압을 견디기가 어려웠다. 저도 모르게 뒤로 십여 걸음이나 물러섰다. 그녀의 뒤로 미처 대비하지 못한 수많은 사람들이 허공중에 떠올라 날아갔으며 내공이 낮은 무인들 역시 견디지 못하고 밀려나갔다.

쿠우웅!

지진이 난 것처럼 땅이 진동한 후에야 폭풍이 가라앉았으며 먼지와 난무하던 흙들이 사라져 갔다. 수많은 사람들의 시선이 그 폭풍과 폭음의 근원지로 향하였다.

방원 십여 장의 넓이로 거대한 원형의 구덩이가 파여 있었으며 그 끝과 끝에 영풍과 안기위가 쓰러져 있었다. 모든 사람들의 시선이 그들에게로 향할 때, 비틀거리며 일어서는 영풍은 배를 잡으며 허리를 숙였다.

"쿨럭! 쿨럭!"

기침과 함께 피가 쏟아져 나왔다. 그의 복부에는 두 개의 왜도가 박혀 있었다. 그 사이로 피가 흘러내리고 있었다.

이내 영풍은 움직이지 못하는 안기위를 보다가 고개를 들어 하늘을 바라보았다. 그의 시선이 어딘가로 향하는 듯하더니 곧 천천히 신형을 돌려 화산을 바라보았다. 그의 등에는 배를 뚫고 나온 두 개의 도날이 번뜩이고 있었다.

"사숙님!"

"사부님!"

청허자를 비롯한 화산파 제자들이 일제히 놀라 뛰어나왔다. 순간 영풍의 입가에 미소가 그려졌다. 그런 그의 눈동자는 흐릿하게 변해가고 있었다. 하지만 자신의 할 일은 다하였다는 만족감이 든 표정이 깃들어 있었다. 그는 아직도 살아 계신 두 사숙을 남겨놓고 먼저 떠나게 된 것이 못내 죄송스러웠다.

"죄송합니다……."

영풍은 그렇게 중얼거리며 양 무릎을 꿇었다. 허리를 숙여 대례를 올리고 싶었으나 몸이 말을 듣지 않았다. 눈이 감겨왔다. 그렇게 화산의 모습이 서서히 그의 시야에서 사라지고 있었다.

"아아악!"

안기위를 안아 든 안희명의 비명 소리가 하늘 높이 솟구쳤다. 그런 그녀의 두 눈에선 눈물방울이 흘러내리고 있었다. 안기위를 바라보는 그녀의 신형은 크게 떨리고 있었다. 비명과 함께 흐느끼는 그녀의 울음소리가 신교 무인들 사이로 흘러가고 있었다.

슥.

안희명은 고개를 들었다. 그녀의 시선이 영풍을 안아 들고 있는 청허자와 수많은 중원 무인들에게로 향했다. 그녀는 이성을 잃은 상태였다. 눈에 보이는 것이라곤 그저 안기위를 죽인 영풍과 화산파의 사람들뿐이었다.

"으아아아악!"

쉬앙!

원한에 찬 외침을 쏟아낸 안희명의 신형이 번개처럼 영풍에게로 날아들었다. 그녀의 쌍도가 빛을 발하며 수십 개의 도 그림자를 만들어내자 영풍을 안고 있던 청허자의 안색이 급변하였다. 급작스러운 일이었고 번개처럼 움직인 그녀였다. 순간 강렬한 섬광이 청허자의 머리를 넘어 날아들었다.

쾅!

폭음과 함께 안희명이 뒤로 밀려나갔다. 하지만 안희명의 눈동자는 여전히 이성을 잃은 상태였다. 그런 안희명을 바라보는 장화영의 얼굴 역시 눈물 범벅이었다. 그녀 역시 붉게 충혈된 눈으로 안희명을 바라보며 살기를 뿌리고 있었다.

"네놈들이… 네놈들이……."

장화영 역시 영풍의 죽음으로 반쯤 이성을 잃은 상태다.

"아아아악!"

안희명이 분노에 찬 외침과 함께 수십 개의 도 그림자를 만들면서 장화영에게 달려들었다. 순간 그녀들의 사이로 붉은 그림자가 날아들었다. 능조운이었다.

"희명!"

따다다당!

능조운의 소뇌정도가 안희명의 도 그림자를 쳐내며 외쳤다. 순간 두 개의 쌍도가 능조운의 머리를 쳐내려왔다. 능조운은 놀라 도를 위로 올리며 다시 한 번 외쳤다.

"나라고! 나란 말이야!"

땅!

안희명의 흐느끼는 시선과 능조운의 붉게 충혈된 눈이 마주쳤다.

『송백 2부』 4권으로 이어집니다

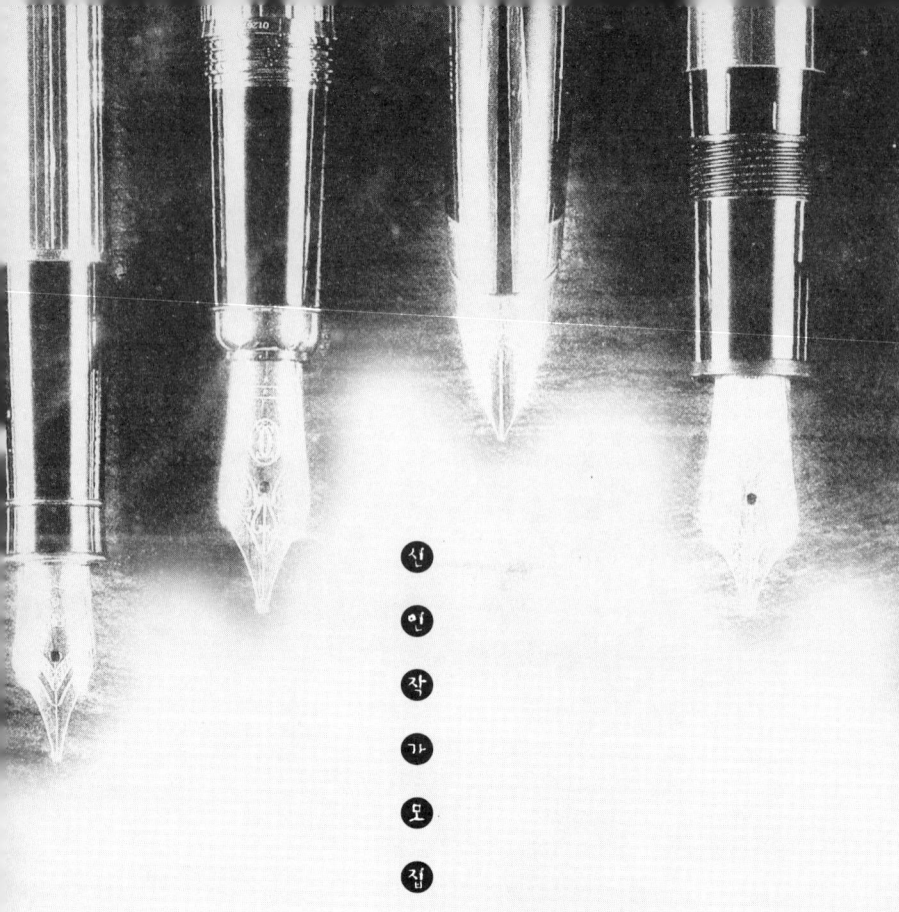

신

인

작

가

모

집

시작이 반이라고 했습니다.
작가의 길에 대한 보이지 않는 벽을 과감히 깨뜨리십시오!
청어람은 작가 지망생 여러분들의
멋진 방향타가 되어드리겠습니다.

저희 도서출판 청어람에서는
소설 신인 작가분들을 모집합니다.
판타지와 무협을 사랑하시는 분들의 많은 참여를 바랍니다.
소정의 원고(A4용지 150매)를 메일이나 우편으로 보내주시면
검토 후 출판 여부를 알려드리겠습니다.

주소:경기도 부천시 원미구 심곡1동 350-1 남성B/D 3F 우편번호420-011
TEL:032-656-4452 · **FAX:**032-656-4453
http://**www.chungeoram.com**
e-mail:chungeoram@chungeoram.com

지금 유전자가 말하는 사랑과 성의 관한 솔직 대담한 진실이 펼쳐집니다!

남편의 후광을 등에 업는 것은 까마귀와 인간뿐…

모두에게 바보 취급받던 독신 암컷이 단번에 인생대역전을 해서
서열 1위인 수컷의 아내 자리를 차지하게 될 수도 있다는 말입니다.
모든 여성이 이상형의 남자와 결혼할 수 있는 것은 아닙니다.
적당한 선에서 타협하여 적당한 사람과 결혼하지요.
하지만 솔직히 말해서 당연히 멋진 남자가 더 좋지 않겠습니까?
따라서 여성은 생각합니다.
'그럼 어떻게 하지? 유전자만이라면 가질 수 있어!'
그리하여 장기계획형이나 단기승부형과 같은 여러 가지 방법의
외도가 생겨나는 것입니다.
물론 모든 여성이 이를 실행에 옮기지는 않습니다.

하지만 기회가 있다면 어떨까요?
다른 조건과 이미 타협을 봤다면?
남편이 사소한 일은 눈치 못 채는 둔한 남자라면?
뭔가 유전자의 음모가 느껴지지 않습니까?

실패를 모르는 남자 선택법!
「내 남자친구는 왼손잡이」 법칙

어째서 여성은 왼손잡이 남성에게 마음이 끌리는 걸까요?

여기서 기억해야 할 것은 몸의 좌우와 뇌의 좌우는 원칙적으로 반대 관계라는 점입니다.
따라서 왼손잡이 남성은 우뇌가 발달했습니다.
발달했다는 사실이 왼손잡이를 통해 반영된 것입니다.

그리고 두 번째로 생각해야 할 것은 우뇌는 남성 호르몬의 일종인 테스토스테론에 의해 발달한다는 점입니다.
요약하자면 왼손잡이 남성은 우뇌가 발달했는데, 그것은 테스토스테론 수치가 높기 때문입니다.
그것은 다름 아닌 생식 능력이 높다는 것을 의미하지요.

「내 남자 친구는 왼손잡이」에 감춰진 의미는… 내 남자 친구는 생식 능력이 높아… 인 것입니다.